U0097195

中國語言文字研究輯刊

三　編

許錟輝 主編

第7冊

秦漢篆文形體比較研究（上）

連蔚勤 著

花木蘭文化出版社

國家圖書館出版品預行編目資料

秦漢篆文形體比較研究（上）／連蔚勤 著 — 初版 — 新北市：
花木蘭文化出版社，2012〔民 101〕
目 2+160 面；21×29.7 公分
（中國語言文字研究輯刊　三編；第 7 冊）
ISBN：978-986-322-052-7（精裝）
1. 篆書　2. 比較研究
802.08　　101015855

中國語言文字研究輯刊
三　編　　第七冊　　ISBN：978-986-322-052-7

秦漢篆文形體比較研究（上）

作　者　連蔚勤
主　編　許錟輝
總 編 輯　杜潔祥
出　版　花木蘭文化出版社
發 行 所　花木蘭文化出版社
發 行 人　高小娟
聯絡地址　新北市永和區中正路五九五號七樓之三
電話：02-2923-1455／傳眞：02-2923-1452
網　址　http://www.huamulan.tw 信箱 sut81518@gmil.com
印　刷　普羅文化出版廣告事業
初　版　2012 年 9 月
定　價　三編 18 冊（精裝）新台幣 40,000 元

秦漢篆文形體比較研究（上）

連蔚勤　著

作者簡介

連蔚勤，台灣彰化人。東吳大學中文系文學博士，現爲東吳大學兼任助理教授、高中國文教師。主要研究領域爲文字學，著有《常用合體字小篆結構研究》，另有單篇論文〈泰山、瑯琊臺刻石與《說文》篆形探析〉、〈兩漢前期刻石篆形探析〉、〈《說文》會意字釋形用語與義之所重探究〉等。另以文學、書法爲次要研究領域。文學、教學方面發表有單篇論文〈明應王殿「忠都秀」戲曲壁畫再探〉、〈漢字在國中國文教學之實務體驗〉等；書法則已獲國內外獎項一百有餘（五次全國首獎），作文曾獲全民中檢中高等寫作菁英獎，東吳大學文言文作文比賽三度第一名，台北市國語文競賽社會組亦獲獎項。

提　要

本論文名爲《秦漢篆文形體比較研究》，目的在藉由各種書寫材質上篆形之比較與觀察，以區別出秦篆與漢篆之差異，並整理出其特色與規律。

第一章爲緒論。乃先說明本論文之研究動機、目的、範圍、方法，並介紹前輩學者與此相關之重要著作，最後則對本論文中常用之名詞做一界定。

第二章介紹許愼與《說文解字》（以下簡稱《說文》）。首先簡介許愼之生平、仕宦及其撰寫《說文》之目的；其次將目前所知《說文》各種版本之流傳與特色做一敘述，並提出本論文所使用之版本；再者，將目前所見各種版本之篆形略作討論，加以比較，指出其特色及優缺點。

第三章至第六章分別以各主題爲單位，討論秦漢時代之篆形。刻石、銅器與瓦當因器物上之篆形有其時代特色，因此各據一章，每章分三期討論；貨幣、璽印、陶器因分期不易，故各爲一節。其中，璽印一節包含封泥，陶器一節包含磚、瓦、漆器，乃依其性質共同討論。刻石、銅器、瓦當、貨幣、璽印、封泥、陶器、磚、瓦、漆器等器物上皆有篆形，爲主要討論之對象，至於簡帛與骨簽經由討論，其文字形體已非屬小篆，但仍略做介紹，故置於最後。

第七章爲歸納。經由前文各主題之討論，秦篆與漢篆之特色與規律已十分明顯，故本章分別先指出前人在此方面說明之不足，進而提出筆者規納後之條例，希望以這些說明讓人了解秦篆與漢篆之不同。

第八章爲結論。將前數章之討論歸爲四項重點，作爲本論文之討論結果。

目次

第一章　緒　論

第一節　研究動機與目的

中國文字源遠流長，書體演變不斷遞嬗，由甲骨文、金文、戰國文字，以至於篆、隸、草、行、楷五大書體之產生，各種書體無論單獨使用或兼融並蓄，皆有可觀之處。

古代之書寫工具爲毛筆，書法在今日雖被視爲中國傳統藝術，但在古代，卻是書寫者每日之常事，今日看來技巧高明之內涵，在古代或爲稀鬆平常，因爲先民乃是將文字與書法結合爲一體，文字之書寫即爲書法之創作，先民在當時或許僅是極其平常之書寫，但流傳至今日，卻成爲藝術欣賞之對象，且帶給今人無限之讚嘆。

篆書，尤其是小篆，被列爲五大書體之首，又處於古今文字之交界階段，具有承上啓下、扮演溝通橋梁之地位。在文字學上，是上承戰國古文字，下啓隸楷書之重要形體；在書法上，又是筆法最爲單純，卻又不易上手之書體。正因如此特殊之地位，故研究者不乏其人，特別在書法與篆刻藝術中更是如此。

小篆是在古文與籀文之基礎上加以省改而來，許慎於《說文解字·敘》（以下簡稱《說文》）中曰：「皆取史籀大篆，或頗省改，所謂小篆者也。」〔註 1〕

〔註 1〕（東漢）許愼撰、（清）段玉裁注：《說文解字》（台北：書銘出版事業有限公司，1997 年 8 月八版），15 卷上，頁 765 下左。爲求注釋之精簡，此版本以下簡稱段注本。

已有明白之說明，其流傳至今日已有數千年時光，實用性雖已不再，但其藝術性卻歷久不衰。由於在文字學與書法上皆有如此重要之地位，理應由不同角度切入，並善加研究爲是。

筆者進入文字學領域學習，迄今時日雖不算長，但經由過去古文字與《說文》等課程之薰陶，深刻認知欲了解古文字，則必先以《說文》爲入門，而《說文》以小篆爲字頭，說解其本形、本音、本義，以使當時與後世之人明白小篆形構之所由來，對於篆形之理解而言，《說文》之重要性不言而喻。

此外，筆者研習書法亦已有二十餘年，以楷書入門，鑽研十餘年，其後又陸續接觸行書、魏碑、隸書、草書等書體，而於篆書涉獵尚淺，爲求對篆書形態、筆法、結構之了解，以及對自我書藝之突破，對於小篆用筆之理解自爲必要之事。

筆者於碩士論文《常用合體字小篆結構研究》中，已對部分《說文》篆形之結構做過分析，並與古今文字做過比較，但猶以爲粗淺，畢竟《說文》篆形僅爲小篆中之一部分，不足以全面理解小篆形態，故今欲力求突破，對小篆做更深入之解析。

經由上文之陳述，筆者之研究動機實有三項：

一、對於小篆之認識自認爲猶感不足，上達古文字將有所困難。

二、在書法研習過程中，對於隸、草、行、楷等書體已有一定認識，對於篆書之用筆方式仍無法掌握。

三、在碩士論文之基礎上，已對小篆組字形態有所接觸，但對於小篆整體形態仍不全面。

基於以上三點動機，筆者擬針對不足之處加以補強，亦期望在原有對小篆認識之基礎上再加深入，故有撰寫此論文主題之想法，許師錟輝則認爲，經由秦漢篆之比較，可對秦漢篆之差別及小篆受隸書影響之情形表現出來，同時亦可給予《說文》作定位，因此筆者期望藉由本論文之研究，以達成對上文三點動機之補充，並嘗試達成許師之指導方向。若由以上三點動機出發，筆者期望達到之具體目的如下：

一、至少經由篆形之研究過程中，能或多或少藉由與古文字形之比對，對古文字形有稍進一步之了解，因戰國文字距離小篆時代最近，期望能將小篆形體傳承在上推於戰國文字時，對戰國文字有所體認。

二、俗稱篆書爲縱長之形，用筆爲中鋒筆法，結構爲左右對稱，轉折多爲圓轉，結體上密下疏，垂腳自然伸展，但猶覺空虛，亦期望藉由篆形之研究，對篆書於形體、用筆、結構、轉折等細部內涵，有較爲具體之概念，並進一步分辨秦漢篆之差異。

三、碩士論文中對於《說文》小篆結構之分析，字例較爲不足，版本間之差異亦未能觸及，許慎身處東漢，所撰《說文》取材應兼及秦篆與漢篆，筆者亦試圖對《說文》各版本加以比較，以見各版本間之短長，爲《說文》作一定位。

若在觀察、研究過程中，能達成或接近上述三項想法，則本論文便有其價值矣。

第二節　研究範圍與方法

前文已分別說明筆者對於寫作本論文之三項動機與目的，但欲達到此三項目的，則必須對小篆做全面性之觀察。

小篆主要在戰國晚期應已形成，且以秦國爲主要使用範圍，不過當時候之篆形，應僅是與小篆近似之形體，亦即所謂古文、籀文或其它形體，縱使戰國晚期如秦國之虎符上之部分篆形，已與秦代小篆十分相近，但由於形體尚未統一，猶雜有其它書體，待秦始皇統一天下，欲達到「書同文」之政策，於是「罷其不與秦文合者，斯作倉頡篇，中車府令趙高作爰歷篇，大史令胡毋敬作博學篇。」〔註2〕自此以後，小篆可謂眞正產生。至於秦末楚漢相爭之後，由於「漢承秦制」，書體在西漢初期承襲秦代，亦以小篆爲政府用字，亦即所謂官方文字，直至西漢末年，隸書中之古隸逐漸演化爲成熟之八分，小篆之應用範圍日漸縮小，形體亦受到隸書之衝擊而不斷隸化，雖然至於東漢仍有不少書寫材質上之書體爲小篆，但形體已與秦代小篆大不相同，隸書已成爲東漢時代之主要書體。基於小篆相對性之由盛而衰，故筆者將小篆之研究時段限定於秦漢兩代。

限定時代容易，尋找小篆困難。小篆存在於何處，則必須做全面性之查尋，唯有盡量收集大量篆形，始有足夠對象進行分析，對於達到前文之三項目的才有可能。經由筆者對各種書寫材質上文字之觀察，以及前輩學者之說法，得知

〔註2〕段注本，15卷上，頁765下右。

小篆在秦漢兩代多出現於刻石、銅器、貨幣、璽印、陶器、磚瓦、漆器、簡帛等書寫材質之上，而漢代又較秦代尚多出瓦當一類，因此這些書寫材質上之篆形，便成爲筆者觀察其變化之對象。在此須先作說明，筆者對於小篆之認定，除規整形體者外，尚包含處於篆隸之間而較接近小篆者，至於其判斷，則參酌諸家看法與筆者之經驗而定。

時代既已限定，具有小篆書寫其上之書寫材質亦已確定，則秦漢時代具有篆形之書寫材質，便是本論文之主要討論對象。除上述材質之外，秦漢時代猶有其它書寫材質，只是書寫於其上之文字形體並非篆書，如簡帛上之文字已在篆隸之間，且略偏於隸書；骨籤上之刻劃文字亦全爲隸書系統，甚至具行書意味，此二種書寫材質亦不可忽略，故仍需另立一節加以說明原因。

《說文》成書於東漢中期，許慎在編寫之時，引用不少先秦以至漢代之古籍，故古文、籀文、小篆——包含秦篆和漢篆——等書體皆包含其中，不僅與本論文秦漢篆形之比較有所關聯，加上《說文》原本已佚，則今日所見各版本間篆形之探討亦有其必要，因此亦當另立一節以做討論。

範圍確定之後，即是研究方法之問題。前輩學者論及此類主題時，多是以時間與主題互爲縱橫軸線，由線及面，交織成網，但欲鎖定某一書體，並以主題來探討者則較爲少見。事實上，由於每種書寫材質之情況不盡相同，因此無法以單一性做法討論所有主題，本論文擬以時代先後爲主軸，書寫材質爲依歸，其由秦至漢形體之變化明顯而快速，或種類較多元者，依其特點分期敘述；若形體並無明顯變化，或因分期條件複雜而暫時無法處理者，則暫不予以分期。基於以上之大原則，筆者將刻石、銅器、瓦當三者分別分期並以三章篇幅敘述，至於貨幣、璽印、陶器、簡帛與《說文》等則共爲一章，各立一節以敘述。此外，由於各書寫材質有其各種因素，筆者於選取對象時，盡量以紀年明確者爲主，以免因時代先後因素而有錯誤之推論。

許師錟輝曾言，比較之意義在於見其異同，特別在於其「異」，故首先做橫向之比較。各主題無論分期與否，內容主要分三部分：其一討論各書寫材質間篆形結構與筆勢之異同，對於形體上較特別者，如缺刻、倒刻、反文、斜置、合文等情形，亦於此一併提出討論。其二討論相同書寫材質上，篆形所以不同原因。其因各主題特性之不同，適合分類以見篆形相異之因者，則先分類再討論原因；

若不適宜分類者，則就其主要影響因素各做討論，以期能對篆形相異之因，在各書寫材質之大原則下，觀察出更細微之層次。其三將各書寫材質上之篆形與《說文》做比對，旨在於發現異體及上下傳承之關係。此部分大致可分爲篆形與《說文》相近者、見於《說文》之重文者、可上溯金文或戰國文字者、與隸楷書接近者、形體較《說文》爲增繁者、較《說文》爲簡化者、組合部件位置更動者以及筆者未見相似形構者等類型。

對於上段所言有三項須做說明：其一，因書寫材質與比對條件之差異，字例組數之多寡不一，爲簡省篇幅，筆者將低於二十組字例者皆列出，超過二十例者則僅取二十例以表示；其二，由於各書寫材質上之小篆非出於一人一時之手，故篆形必定有異，但未必每種情形皆見於各討論主題中；其三，與《說文》做比對，僅是爲顯現出異體之情況，非謂某篆形出於《說文》篆形之增繁或簡化，因爲部分討論主題經分期後，其時代較早之篆形必定不能出於《說文》，而不分期之主題，亦無法證明其形體與《說文》之前後關係，故「增繁」與「簡化」乃「相對」而言，非對於《說文》「絕對」而言。總之，對於各書寫材質之分析，雖於章節之安排上大同小異，但其內容之編排仍隨其特性而調整，不強作牽合。

最後做縱向之比較。將所有書寫材質上之篆形綜合歸納，先將秦篆與漢篆分別討論，並歸納其特色與條例，再將秦漢篆之異同點綜合說明，便可達成收束前文之作用，亦能近於前節所期望達致之目的。

簡而言之，本論文於橫向之做法，乃是各主題間先做內部之比較，此爲第一層次，其次則爲各主題間之比較；縱向之做法亦同，特別在能分期之主題上先做各階段之討論，再將同一主題不同時期之特色加以串連，以見其演變。最後則先就秦漢兩代做橫向之討論，再將二者做縱向之比較，由小及大，過程與結論於焉產生。

第三節　前人研究成果述要與名詞界定

壹、前人研究成果述要

本論文名爲《秦漢篆文形體比較研究》，且研究方法乃是以主題式爲原則，則在討論前人研究成果時，應以通論性著作爲輔，專門性著作爲主。

以通論方式討論中國書體演變之書籍甚多，許多與「中國書法史」相關名詞之書名者皆是，但若僅縮小至秦漢時代，或僅討論篆書，則數量要減少許多。若將中國文字依甲骨文、金文、戰國文字、小篆、隸書、楷書、行書與草書做分期，由文字學之角度觀之，秦漢時代最主要之使用文字，在秦代爲小篆，在漢代爲隸書，故有關古文字或隸變之相關書籍有參考之需要；若由書法之角度觀之，秦漢時期屬於上古書法史之範圍，故關於上古書法、篆書乃至於隸書之相關書籍，亦有參考之需要。以上兩類書籍，對於筆者了解秦漢時代小篆使用情況將有所幫助。

上文所舉兩類屬於在時代與書體上之概論性質，針對各主題之探討，概論性著作亦有其必要，但專門性之著作之需要亦顯重要，尤其是拓片來源之取得最爲不易，此方面不得不加強處理。以下則就各主題間主要專著或論文略加敘述，限於篇幅，容有遺漏。

對於討論《說文》之書籍已是汗牛充棟，不少對《說文》做概論性介紹之書籍，對於許慎其人、《說文》其書，無論在生平、仕宦、體例、特色、版本等方面皆有所記載，張其昀撰《「說文學」源流考略》敘述由《說文》成書之後，歷代在版本、理論及其延伸等各方面之介紹，可謂爲貫穿古今時間最長之專書，張標撰《20 世紀《說文》學流別考論》則針對二十世紀如丁福保、楊樹達、馬敘倫、章太炎、黃侃等大家在《說文》學上之貢獻做詳細敘述，至於如姚孝遂撰《許慎與說文解字》、董希謙等撰《許慎與說文解字研究》、余國慶撰《說文學導論》等，亦對許慎與《說文》有極其詳盡之敘述。

在版本方面，有僅針對單一版本作討論者，木部殘卷方面，單篇論文如梁光華撰〈《唐寫本說文木部》殘卷論略〉、〈《唐寫本說文木部》殘卷的考鑒、刊刻、流傳與研究概觀〉；小徐本方面，專書如張意霞撰《《說文繫傳》研究》，學位論文如吳憶蘭撰《徐鍇六書說研究》，而張翠雲撰《《說文繫傳》板本源流考辨》對於小徐本版本之來龍去脈有極其詳盡之整理。合兩種以上版本做介紹、討論者亦不乏其人，單篇論文如高明撰〈說文解字傳本考〉、〈說文解字傳本續考〉、蘇法昭撰〈說文解字及其功臣的研究〉、蘇鐵戈撰〈《說文解字》的版本與注本〉、王貴元撰〈《說文解字》版本考述〉，學位論文有《大徐本《說文》獨體與偏旁變形研究》等。

在《說文》篆形之討論方面，大徐本「篆文筆跡相承小異」、小徐本〈疑義〉、

〈祛妄〉篇，以及段玉裁於注中時有提及者，皆針對小篆之異文、譌誤有所說明。今人如趙平安撰《說文小篆研究》，乃就文字演變、考釋、《說文》所收資料等方面進行考察，對於木部殘卷與大徐本間之差異亦有所論及，相同比較對象者尚有王平撰〈唐寫本《說文・木部》殘卷與大徐本小篆比較研究〉，前者爲專書，後者爲單篇論文；莫友芝撰《唐寫本說文解字木部箋異》主要乃以木部殘卷爲主，與二徐本做比較；吳儀鳳撰〈論李陽冰刊定《說文》之是非——以大、小徐本中所見引者爲對象〉，乃比較李陽冰本與大、小徐本間之差異；洪阿李撰《《說文》字形研究以靜嘉堂、汲古閣、平津館、段注本第一卷爲對象》爲學位論文，則對於不同版本之大徐本與經韻樓段注本做第一卷篆形之比對。對於《說文》篆形做訂正工作者，有杜忠誥撰《《說文》篆文訛形釋例》與方麗娜撰《大徐本《說文》篆文訛形舉例》，對於恢復小篆形貌，使其形音義密合有其貢獻。由上可見，對《說文》篆形比對者亦不乏其人。

本論文在各主題之章節中時有與《說文》篆形比對時，經由前輩學者之研究及筆者之發現，大徐本選擇孫星衍平津館本，小徐本爲祁寯藻本，段注本則以經韻樓本爲參照。

在刻石主題上，由於秦漢刻石間有相當大之差異，故必須分別觀之。秦刻石方面，金其楨撰《中國碑文化》、趙超撰《中國古代石刻通論》、《石刻史話》、徐自強、吳夢麟合撰《古代石刻通論》、張彥生撰《善本碑帖錄》等，屬於通論性著作，但在分期、分類、考釋或重要碑刻之敘述尚稱詳細；袁維春撰《秦漢碑述》兼顧秦漢兩代刻石；吳福助撰《秦始皇刻石考》與容庚撰〈秦始皇刻石考〉，一是專書，一是單篇論文，但對於秦始皇所刻七通刻石之背景，有全面之考釋，尤其容庚之作距今已有數十年，仍具有高度參考價值；至於施拓全撰《秦代金石及其書法研究》爲學位論文，分銅器與刻石兩部分，兼顧二主題。拓片則採日人松井如流所編《秦　泰山・瑯邪臺刻石》。

漢刻石方面，對於兩漢刻石之介紹與拓片收集較爲完備者，主要有徐玉立主編《漢碑全集》、饒宗頤主編《漢魏石刻文字繫年》、日人永田英正編《漢代石刻集成》。《漢碑全集》全六冊，拓片之收集堪稱至今最爲完備者，本論文於漢刻石之拓片主要即採用於此；《漢魏石刻文字繫年》將兩漢、三國至魏之刻石，依時代先後排列，於失紀年者亦另立一類，對於查詢年代甚有幫助；《漢代石刻集成》

共二冊，上冊爲本文篇，下冊爲圖片與釋文篇，兩相對照，清楚明白。此外，馬子雲、施安昌合撰《碑帖鑒定》、楊震方撰《碑帖敘錄》二書，對於漢碑時代之考證亦具有重要參考價值。至於高文撰《漢碑集釋》、叢彩云撰《兩漢碑刻中的篆隸研究》，前爲專書，後爲學位論文，對主要漢碑之背景與釋文皆有介紹；徐森玉撰〈西漢石刻文字初探〉撰成年代雖較早，但研究刻石者仍常引用。

在銅器主題上，秦漢二代於性質上亦多有不同，亦應分別觀之。秦銅器方面，早期前輩學者如羅振玉撰《秦金石刻辭》、容庚撰《秦漢金文錄》、劉體智撰《小校經閣金石拓本》等，對釋文、書體、時代、眞僞等之研究已屬上乘；近年王輝先後完成《秦銅器銘文編年集釋》、《秦文字集證》和《秦出土文獻編年》等，不斷翻新，在拓本、釋文、考釋、出處上可謂代表之作；其餘如《中國古代度量衡圖集》、《秦始皇陵兵馬俑坑一號坑發掘報告》之圖版亦收羅豐富，對於釋文與書體之判別亦甚有助益。本論文在秦銅器拓片上，以王輝之著作爲主。

漢銅器方面，由於數量豐富，實難以收集詳盡，徐正考撰《漢代銅器銘文綜合研究》與《漢代銅器銘文選釋》有著錄、紀年、分類、文字編等章節，器物拓片收羅豐富，可能是在容庚《秦漢金文錄》之基礎上再加擴充而成，應爲目前最具代表性著作，可惜未收錄銅鏡部分。陳英梅所撰《兩漢鏡銘內容用字研究》爲學位論文，其附錄〈兩漢銅鏡銘文期刊著錄一覽表〉正可彌補此空缺。其餘如林素清撰〈兩漢鏡銘初探〉、〈兩漢鏡銘所見吉語研究〉以及周世榮撰〈湖南出土漢代銅鏡文字研究〉等，亦可補充銅鏡領域之研究。

在瓦當主題上，亦與漢銅器有相同情形，由於數量繁多，諸家多僅能盡量選取收錄，早期有羅振玉《秦漢瓦當文字》（又稱爲《唐風樓秦漢瓦當文字》）、陳直撰〈秦漢瓦當概述〉等，至於今日仍爲重要參考資料，近來又有陝西省博物館編《秦漢瓦當》、陝西省考古研究所編《新編秦漢瓦當圖錄》、徐錫臺等編《周秦漢瓦當》、傅嘉儀編《秦漢瓦當》、《中國瓦當藝術》、楊力民編《中國古代瓦當藝術》、華非編《中國古代瓦當》等，關於瓦當拓片搜集之著作林立，實不只上述數家，使今人對於瓦當之紋飾、圖案與文字皆能一飽眼福，可惜由於多數瓦當於時代之斷定上有所困難，加之以同文瓦當甚多，難以指稱，各家著作往往無法互通，是較爲遺憾之處。陳根遠、朱思紅合撰《屋簷上的藝術——中國古代瓦當》，在瓦當之起源、作用、分類、思想、圖片等方面有概括性介紹，是了解瓦當之佳作；許仙瑛撰《漢代瓦當研究》為學位論文，對於斷代、文字形體、形制特徵乃至於補缺等皆有所提及，對文字瓦當之理解甚有裨益。本論文之拓片採用傅嘉儀所編《中國瓦當藝術》。

在貨幣主題上，以秦漢貨幣為主題之著作並不多見，而以通史性質者較常見；以貨幣文字為研究者亦不多見，所討論者以制度為多。目前所見對於名詞解釋最為清楚，拓片收集亦較為詳細者，以中國錢幣大辭典編纂委員會編《中國錢幣大辭典》最為詳盡。其餘著作多以敘述為主，圖片為輔，如蔣若是撰《秦漢錢幣研究》、朱鳳瀚等撰《中國古錢幣》、昭明、馬利清合撰《古代錢幣》、錢嶼、錢律合撰《錢幣》、汪聖鐸撰《中國錢幣史話》、韓建業、王浩合撰《中國古代錢幣》等，雖非專論秦漢貨幣，但對於貨幣之演變情形，皆有詳細之解說，可資參考。學位論文中以李俊憲撰《戰國秦漢貨幣研究》對於秦漢時期貨幣流變與文字變化有較多篇幅之說明。由於錢幣之出土往往數量較大，與瓦當相同，為免重複引用，以《中國錢幣大辭典》之拓片為對象。

在璽印主題上，無論是通論性或專題性，都已有不少著名書籍問世，早期羅振玉即有《隋唐以來官印集存》，此後故宮博物院編《古璽匯編》、《秦漢南北朝官印征存》、《古璽文編》、王人聰編《新出土歷代璽印輯錄》、羅福頤撰《古璽印概論》、《漢印文字徵》、葉其峰撰《古璽印與古璽印鑒定》、《古璽印通論》、陳根遠、陽冰合撰《方寸之間見世界——中國古代璽印篆刻漫筆》、曹錦炎撰《古代璽印》、孫慰祖撰《兩漢官印匯考》、金懷英編《秦漢印典》、浙江古籍出版社編《官印．私印　秦——南北朝》等，或在璽印圖片上做大量之收集，或以專題性方式討論各項主題，特別是羅福頤、葉其峰、王人聰等人，著作多有，見解精闢。以上專書對於璽印圖片搜羅豐富者，有些並未分期；而予以分期者，所收圖片則多已經過大量之篩選，因此在討論上常造成困擾。至於學位論文有汪怡君撰《漢代璽印文字研究》，雖以《漢印文字徵》為討論對象，但在官私印之分類說明、印文結體與風格等方面，皆以表格詳加比對，處理如此龐大數量之璽印著實不易。與璽印功用相類似者尚有封泥一類，屬概論性者如孫慰祖撰《封泥：發現與研究》、《古封泥集成》、《中國古代封泥》等；傅嘉儀編《秦封泥彙攷》以秦代封泥為主，兼及兩漢，而又旁及陶器、刻石、銅器等其它書寫材質之字形，可互相參照，最具參考價值，此外尚有周曉陸與路東之合編《秦封泥集》，亦以秦代爲主；以漢封泥爲主者似有陳介祺編《漢官私印泥封考》、陳直編《漢封泥考略》等，但筆者未見。本論文在璽印方面所用拓片以《官印・私印　秦——南北朝》中所收者爲主，另兼及中國美術全集編輯委員會編《中國美術全集書法篆刻編　7　璽印篆刻》與吳哲夫總編輯、袁旃主編《中華五千年文物集刊璽印篇》，至於封泥方面則以傅嘉儀編《秦封泥彙攷》爲主。

陶器主題最爲複雜，因部分磚、瓦、漆器常與陶器相提並論，故置於同一主題。相較於秦漢陶文，古陶文之研究專著似更爲蓬勃，高明編《古陶文彙編》、高明與葛英會合編《古陶文字徵》、金祥恆《陶文編》、顧廷龍《古陶文孴錄》、王恩田編《陶文字典》、《陶文詁林》、《陶文通論》，以及陳建貢編《中國磚瓦陶文大字典》，皆以古陶文爲主。以秦代陶文爲主之代表性著作，應仍算是袁仲一撰《秦代陶文》，該書結合陶文與瓦文之論述、拓片與文字編於一身，可藉文字編查尋拓片，非常實用，可惜文字編字數較少，未能完全呈現陶文之各種形體樣貌；此外尚有學位論文劉秋蘭撰《秦代陶文研究》，對於陶文形體之變化有所觸及；陳直除前述〈秦漢瓦當概述〉之外，尚有《關中秦漢陶錄》與《續關中秦漢陶錄》，收有不少陶文、磚文拓片，對於秦漢時代以陶、磚爲材質之文字，具有重要之參考價值。近年，王恩田又編有《陶文圖錄》共六冊，由先秦各國各系至漢代及其以後，所收拓片之豐富，可謂爲目前集大成之作。所有主題中，論及漆器文字者最少，李正光編《漢代漆器圖案集》、張榮撰《古代漆器》、洪石撰《戰國秦漢漆器研究》、諸葛鎧撰《墨朱流韵——中國古代漆器藝術》、胡偉慶撰《溢彩流光——中國古代漆器巡禮》、胡玉康撰《戰國秦漢漆器藝術》、周成撰《中國古代漆器》等，或爲通論性著作，或有間及秦漢者，但多談紋飾而鮮談文字，所見僅《戰國秦漢漆器研究》與張龍文撰《中國古代書法藝術》見有少數文字拓片，但部分著作對於漆器之分類及與陶器之聯繫較爲清楚，可與陶器相關書籍參看。陶、磚、瓦、漆器亦存有名稱問題，因亦偶有同文或無法釋讀者，故於稱呼時亦常有不便。本論文所採拓片，秦代爲《秦代陶文》，漢代爲《陶文圖錄》。

至於簡帛與骨箋，雖不在秦漢篆之範圍內，但筆者仍討論其形體，而說明排除之因。秦漢時代對於簡帛文字之看法，多認爲是已屬於隸書系統之文字，唯獨馬王堆出土各種書籍上之文字，究竟屬篆或隸，常有不同看法，尤其以《老子》甲本、《陰陽五行》甲本與《五十二病方》之形體最有爭議，如馬今洪撰《簡帛：發現與研究》、黃文杰撰《秦至漢初簡帛文字研究》、駢宇騫與段書安編撰《二十世紀出土簡帛綜述》、蕭世瓊撰《馬王堆帛書文字研究》、鄭惠美撰《漢簡文字的書法研究》、陳松長編《馬王堆簡帛文字編》、王貴元撰《馬王堆帛書漢字構形系統研究》等皆有論及，討論書籍數量之多，可見馬王堆帛書之重要性。在《老子》甲本方面，筆者採用徐在國主編《古老子文字編》，在《陰陽五行》甲本與《五十二病方》方面，則採用《馬王堆簡帛文字編》。骨籤文字明顯爲隸書，目前所見論及此方面者，爲宗鳴安撰《漢代文字考釋與欣賞》及華人德撰《中國書法史．兩漢卷》。

除以上專門性著作、學位論文與重要單篇著作外，《文物》、《文博》、《考古》、《考古與文物》等重要期刊中，時有發掘簡報之報導，亦爲重要參考資料。

以上以主題爲段落，討論各家對不同書寫材質形體之收集與討論，擇其要者略加介紹，至於討論各主題之著作所在多有，限於篇幅無法一一論及。

貳、主要名詞界定

在本論文中，使用到一些名詞或術語，有必要在此先做界定，以免產生誤會。

本論文名爲《秦漢篆文形體比較研究》，則首先須針對「秦篆」與「漢篆」二者先做說明。本論文將時代界定於秦始皇統一天下至東漢末年獻帝爲止，故「秦篆」所指爲「秦代之小篆」，相對於秦篆，「漢篆」所指爲「漢代之小篆」。

在每一章節中，筆者皆以「結構」與「筆勢」討論各主題器物間篆形之關係。關於「結構」一詞，古人用之較少，但其涵蓋範圍甚廣，舉凡關於文字各部件間如何擺放者皆屬之，較有名者如歐陽詢〈三十六法〉中有「借換」一條，即包含偏旁之借換與組字部件位置之借換，〔註3〕融合文字學與書法之結構內涵於一身，可見「結構」一詞至少在唐代已被文字學與書法混用。

單就書法而言，《書法辭典》中有「間架結構」詞條，其下曰：「是指點畫搭配、排列、組合成字的形式和規律。也叫『字體結構』。漢字的結構有獨體字和合體字結構。合體字結構有左右結構、左中右結構、上下結構、上中下結構、包圍結構諸類，均爲一般的結構規律。進行書法創作決不能墨守成規，要匠意

〔註3〕（唐）歐陽詢撰：〈三十六法〉，收錄於徐娟主編：《佩文齋書畫譜》（北京：中國大百科全書出版社，1997年5月），冊56，卷3，頁131。

經營，創造出具有獨特風貌的字形。」〔註4〕

《中國書法詞典》「字體結構」條曰：「用不同數量和形體的筆畫組成一個正確清楚、端正勻稱、美觀大方的漢字的規律，稱之爲『字體結構』，亦稱『間架結構』。漢字的字體結構主要有左右結構、上下結構、包圍結構等。」〔註5〕

崔陟《書法》中曰：「間架結構：指字點畫之間的聯結、搭配和組合，以及實畫和虛白之佈置。」〔註6〕

根據以上諸家所言，可見書法中確有「結構」一詞，用以表示組合成字時各組字部件彼此間之位置，如「和」字，大徐本作，其部件位置爲左口右禾，但刻石中〈袁安碑〉作，其部件位置爲左禾右口，二者正好相反。〔註7〕文字學中亦有「結構」一義，但所指爲組成一字之組字部件爲何，即許愼於《說文》中說解字形時，常用「从某从某」、「从某某聲」等術語，如《說文》六書定義中「信」字爲「从人言」，「江」字爲「从水工聲」。〔註8〕自《說文》出，後代不乏有各種形態之字書相繼而起，如晉代呂忱撰《字林》、北魏江式撰《古今字詁》、南朝梁顧野王撰《玉篇》、唐代張參撰《五經正義》、唐玄度撰《九經字樣》、宋代張有撰《復古編》、李從周撰《字通》、遼釋行均撰《龍龕手鑑》、明代梅膺祚撰《字匯》等，數量頗豐，雖部分字書或已亡佚，或非以說解小篆爲主，然存於今者實皆有其參考價值。〔註9〕尤其張有之《復古編》則更以小篆爲正體，其解釋形體亦一如《說文》以「从某某」之用語呈現，可說與《說文》之關係更爲緊密。〔註10〕凡自《說文》以來使用各種方式說明文字形體，特別如《說

〔註4〕《書法辭典》（台北：華正書局有限公司，1989年3月），頁155。

〔註5〕馬永強主編、劉向偉等合編：《中國書法詞典》（鄭州：河南美術出版社，1991年7月），頁287。

〔註6〕崔陟撰：《書法》（台北：城邦文化事業股份有限公司，2001年2月），頁182。

〔註7〕可參本論文〈兩漢前期刻石之篆形探析〉。

〔註8〕段注本，15卷上，頁763上右至上左。

〔註9〕參見張其昀撰：《「說文學」源流考略》（貴陽：貴州人民出版社，1988年1月），頁53～78；曾榮汾撰：《字樣學研究》（台北：台灣學生書局，1988年4月），頁28～77。

〔註10〕參見（宋）張有撰：《復古編》，收錄於（清）永瑢、紀昀等編：《景印文淵閣四庫全書》（台灣：商務印書館股份有限公司，1986年3月），冊225。

文》、《復古編》一類具「从某某」、「从某从某」等術語，以及說明某些偏旁之可互通者，皆屬本論文所稱「結構」之範圍內。

由於「結構」一詞含有文字學與書法之雙重意義，故筆者於討論結構時亦採用如此看法。筆者認爲，文字筆畫之或長或短，並不影響我們認識該字，但結構之變易，有時會影響對文字辨認之速度，故結構有探討之必要。

至於「筆勢」一詞，文字學中未有，而書法中常見，但所指內涵未必相同。自蔡邕〈九勢〉起，「勢」字便廣泛運用於書法中，但所謂「筆勢」或指筆法，或指筆意，不僅所指有異，文意更爲虛無玄妙，眞所謂「可意會而不可言傳」，皆非本論文所提之意，不如今人所言之具體。《書法辭典》曰：「寫字時筆毫在點劃運動中所產生的勢能。筆勢是字體點劃結構、書家用筆技巧和時代風尚等的綜合產物，既存在於點劃（有形）之中，又存在於字與字（無形）的呼應之間。」〔註 11〕

《中國書法詞典》則曰：「書法術語。指點畫的形體姿態以及由此而表現出來的風格特點。書家性格、情趣、素養，時代風尚的千差萬別，以不同的用筆方法，其反映在點畫形體結構上的風格特點也就迥然不同。『筆勢』與『筆法』不同，『筆法』是每一個書家都必須遵守的用筆之法，而『筆勢』則因人而異，有肥瘦、長短、曲直、方圓、平側、巧拙、和峻之分。」〔註 12〕

崔陟《書法》中則曰：「筆勢是結體之基礎，主姿態美醜。」〔註 13〕

筆者較爲傾向第二與第三種說法。「勢」字常爲人所使用，如劉松林曰：「『勢』一詞在日常生活中並不陌生，平時所說的形勢、氣勢、勢力、勢不可當、因勢利導等等，都使用了勢的概念，勢在人們生活中的適用範圍是極其廣泛的。」〔註 14〕因此「勢」字若用於不同地方，其意義亦不相同。筆者認爲「筆勢」即指每人行筆之時對於每一筆畫之書寫方向、長短、方圓等之總稱，每一個體對於同一文字之書寫，雖然整體結構未變，但書寫後所呈現之形態卻往往不同，甚至可運用此不同而鑑別書寫者之書寫習慣，此即爲筆者所認定之筆勢，如璽

〔註 11〕《書法辭典》，頁 158。

〔註 12〕馬永強主編、劉向偉等合編：《中國書法詞典》，頁 777。

〔註 13〕崔陟撰：《書法》，頁 50。

〔註 14〕劉松林撰：《學書指要》（北京：新世界出版社，2002 年 9 月），頁 102。

印〈文帝行璽〉作，〈吳行私印〉作，前者筆畫方折平直，後者屈曲圓弧，雖爲同一文字，但表現方式不同。〔註15〕《中國書法詞典》指出筆勢有「千差萬別」，且往往「因人而異」，正是書寫者之習慣與運動方式所造成，筆勢運用得當，自然是構成文字美觀與否之條件之一，故崔陟《書法》曰筆勢「主姿態美醜」，筆者表示認同。

中國文字在甲骨文與金文之時代，由於書寫方向、書寫筆順與組字部件之不固定，因此文字外形有大有小，形體並不固定，造成一字多形之現象；但到了大篆甚至是小篆之時代，中國文字一字一形之特色便逐漸顯現、固定了下來，組字部件如何編排，會關係到該字之方正與否，相同原理，筆勢之運動也會影響到文字書寫之流暢，甚至因而牽動組字部件在文字中之編排，繼續朝美觀之方向前進，當然，也有可能因各人筆勢之不同，而出現俗字甚至是錯字之情況，這也有可能影響文字之結構，因此筆者認爲，在討論篆形時筆勢之因素亦必須考慮。

其次談論隸書問題。雖然本論文以討論小篆結構爲主，但小篆不免受隸書影響而發生變形，而隸書又並非自始至終即爲蠶頭雁尾之狀，因此在指稱隸書時亦必須先加以說明。

古人及前輩學者對於隸書之說法有數種：其一，分爲秦隸與漢隸；其二，分爲古隸與今隸；其三，分爲古隸與八分。部分前輩學者多將秦隸等同於古隸，將漢隸等同八分，但由歷史事實觀之，秦隸之樣貌至漢初並無改變，真正漢隸之發生卻是在西漢末，因此將隸書分爲秦隸漢隸，或將秦隸等同於古隸，將漢隸等同於八分，顯然有所不妥。

若分爲古隸與今隸，則易產生古今問題。站在漢代之立場，則秦爲古，漢爲今；站在唐代之立場，則秦漢魏晉爲古，唐爲今。如此對隸書之指稱便易混淆。

古人已有將隸書分爲古隸與八分之概念，但對於其發生順序及觀念實有混淆，如唐代張懷瓘〈書斷．隸書〉下曰：「案八分則小篆之捷，隸亦八分之捷。」〔註16〕隸書與八分分別不清，其實八分乃指具蠶頭雁尾之隸書，隸書包含八分；

〔註15〕可參本論文〈秦漢璽印之篆形探析〉。

〔註16〕（唐）張懷瓘撰：〈書斷〉，卷上，收錄於商務印書館四庫全書出版工作委員會編：《文津閣四庫全書》（北京：商務印書館，2005年），冊269，頁405。

又如清代劉熙載《藝概．書概》下曰：「夫隸體有古於八分者，故秦權上字爲隸；有不及八分之古者，故鍾、王正書亦爲隸。」又曰：「吾邱衍『學古編』云：『八分者，漢隸之未有挑法者也。』」〔註17〕其隸體古於八分者即所謂古隸，但鍾王正書乃指楷書，吾邱衍所言未有挑法之漢隸，實乃指古隸而言，古隸並無蠶頭雁尾而八分有之，可見其混亂之一斑。杜忠誥對隸書之分別有清楚之界定：

> 古隸結體方長，或存隸意，用筆多直來直往，未有點畫俯仰之勢，……八分筆兼方圓，結體較古隸爲寬扁，筆法亦大異於古隸，起筆用逆鋒法，具蠶頭之形；收筆用挑法，有燕尾之狀，此種波磔呈露之書體，即典型之八分書，……故知「隸書」乃通稱，「古隸」與「八分」爲特稱。析言之，則古隸自古隸，八分自八分；統言之，則古隸八分皆隸矣。〔註18〕

可知古隸與八分之最大差別即在於是否具有「蠶頭雁尾」之狀，本論文將篆形與隸書比對時，亦採用如此界定，析言之，不具蠶頭雁尾者稱古隸，與簡率小篆較爲接近，而具蠶頭雁尾者稱八分，統言之則皆稱爲隸書。

最後則爲書體與字體之問題。《書法辭典》「書體」條下曰：「文字發展過程中，時代特點、藝術風格的不同及書寫工具不同所形成的不同書法體製，如篆、隸、楷、行、草諸體。魏晉以前指字體而言，此後各種字體均已完備，又專指某一書家具有個人風格、特點的書體。如：王體、歐體、柳體、趙體等。」〔註19〕於「字體」條下又曰：「(1) 同一種文字的各種不同風格、形體。如：漢字字體有甲骨文、大篆、秦篆、隸書、楷書、行書、草書等。(2) 意同書體，指書法的派別，如：歐體、顏體、柳體、趙體等。」〔註20〕

《中國書法詞典》「字體」條下則曰：「①字的形體結構。如古文、籀文、小篆、隸書、八分、章草、行書、楷書、草書等書體。……②書法流派。如歐體、顏體、柳體、趙體等。」〔註21〕於「書體」條下則曰：「文字的體勢，與『字

〔註17〕（清）劉熙載撰：《藝概》（台北：華正書局有限公司，1985年6月），頁135。

〔註18〕杜忠誥撰：〈說隸書〉，《藝壇》第131期（1979年1月），頁13～14。

〔註19〕《書法辭典》，頁117。

〔註20〕《書法辭典》，頁54。

〔註21〕馬永強主編、劉向偉等合編：《中國書法詞典》，頁287。

體』同。」〔註22〕

上述兩本書法辭典，皆將書體等同於字體，雖有不少書家或書法著作之作者，認爲書體與字體應分開，但就筆者之經驗體認，二者實難以分別。筆者曾就此問題就教書法界吳啓禎先生，前輩認爲關於此類名詞之問題，現今早以無法分開，可謂人言言殊，但吳先生傾向於「字體」一般乃指某一家之寫法，範圍較狹窄，「書體」則範圍較大，如篆書、行書、草書等，可以說字體被包含於書體之內。〔註 23〕基於前輩如此認爲，筆者亦將篆、隸、草、行、楷等稱之爲「書體」。

以下則先討論《說文》之版本、流傳與篆形，以便於與各書寫材質上篆形之比較。由於本論文引用字例較多，故引用拓片之書籍多以簡稱注出，而於目錄頁之後附上簡稱與全稱對照表，以便核對或複查；至於字例之圖檔有因各種情況而不易辨識者，則依情況以電腦軟體技術加以調整，若仍不清楚，則以手摹附之於後，盡量以清楚爲原則。

〔註22〕馬永強主編、劉向偉等合編：《中國書法詞典》，頁 185。

〔註23〕2008 年 7 月於三峽就教於吳啓禎先生。

第二章　《說文解字》之版本與篆形

本論文自第三章起，雖分各主題以討論篆形，但秦漢時期之篆形除存在於各書寫材質之傳世與地下出土實物外，欲了解當代之篆形，《說文》乃最爲基礎、重要之依據，故談及秦漢時代之篆形，必應依據《說文》與傳世、地下出土文物比對。《說文》乃上達古文字，下探今文字之重要字書，可謂通古今文字之橋梁，但因《說文》長期在傳抄、版刻上有所變化，故關於其特色、版本、篆形之異同，實有說明與了解之必要。

第一節　許愼與《說文解字》

許愼，東漢人，對於其生平，今人所知無多，即其生卒年亦無從確切得知，欲了解許愼之生平，最直接可信之資料當存於史書，《後漢書．儒林傳》有其生平概略曰：

> 許愼字叔重，汝南召陵人也。性淳篤，少博學經籍，馬融常推敬之，時人爲之語曰：「經學無雙許叔重」。爲郡功曹，舉孝廉，再遷，除洨長，卒於家。初，愼以五經傳說臧否不同，於是撰爲《五經異義》，又作《說文解字》十四篇，皆傳於世。〔註1〕

可知許愼爲東漢著名經學家，曾從賈逵學，馬融亦非常敬重他，爲古文經學派

〔註1〕（南朝宋）范曄撰、楊家駱主編：《新校本後漢書并附編十三種》，冊6，卷79下，頁2588。

之重要代表人物之一，時人常稱「五經無雙許叔重」，著作有《五經異義》與《說文解字》。

經由史書，可知許慎於當代即頗負盛名，其所撰《說文》在東漢末年亦已有鄭玄等多位大儒引用，而約與其同時代之賈逵與馬融，並皆有較爲詳細之傳記，獨許慎僅有寥寥數十字，實有相當大之落差。關於許慎之生卒年，前輩學者多有考證，但尚無定論。江舉謙認爲許慎生年最遲應在明帝永平之初，卒年則不得早於質帝本初年間；〔註 2〕嚴可均則認爲許慎生於明帝年間，而卒於桓帝年間；陶方琦則考證許慎當生於明帝初年，卒年則在桓帝建元二年（西元 148 年）；〔註 3〕余國慶則認爲其活動年代當在光武帝至安帝年間，時代略有提早。〔註 4〕綜合各家所言，則許慎之活動年代可能在東漢明帝至質帝、桓帝年間左右，享壽在九十歲上下較爲大眾所接受。

至於許慎之生平，經由史書上可知其對於經學有相當深厚之涵養，先被選拔爲汝南郡功曹，其後又被薦舉爲孝廉，最後則被派任爲洨長一職，但以年邁推辭而未赴任，開始撰寫《說文》，應是在「舉孝廉」之前，「再遷」之後。

根據《說文》第十五卷下許沖上書一文中，稱許慎「臣父故大尉南閣祭酒慎」，可知許慎曾擔任南閣祭酒一職，段玉裁認爲「凡史云故某官者，皆謂最後致仕之一任。」〔註 5〕江舉謙更進一步說明：

> 在許慎看來，洨長既未必適合自己志趣，稱病請辭，正是時機。范史本傳載「除洨長，卒於家」。乃要其終之辭，實際上許君並不曾就任。所以過了兩年（建光元年），說文解字終於大功告成。而許沖所上的表，一方面仍稱許慎爲「故太尉南閣祭酒」，故者，已去官之辭。這正說明舊爲太尉掾史官屬，同時也正爲並未就任洨長之證。〔註 6〕

〔註 2〕參見江舉謙撰：《說文解字綜合研究》（台中：東海大學，1970 年 1 月），頁 56～60。

〔註 3〕上二家說法可參見蘇法昭撰：〈說文解字及其功臣的研究〉，《德明學報》第 3 期（1975 年 11 月），頁 184。

〔註 4〕參見余國慶撰：《說文學導論》（合肥：安徽教育出版社，1995 年 10 月），頁 8～9。

〔註 5〕段注本，15 篇下，頁 793 上右至上左。

〔註 6〕江舉謙撰：《說文解字綜合研究》，頁 63。

蘇法昭亦引陶方琦之說，謂「再遷」一詞爲許慎擔任太尉南閣祭酒之時。〔註 7〕

綜合以上所言，許慎之生平、爲官與《說文》之關係大致可說是先爲郡功曹，其後舉孝廉，並從賈逵學習古文經書籍，且開始撰寫《說文》，其後擔任太尉南閣祭酒，最後之洨長一職未曾赴任，除因非己之志趣外，亦因《說文》急須完成，故稱疾辭不赴任，不久，《說文》之定稿即完成。至於傳中所提《五經異義》，及其它著作如《淮南子注》和《孝經孔氏古文說》等，今皆已亡佚，所流傳者，唯有《說文》一書，其原書已不得見，然有多種版本流傳至今。

今人多將《說文》視爲字書，閱讀古典書籍有所疑惑，常先查閱《說文》以明字義，《說文》歷經二千年左右仍有其用處，可見其作用與價值之大。《說文》在今日仍有其價值，而許慎當時撰寫《說文》實有其用心。

許慎在《說文・敘》中說：

> ……而世人大共非訾，以爲好奇者也，故詭更正文，鄉壁虛造不可知之書，變亂常行，㠯燿於世。諸生競逐說字解經誼，稱秦之隸書爲倉頡時書，云父子相傳，何得改易，乃猥曰馬頭人爲長，人持十爲斗，虫者屈中也。廷尉說律至㠯字斷法，苛人受錢，苛之字止句也，若此者甚眾，皆不合孔氏古文，謬於史籀。俗其所習，蔽所希聞，不見通學，未嘗覩字例之條，怪舊埶而善野言，㠯其所知爲祕妙，究洞聖人之微恉。又見倉頡篇中幼子承詔，因曰古帝之所作也，其辭有神僊之術焉，其迷誤不諭，豈不悖哉。〔註 8〕

由此一大段話語可知，許慎所處之東漢時代由於已習用隸書，許多人已不明小篆之形體由來，因而產生許多荒謬怪誕之說解字形結構之情形，甚至對於自古文字以來之文字演變不甚了解。由文字之演變觀之，其動力之一即在於爲求書寫便利，隸書即是在此要求下演變而出之書體，乃自然演化之結果，隸書既書寫便捷，書寫篆書者便少，但並不意味能夠捨棄文字演變之規律而不顧，面對時人顛倒文字演變規律，曲解文字形構，許慎或深有感觸，因而《說文》之撰寫便有其動機。

〔註 7〕參見蘇法昭撰：〈說文解字及其功臣的研究〉，頁 184。

〔註 8〕段注本，15 篇上，頁 770 上右至下左。

許慎撰作《說文》動機之一，即爲正確解釋字形，搭配字音、字義，使文字形音義密切結合，面對時人以隸書妄解字形，說解字義之情形，許慎爲扭轉如此風氣，自然不能再以隸書作爲說解文字之對象，因此錢榮貴曰：

> 值得注意的是，許慎爲何以小篆爲說解對象。這是因爲在形體上從古籀到小篆只是一個「量變」的過程，段玉裁云：「小篆之於古籀，或仍之，或省改之，仍者十之八九，省改者十之一二而已。」而由篆書到隸書則是一個「質變」的過程。六經產生在先秦，以文字來通經，最佳選擇自然是篆書。〔註 9〕

隸書既不能用以說解文字之本形、本音、本義，自然選擇較隸書爲古之文字，筆者認爲，此時時人用以說解文字之隸書，應是脫盡古文字成分，已臻成熟之八分，故欲以文字之象形性以說解文字，則非小篆莫屬，小篆能與古文、籀文聯結，成爲溝通古文字之橋梁，並能使時人了解隸書不能用以解釋文字，亦能使時人明白小篆與說解文字間之關係，以使小篆能回歸其正確之本位。

許慎撰作《說文》之另一動機，則在於「解經義」。許慎身爲經學家，對於經典書籍文字章句之解釋，其要求必定高於一般人，因此，將每一文字之意義說解清楚，對身爲一位經學家而言確有其必要。這項動機對於今人而言，其重要性似乎不大，但在漢代經學大盛之時期，卻是不可疏忽之處。

若再更深入理解，部分前輩學者認爲，漢代由於有今古文之爭，兩派僵持不下，許慎身爲古文經學家，爲維護其立場，乃收集古文、籀文及篆文等書體，一一加以整理說明，從而證明古文經之其來有自，絕非虛造。董希謙曰：

> 要回答今文經學派的攻擊，就需要闡明文字發展的源流，這就是許慎撰寫《說文》的主要目的。在《說文》正文中，許慎收錄了古文、籀文以及小篆等各種字體，並對每字的形、音、義，分別加以分析、說明，且一一揭示前人制作文字的本意；其次，在《敘》文中，許慎復講述了文字演變的歷史，指出「孔子書六經，左丘明述《春秋傳》，皆以古文，厥意可得而說」，從而證明古文並不妄，這就從根本上維護了古文經學的地

〔註 9〕錢榮貴撰：〈許慎《說文解字》的編纂思想及其體系〉，《東南大學學報（哲學社會科學版）》第 11 卷第 6 期（2009 年 11 月），頁 101。

位。〔註 10〕

可知許慎乃由文字之演變、歷史之事實，以使古文經學派立於穩固之根基上。錢榮貴亦曰：

許慎生活的年代正是今古文之爭頗爲激烈的時期。在這場論戰中，許慎是以「古文經派」的面貌出現的。當時，今文經派的儒生竟相說字解經，他們依據隸書的形體，臆測文字的起源和結構。……在許慎看來，文字是經史百家的根基，是推行王道的首要條件。前人憑藉文字可傳諸後世，而後人依靠它可了解歷史。許慎編纂《說文解字》的直接目的就是批判今文經「巧說邪辭」，捍衛古文經學說的學術地位，爲古文經派提供理論依據。

又曰：

需要指出的是，許慎少時博學經籍，學的是今文經，中年受業經學大師賈逵，學的是古文經。正因爲許慎兼通今文經、古文經，他對今文經的針砭就顯得尤爲有力。〔註 11〕

由此兩段話又可見，許慎撰寫《說文》，使古文經學派及其典籍之所由來有所根據，並可用以詰問今文經學派之學者，成爲維護古文經學派之最佳保障。

許慎撰寫《說文》之動機雖有二，但二者實緊密相連，古文經學派爲維護其地位，必使其典籍文字有所依據，使用小篆不僅能達到此目的，反面而言，即使隸書不能說解文字之意思突顯，而利用小篆對於文字本形、本音、本義之理解，又是溝通古今文字之重要過渡，其重要性自不在話下。

許慎撰寫《說文》時，想必經過相當縝密之思考，周祖謨認爲《說文》之價值有四：「收字範圍很廣」、「首創分析文字結構的理論和方法」、「創立部首編排文字的方法」與「記載了豐富的古代詞匯，保存了大量的古義」；〔註 12〕王貴元亦曰：「《說文解字》是我國第一部分析字形、說解字義、辨識聲讀的

〔註 10〕董希謙等編著：《許慎與說文解字研究》（開封：河南大學出版社，1988 年 6 月），頁 58。

〔註 11〕錢榮貴撰：〈許慎《說文解字》的編纂思想及其體系〉，頁 100～101。

〔註 12〕周祖謨撰：〈《說文解字》概論〉，《中國文化研究》1997 年春之卷（總 15 期）（1997 年 2 月），頁 63～64。

字典，也是我國第一部系統展示漢字形音義必然聯繫的文字學著作。其重要特點是解釋了字形構造的緣由，反映了漢字形義的相互依存關係。」〔註 13〕故《說文》之優點與功用不僅止於查閱文字形、音、義之所由來，擴大而言，可以說是我國第一部具有分部觀念之字典，《說文》分部與入部之概念，確實對後世字典之編纂給予深遠之影響；運用大量書寫材質上之文字材料，使古文、籀文、小篆等古文字形得以保留，在中國文字形體演變之過程中，具有高度參考價值，時至今日仍不可偏廢；而許慎於說解之過程中，又保留、透露出許多上古時期之政治、文化、方言等內涵，對於考索上古時期先民活動之背景，亦有一定之功用。許慎撰作《說文》之時，或許僅立於經學、小學之角度，然時至今日，《說文》實已發揮更大之效用，實值得吾人善加保存、流傳與應用。

《說文》雖有許多優點與功用，然以一人之力欲成此巨帙，實有難以完善之處，例如說解過於簡略，或解釋文字時偶有缺誤。其說解過於簡略，不僅呈現於單一文字之說解中，即在〈敘〉中對於六書定義之說明，亦未有詳盡之處，是以無論象形、指事、會意、形聲、轉注、假借，由古至今，眾說紛紜，對於六書之定義若未能確實理解，則欲分析、歸納某字之六書必會產生困擾。又許慎受限於時代之因素，雖然已博採群書及部分實物材料，但所採字形或有譌變，則針對譌誤之字形加以說解，便會出現在字形、字音、字義、形構之旨、分部、入部等判別上之錯誤，後人若未能詳加考證，則亦容易產生錯誤之理解。許慎撰寫《說文》之態度十分嚴謹，《說文．敘》中曰「其於所不知，蓋闕如也。」正是負責任之表現，許慎於說解文字時，雖未必知其爲錯，但今人擁有更多傳世與地下出土之材料，實可一方面用以證成《說文》，一方面用以補正《說文》，而使其書更加完善。

因《說文》本身有其不可抹滅之價值，但又有其疏漏之處，而在流傳過程中，原本又已不得見，爲證成、改正、解釋其內容，後代不少學者由不同方面做過努力，因其著重點不同，且抄寫、刊刻時或有異同，其版本與流傳便逐漸增多，不同版本之篆形、說解乃至於編排次序皆不完全相同，便會影

〔註 13〕王貴元撰：〈《說文解字》版本考述〉，《古籍整理研究學刊》1999 年第 6 期（1999 年），頁 41。

響後人對於《說文》之理解，本論文所討論之文字對象爲秦漢時期之篆形，既以《說文》爲依據，亦應對《說文》之版本與流傳有一基本認識，並說明所選版本之理由。

第二節　《說文解字》之版本

《說文》成書後，在當時應發揮一定之作用，較許慎稍後之鄭玄，乃至於應劭、陸機、顏之推、陸德明、虞世南、歐陽詢、李善、玄應、慧琳、李賢、司馬貞、徐堅、白居易、孔穎達、賈公彥等，無論著書或注解，對於《說文》皆有引用，《舊唐書》、《新唐書》並皆有著錄，可見《說文》在東漢至唐代皆流傳不斷；前文亦提及《說文》首創分部之概念，因而在此段時期不少字書受其啓發，例如張揖《古今字詁》、呂忱《字林》、顧野王《玉篇》等，皆爲此時期之重要著作。〔註 14〕

《說文》在被群書之偁引以及體例之繼承上，確實極爲顯著，然其書何以後來沉寂，至唐代李陽冰時才有較大規模之修正？筆者認爲可能因東漢末年有《熹平石經》出，至魏又有《三體石經》，其中皆有隸書，亦即成熟之八分，隸書成爲時代書寫之代表性書體已成爲風尙、趨勢，於是時人對於小篆便更加忽略。江舉謙曰：

> 許君作說文解字，主要正是想恢復篆籀古文的地位，挽救隸書紛亂的危機。許書字義的說解，正所以明構形的由來，雖說大勢所趨，誰也無能爲力，到了熹平石經隸定形構，篆籀古文終於只成爲溝通古今文字的橋梁。〔註 15〕

許慎欲以小篆等古文字形說解文字之本形、本音、本義之想法，受到時代因素之影響，未能有全面性之成功，此或許是影響《說文》流傳之一項重要因素。

《說文》在唐代以前可能原本即有錯亂譌誤，且有多種版本，而今日吾人所知之唐代以後之版本，有口部殘卷、木部殘卷、李陽冰本、大徐本、小徐本與段注本，以下則分別說明其特色與版本。

〔註 14〕參見余國慶撰：《說文學導論》，頁 95~96。

〔註 15〕江舉謙撰：《說文解字綜合研究》，頁 69。

壹、口部殘卷

關於唐代《說文》之版本，皆爲手抄本。邵敏曰：

> 我們今日所能見到的在徐鍇之前的《說文》本是兩個唐寫本：一個是木部殘卷，後爲清同治年間莫友芝所得，並作《仿唐寫本說文解字木部箋異》；另一個是口部殘簡，後被日本人所藏。〔註16〕

因可知目前流傳最早之版本，爲唐代口部殘卷與木部殘卷。周祖謨曰：

> 木部殘本每篆二行。口部殘簡則每篆三行，惟每行之第三字皆斷缺無存。二本同作烏絲欄，每次注文分爲二三行書於篆文之下，由此尚可見唐本之舊式。然木部殘本每字之音列於篆文及注文之間，獨居一欄；而口部殘簡則別以朱筆書於注解之末；小有不同耳。論其體制之流變，則以朱筆箋記於注末者在前，以音切於一欄者居後。〔註17〕

如此則可知口部殘卷之時代要稍早於木部殘卷。

關於口部殘卷之版本似有三種。高明曰：

> 至於口部殘簡有二：一爲日人平子尚氏所藏，存四字；一爲日人某氏所藏，存六行、十二字，見於日本京都東方學報第十册第一分「說文展覽餘錄」中；而前者則未獲見，不知其四字爲何。〔註18〕

此處所提版本有二，一爲四字者，一爲十二字者，然四字者未見。蘇鐵戈曰：

> 另外，還有一種唐代寫本傳世，然僅存「口」部的十二個字，書寫格式爲上下兩行，每行兩篆，僅此而已。此殘卷現今也流於日本。另據記載稱，世間尚有一六個字一片的葉子本流傳，此殘葉注文列下面，反切在注文之後。這個反切與現今所見之宋本反切不同，字的次序也不完全與宋本一樣。這關係到許慎《說文》的排字次序和體例等問題。〔註19〕

〔註16〕邵敏撰：〈徐鉉、徐鍇整理《說文解字》之異同〉，《吉林省教育學院學報》2008年第7期第24卷（總199期）（2008年），頁86。

〔註17〕周祖謨撰：〈唐本說文與說文舊音〉，收錄於《問學集》（北京：中華書局，1996年1月），下册，頁723。

〔註18〕高明撰：〈說文解字傳本續考〉，《東海學報》第18卷（1977年6月），頁4。

〔註19〕蘇鐵戈撰：〈《說文解字》的版本與注本〉，《古籍整理研究學刊》1997年第4期（總68期）（1997年7月），頁43。

此處所提版本亦有二，然一爲十二字者，一爲六字者，未知六字者是否可得而見之。

由以上引文所見，口部殘卷應有三版本，然一般所稱口部殘卷，似以提及四字者與十二字者較多，且四字者亦似未曾有人見睹，林聖峰曾將此三版本統整，做一較清楚之說明：

> 關於口部殘簡，朱葆華寫與臧克和的〈關於《說文》唐寫本殘卷的一封通信〉一文，則提到了日本學者的最新研究成果，口部殘卷共有三種，一爲平子尚氏所藏本，一紙二行三段，有界格，共六字，最下段只存篆文而說解被切去。一爲西川寧氏藏本，一紙六縱行三段，有界格，收十二字。最新發現的是東京古典會出的《古典籍下見展觀火入札目錄》〈1988〉收錄的一種，亦爲一紙二縱行三段，有界格，共六字，下段之字亦只保留篆文而無說解。三本皆古代日人鈔本，非中土之物，篆文近於《篆隸萬名義》〔註20〕之篆文。〔註21〕

如此可知，口部殘卷或確有三種，且皆爲日人手筆，一般所見乃十二字者，〔註22〕觀其筆法確有特殊之處，下文提及口部殘卷篆形時再詳論之。

貳、木部殘卷

前文已提及，木部殘卷與口部殘卷同爲現今所能見之兩種唐代《說文》抄本，口部殘卷版本較多，已說明如上，木部殘卷則版本單純，僅有一種。

木部殘卷一百八十八字，原在清代安徽黟縣縣令張廉臣處，莫友芝弟莫祥芝告知其兄，友芝乃令其至張廉臣處手摹，張廉臣見其勾摹不敢苟且，乃慨然贈之，於是木部殘卷遂歸友芝所有，莫友芝對其詳加研究、考證，撰成《唐寫本說文解字木部箋異》。書成，由於莫友芝當時正在曾國藩幕府中，曾國藩知其書已成，甚爲高興，遂助其將完書與木部殘卷付梓，於是木部殘卷得以傳世。

〔註20〕案：《篆隸萬名義》疑應爲《篆隸萬象名義》。

〔註21〕林聖峰撰：《大徐本《說文》獨體與偏旁變形研究》（台北：國立台灣師範大學國文研究所碩士論文，2006年6月），頁6。

〔註22〕此十二字之口部殘卷，見中央研究院藏《日本京都東方學報》第10冊第1分〈說文展觀餘錄〉。

殘卷後歸端方所有，又流入日本，現存於日人內虎藤氏處。〔註 23〕此木部殘卷自發現以來至於今日之流傳梗概也。

由於莫友芝擅於考證，根據唐人避諱之例、宋代米友仁之跋、本文與注文之篆書與楷書書寫風格、行款格式與紙質等，斷定爲中唐穆宗時寫本，劉毓崧則更進一步考證，將具體年代定爲唐憲宗元和十五年，亦即唐穆宗登基之年（西元 820 年），此說遂成爲公認之說法。

木部殘卷未出之時，《說文》最早之版本爲大小徐本，馬敘倫於《說文解字研究法》「說文解字古本」條下曰：

> 尒時（指宋初），徐鉉承詔校定，其言以集書正副本及群臣家臧者備加詳考，有許慎注義序例中所載，而諸部不見者，審知漏落，悉從補錄。然陸德明《經典釋文》、李善《文選注》、玄應、慧琳、希麟《一切經音義》引錄致多，其他如《玉篇》、《切韻》凡宋以前群籍所偁引者，亦每與今傳鉉鍇二本顯有違殊茲損。戴侗《六書故》所引唐本蜀本，莫友芝所得《唐寫本木部殘卷》，亦多異錄，豈皆鉉校所棄，抑或所見有遺？且鉉鍇同裒，二本復多出入，鍇固先亡，今觀鍇本有聲字者，鉉本每無，則爲鉉校所刊落也。……是以學者欲治許書，必先知其本然，而宋以前舊本，不可復覩，必於群籍所徵引者求之。〔註 24〕

周復岡亦曰：

> 徐氏兄弟雖同時，而其書仍每多歧異，說明當時所見本已有出入，二徐各以己意取舍，自成其書，當時已不能定其是非，遂使并行于世。自二徐本行而諸抄本廢，後世更難以斷其曲直。〔註 25〕

〔註 23〕參見梁光華撰：〈《唐寫本說文木部》殘卷論略〉，《貴州文史叢刊》1996 年第 5 期（1996 年），頁 57～58；林聖峰撰：《大徐本《說文》獨體與偏旁變形研究》，頁 5。又關於曾國藩對於木部殘卷及莫友芝《唐寫本說文解字木部箋異》之高度重視，以及木部殘卷後來流落至日本之經過，限於篇幅，可參梁光華撰：〈《唐寫本說文木部》殘卷的考鑒、刊刻、流傳與研究概觀〉，《黔南民族師範學院學報》2005 年第 5 期（2005 年），頁 2～4。

〔註 24〕馬敘倫撰：《說文解字研究法》（台北：學海出版社，1986 年 8 月），頁 1～2。

〔註 25〕周復岡撰：〈莫友芝與唐寫本說文殘卷〉，收錄於《許慎與《說文》研究論集》（鄭州：河南人民出版社，1991 年 8 月），頁 190。

由以上兩大段話語中，可知《說文》成書之後，諸家雖多有偁引，然其後仍舊亡佚，二徐所處時代，所見《說文》內容已有所出入，難以定其是非，木部殘卷出後，其內容雖與二徐本皆有差異，然其時代較二徐本早二百餘年，二者互校比對，能使木部殘卷與大小徐本之譌誤減低，使正確率更高，儘管其字數較少，約僅占全書百分之二，但經莫友芝校刊，對於其體例、說解、字形、用筆等已能有大致了解，對於理解《說文》之原貌必有一定程度之作用。

參、李陽冰《刊定說文解字》

《說文》於唐代之抄本除口部與木部殘卷二者外，尚有李陽冰《刊定說文解字》，俗稱李陽冰本，李陽冰可謂爲第一位對《說文》做全盤整理之人。李陽冰之生卒年不詳，史書無傳，於〈述書賦〉、〈續書斷〉、〈宣和書譜〉等書論中反有較詳細之記載，但大多談及其書法成就，關於其生平與仕宦等，周祖謨亦有詳細整理，可資參考。李陽冰之生年約在開元之初，卒年約在貞元之初，〔註26〕其撰《刊定說文解字》則在代宗大曆年間（西元766年——779年），年代要早於口部與木部兩殘卷，但木部殘卷似並未受李陽冰本之影響，周祖謨說明曰：「今之唐本木部既爲中唐人所書，宜爲李氏之本矣，然其中全無李氏案語，……是非李氏之本也。且觀其筆法，亦與李氏之篆書不盡相合。」〔註27〕至於口部殘卷上文已說明爲日人抄本，既非出於中土，自不受李陽冰本之影響。

李陽冰本今已亡佚，今人對此本之大部分了解，主要出自於徐鍇《說文繫傳·祛妄》中。就文字學方面而論，李陽冰之整理《說文》一如其他各家，乃有得有失，周祖謨謂其刊定《說文》之重點在於論定筆法、別立新解、刊正形聲；〔註28〕而對於其刊定《說文》之是非功過，吳鳳儀曾有詳細之分析。〔註29〕事實上，對於李陽冰刊定《說文》，其勇氣可嘉，畢竟目前所知在此之前，尚未有對《說文》做全面整理者，其刊定《說文》，未必皆誤，且以其書法專長修定小篆筆法，亦是功勞；然爲後人所譏者，在於其釋字時有不妥，或失之於武斷，

〔註26〕周祖謨撰：〈李陽冰篆書考〉，收錄於《問學集》，下冊，頁801～809。

〔註27〕周祖謨撰：〈唐本說文與說文舊音〉，收錄於《問學集》，下冊，頁725。

〔註28〕周祖謨撰：〈李陽冰篆書考〉，收錄於《問學集》，下冊，頁810。

〔註29〕參見吳鳳儀撰：〈論李陽冰刊定《說文》之是非——以大、小徐本中所見引者爲對象〉，《輔大中研所學刊》第6期（1996年6月），頁429～464。

或拆解字形有誤，因而減損其價值，以致功過參半，甚至於過大於功。由另一角度而言，大小徐本重新整理《說文》之時，並皆以李陽冰本爲底本，可見其書在某一段時期內可能曾發揮過效果，若無李陽冰本於唐五代之流傳，二徐欲重新整理《說文》，其難度必定增加許多，此點亦不可抹滅，張意霞認爲「只要不泯滅許愼的說解，李陽冰的看法也算是存異論，讓後人能從不同的角度去瞭解一個字，這也是無可厚非的。」〔註 30〕筆者認爲，除盡量以各種出土文物與文獻對文字做正確之說解外，對於李陽冰說解之正確及錯誤亦可探討，以爲借鑑。

肆、徐鉉校定《說文解字》

徐鉉（西元 916 年——991 年），字鼎臣，經南唐而入宋，於宋太宗雍熙三年（西元 986 年）奉敕與句中正、葛湍、王惟恭等合校《說文》，成校定《說文解字》，《說文》本僅有十五卷，因卷帙繁重，故每卷析爲上下二卷，共三十卷，世稱大徐本。徐鉉之弟徐鍇著有《說文繫傳》三十卷，世稱小徐本，大徐本不僅以李陽冰本爲底本，又因小徐本成書先於大徐本，故大徐本於校定之時亦常參考小徐本之說，故大徐本中實保留有李陽冰本與小徐本之部分內容。

大徐本之特色著重於《說文》本身之校勘與整理，力圖恢復《說文》本來之面目，諸位前輩學者對於大徐本之優點與特色，皆有詳細之說明與闡發。如蘇鐵戈指出大徐本增改之部分爲在卷首別加標目、增加反切、引李陽冰與徐鍇之說法加以補充，以及增加新附字。〔註 31〕余國慶更將大徐本之特色增出將原卷析爲三十卷與訓釋難解字義，成爲六項特色，對於補充《說文》原本不足之處與在原書基礎上加以發揮者，亦提出數點加以說明，更爲詳盡，然大徐本亦並非毫無缺點，故亦指出其對於俗字之輕視與未明古音兩項缺失，作爲後人研讀大徐本時應留心之處。〔註 32〕

雖然二徐本成書時間相差不多，但小徐本在較早時代卷數便已有所缺漏，故在段玉裁《說文解字注》問世以前，諸多學者多將大徐本視爲《說文》唯一之全本，並以其爲底本參照使用，即使《說文解字注》出，大徐本仍有其影響

〔註 30〕張意霞撰：《《說文繫傳》研究》（永和：花木蘭文化出版社，2007 年 9 月），頁 113。

〔註 31〕蘇鐵戈撰：〈《說文解字》的版本與注本〉，頁 44。

〔註 32〕參見余國慶撰：《說文學導論》，頁 100～106。

力，乃使用《說文》時不可或缺之助手。

大徐本在北宋成書後，兩宋期間曾有過多次雕印，但流傳甚稀，據傳有大字本與小字本兩種，而傳世者多爲小字本。此後，約至明末，始有毛晉、毛扆父子將宋版小字本以大字方式重新雕版印行，大徐本自此又重爲流行，且毛本之初刻本品質較精，與宋本相去不遠，應爲善本，然多次依小徐本剜改，譌誤遂逐漸增多，品質便日益下降。

明末至清代，林聖峰依段玉裁《汲古閣說文訂》之整理，宋小字本有三：青浦王昶蘭泉本，稱「王氏宋本」，此本因曾歸日本靜嘉堂，故亦稱「靜嘉堂本」；元和周錫瓚漪塘本，稱「周氏宋本」；明葉萬石君景抄宋本，稱「葉本」。高明於此三版本之外，又錄有江都汪中容甫所藏本以及海虞毛扆斧季所藏本，亦皆爲小字本，大字本則唯有明代趙均靈所藏景抄宋本一種，〔註 33〕此爲清儒所見明清時期宋本之大概。

毛晉父子之汲古閣小字本因經多次剜改，譌誤日多，此後依宋本再加以刊刻者有三：一爲嘉慶十二年（西元 1807 年）額勒布刊鮑惜分之宋本，稱「藤花榭本」，其底本或爲汪容甫所藏本；二爲光緒七年（西元 1881 年）丁少山校刊之宋監本，乃校刊汲古閣本而來；三爲嘉慶九年（西元 1804 年）孫星衍重刊本，稱「平津館本」，經周祖謨之比對，認爲此本或以周氏宋本爲底本。〔註 34〕此三本中，以平津館本譌誤較少，較爲精良，故此後大徐本《說文》之流傳多以此本爲依據。

伍、徐鍇《說文繫傳》

徐鍇（西元 920 年——974 年），字楚金，南唐人，與徐鉉爲兄弟，時人以陸機、陸雲比之，並稱爲「大小徐」或「二徐」。徐鍇亦以李陽冰《刊定說文解字》爲底本而著有《說文繫傳》，世稱小徐本，除《說文繫傳》外，最重要著作爲《說文解字韻譜》，其餘著作則皆已亡佚。

關於小徐本，其書名與內容要較大徐本爲複雜。其書名部分，歷代有稱其

〔註 33〕參見林聖峰撰：《大徐本《說文》獨體與偏旁變形研究》，頁 8；高明撰：〈說文解字傳本考〉，《東海學報》第 16 卷（1975 年 6 月），頁 7～10。

〔註 34〕參見高明撰：〈說文解字傳本考〉，頁 7～10；周祖謨撰：〈說文解字之宋刊本〉，收錄於《問學集》，下冊，頁 763～768；王貴元撰：〈《說文解字》版本考述〉，頁 43。

爲《繫傳》者，有稱其爲《通釋》者，亦有將《繫傳》與《通釋》別爲二書者。張意霞、張翠雲詳列古今各家所言，核以體例，認同以「通釋」爲篇名，「繫傳」爲書名之說法，而將書名定爲《說文繫傳》。〔註35〕

小徐本與李陽冰本、大徐本之不同處，在於小徐本是目前所知最早爲《說文》做注之著作，其書名之所以稱爲「繫傳」，乃是將《說文》尊之爲「經」，《說文》既是「經」，注解經者則爲「傳」，故稱之爲《說文繫傳》。

其內容共分四十卷八部分：一至三十卷爲〈通釋〉，乃對應於《說文》原書之說解，《說文》原僅有十五卷，因每卷各析爲二，故共有三十卷；其餘部分則爲〈部敘〉一卷、〈通論〉三卷、〈袪妄〉一卷、〈類聚〉一卷、〈錯綜〉一卷、〈疑義〉一卷與〈系述〉一卷。其中〈袪妄〉保留有李陽冰對《說文》之少量說解，對於了解李陽冰本有所幫助；〈袪妄〉與〈疑義〉兩篇有徐鍇對於同一文字不同形體、意義之看法；而〈系述〉一篇則如全書之敘，因而置於全書之末。

小徐本之特色與功績，前輩學者討論者亦不在少數。銳聲認爲主要在於改正李陽冰對於《說文》字形之誤解，以及校正《說文》之缺誤。〔註36〕余國慶所提項目最多，包含補充許慎說解未明之處、運用《說文》訓釋古書、以今語釋古語、對於引伸與假借進一步說明、對於多義詞有所解釋、說明文字之演變、注意字詞之音義關係與探索六書理論。〔註37〕蘇鐵戈則認爲小徐本在訓詁、假借、古今字、引伸義、別義和辨別聲音關係等六方面有其長處，且對於段玉裁有深遠之影響。〔註38〕張秋娥則認爲小徐本之優點表現在尊崇《說文》、認同許慎六書說、著重文字形音義之結合、解釋字義以古今語並用、區分古今字、將字義分爲本義、別義、引伸義等。〔註39〕但小徐本亦並非全無缺點，最爲後人

〔註35〕參見張意霞撰：《《說文繫傳》研究》（永和：花木蘭文化出版社，2007年9月），頁15～16；張翠雲撰：《《說文繫傳》板本源流考辨》（永和：花木蘭文化出版社，2007年9月），頁5～7。

〔註36〕參見銳聲撰：〈徐鍇《說文解字繫傳》的學術成就〉，《天津師大學報（社會科學版）》1989年第5期（總86期）（1989年10月），頁71～75。

〔註37〕參見余國慶撰：《說文學導論》，頁108～113。

〔註38〕參見蘇鐵戈撰：〈《說文解字》的版本與注本〉，頁43。

〔註39〕參見張秋娥撰：〈徐鍇的語言文字觀〉，《殷都學刊》2001年第4期（2001年），頁95～98。

所論者，在於偏重會意而忽視形聲，如此則對於六書之定義與理解將產生混淆，後人研讀時亦應留心。〔註 40〕

小徐本成書雖在大徐本之前，二者年代應相差不遠，但早在宋代便已缺第二十五與第三十卷，今本《說文繫傳》乃依大徐本補足，故實已非小徐本原貌。〔註 41〕根據張意霞、張翠雲之整理，《說文繫傳》版本之流傳大致可分爲四大源流：宋刊殘本、述古堂本、汪刊本與祁刊本。宋刊殘本共有兩種，其一爲十一卷殘本，其二爲十二卷殘本，十一卷殘本爲目前所見之最早刻本，祁寯藻主要依此版本爲校刊依據。述古堂本乃據宋本而來。汪刊本爲汪啓淑校刊，完成於清乾隆四十七年（西元 1782 年），乃合數種舊抄本校刊而成，爲元明以來首位雕刻小徐本者，因而在當時極爲盛行。祁刊本爲祁寯藻於清道光十九年（西元 1839 年）至江蘇視察時，借顧廣圻影宋抄足本與汪士鐘所藏南宋殘本，重新加以校刊而出。〔註 42〕

整體而言，汪刊本雖有汪啓淑、馬俊良等之刊刻，但因譌誤較多，其精確性不如祁寯藻本，故今日通行之小徐本，則多爲祁寯藻本之系統。

徐鉉、徐鍇於當時並稱，對《說文》之貢獻各有千秋。以成書時間而言，小徐本先於大徐本，且徐鍇在小學上之成就似高於徐鉉，但大徐本乃由朝廷下詔校定，其地位則似又較小徐本爲高，且大徐本參酌小徐本，將徐鍇之部分見解納入大徐本中，使其重要性更顯突出，故孰優孰劣，實難以論定。余國慶曰：

> 總起來看，大徐本主要是校訂原書，注釋極少，是述而不作；小徐本差不多每字下都有注釋，提出自己的看法，且富於創見，是有述有作。從版本的觀點而言，大、小徐本各有特色：大徐本校改較多，由國家監督開雕，錯訛較少；小徐本沿襲舊書，往往記錄異文。將兩本書比照著看，才能較好的窺見許書的眞面目。〔註 43〕

〔註 40〕參見張秋娥撰：〈徐鍇的語言文字觀〉，頁 98。

〔註 41〕參見王貴元撰：〈《說文解字》版本考述〉，頁 42。

〔註 42〕參見張意霞撰：《《說文繫傳》研究》，頁 17～19；張翠雲撰：《《說文繫傳》板本源流考辨》，頁 82～86。其中《《說文繫傳》板本源流考辨》於第 88 頁夾頁中有小徐本版本源流枝狀圖，十分詳盡。

〔註 43〕余國慶撰：《說文學導論》，頁 114。

二徐本雖方法不同，或校定，或注解，但其動機與目的則同，乃爲盡量使《說文》其書光大，力圖恢復其本來面目，故余國慶之看法應是較爲客觀公允。

陸、段玉裁《說文解字注》

繼二徐之後，對《說文》之研究有較顯著成果者，乃是所謂清代四大家，其中又以段玉裁爲首，所撰《說文解字注》成爲繼二徐之後在《說文》之注解與說明上最爲重要之版本。

段玉裁（西元 1735 年——1815 年），字若膺，號懋堂，江蘇金壇人。師承戴震，博覽群書，於小學用力甚勤，對文字、聲韻之學尤精，其生平之主要著作有《汲古閣說文訂》、《說文解字注》、《六書音韻表》等，其中影響後世最主要之著作當爲《說文解字注》，世稱段注本。

段玉裁在撰寫《說文解字注》之前，先作長編《說文解字讀》，動筆於乾隆四十一年（西元 1776 年），完成於乾隆五十九年（西元 1794 年），歷時十九年之久，此後始在此基礎上加以調整，又歷時十三年，至嘉慶十二年（西元 1807 年）才完成《說文解字注》之編寫，前後共費時三十一年，可謂段玉裁一生學問精神之所在。

《說文解字注》共有三十一卷，《說文》原爲十五卷，但《說文解字注》因內容繁重，每卷析爲上下二卷，又第十一篇上之注文較多，再析爲二，故爲此數。《說文解字注》可謂爲注解《說文》之權威性著作，注釋詳盡，又多能闡發《說文》體例，吳昕曾分析段玉裁撰《說文解字注》時所使用之方法，包含有比較互證法、逆向思維法、歷史發展法與樸素辯證法，〔註 44〕其使用方法多樣，較前人更爲科學，是故此書一出，能與二徐本並列爲保存、發揚《說文》之三大版本。

段玉裁以一人之力完成此巨帙，且一躍而成爲自宋至清於《說文》學中之重要著作，必有其特色。余國慶指出段注本之特色主要爲闡揚《說文》之體例、能藉由本義推論引伸義與假借義、能精到辨析同義詞、了解形音義爲文字之三要素、說明古今字，以及以《六書音韻表》與之相輔相成。〔註 45〕

〔註 44〕參見吳昕撰：〈段玉裁與他的《說文解字注》——評段玉裁的治學方法〉，《江西社會科學》2001 年第 6 期（總 175 期）（2001 年 6 月），頁 49～50。

〔註 45〕參見余國慶撰：《說文學導論》，頁 118～126。

蘇鐵戈亦說明段注本之貢獻在於能闡明《說文》體例、對文字之形音義皆能加以關照、能修訂前說以及在詞匯學與詞義學方面提出新見解。〔註 46〕同於二徐本，段注本亦有其缺失，主要在於段玉裁過於尊崇許慎，且甚爲自信，以至於《說文》說解錯誤之處，有時不僅未加改正，反而穿鑿附會；其次，又過於拘泥本字，認定《說文》所載皆爲本形本義，自然有不能通解之處；再者，對於引伸義之說明過於籠統，模糊不清。〔註 47〕凡此缺失，皆爲吾人研讀段注本時所應指出。

段注本成書後，由於經濟拮据，故直至嘉慶二十年（西元 1815 年）始由經韻樓刻版印刷問世，此則爲今日所見段注本版本。

本節將口部殘卷、木部殘卷、李陽冰本、大徐本、小徐本與段注本之特色、優缺點、版本與流傳經過做一介紹，可知口部、木部皆爲殘卷，李陽冰本今已亡佚，僅於二徐本中保留隻字片語，今可見之全本，唯有大徐本、小徐本、段注本三者，而經由諸家之考證與說明，可知大徐本以平津館本爲優，小徐本以祁寯藻本爲佳，段注本則以經韻樓本爲善，而此三版本中，諸家又多以大徐本作爲運用、對照之底本，故自第三章起，各書寫材質上之篆形與《說文》比對時，亦以平津館大徐本爲主，輔以祁寯藻本小徐本與經韻樓本段注本。

以上乃就版本及其流傳而論，若就篆形而言，各版本間因所據底本不同，部分版本又經多次刊刻，其篆形亦有所差異，以下試討論之。

第三節　《說文解字》之篆形

《說文》原本今雖不得見，但許慎撰寫之時應爲手抄，其後《說文》開始流傳，手抄者凡抄寫者不同，其書寫筆法、筆勢必有不同，至印刷術發明，刻者不同則篆形之呈現亦必有所差異，於是自口部殘卷而起，木部殘卷、李陽冰本、大徐本、小徐本至於段注本，其篆形皆有或大或小之差異，以下筆者試由篆形之角度，分析各版本間之部分篆形，並加以比較，以見各版本在形體上與秦漢篆之關係。

〔註 46〕參見蘇鐵戈撰：〈《說文解字》的版本與注本〉，頁 44～45。

〔註 47〕參見蘇法昭撰：〈說文解字及其功臣的研究〉，頁 205；余國慶撰：《說文學導論》，頁 126～128；蘇鐵戈撰：〈《說文解字》的版本與注本〉，頁 45。

壹、口部殘卷

口部殘卷相傳有三，前文已述及，今所能見者僅存十二字者，研究者不多見。周祖謨曰：「至於口部之篆法，則顯似唐人墓志，去前本（指木部殘卷）高下有間矣。然此雖爲日人之摹本，而楷法尚早，與晚唐以後之人所寫有異，其爲唐本固無可疑。」〔註 48〕由引文可知，口部殘卷寫本品質較差，且爲唐代日人所寫。觀此殘卷，筆者亦認爲就整體篆形而言不甚協調，未必皆表現出小篆縱長形之感，如「嗾」字作，「獆」字作，形體皆已外擴成方形。其優點在於向下引之長筆多能符合小篆引而下之之特色，以及部分左右對稱形體之筆有很明顯之展現，如「哮」字作，「冎」字作等皆是。其特殊之處在於起收筆皆爲出鋒，不符合小篆封閉之筆法；部分筆畫不應向右彎曲者亦向右彎曲，如「吠」字作，在在顯示出書寫者之個人風格。以上乃筆者就此十二字所做之觀察，字例不多，未能進一步歸納。

貳、木部殘卷

《說文》木部殘卷一百八十八字，莫友芝曾以二徐本與之對照而於文末曰：「唐寫許君書百八十有八文，與兩徐本篆體不同者五。」〔註 49〕字數不多，可見由唐至宋，基本上《說文》篆文構形遭更改情形尚不多。又據莫友芝自序曰：「同治改元初夏，舍弟祥芝自祁門來安慶，言黟縣宰張廉臣有唐人寫《說文解字》木部之半，篆體似美原神泉詩碑。」〔註 50〕〈神泉詩碑〉形體爲何筆者未能知曉，但見木部殘卷之篆形，外形呈正長方形，符合小篆基本爲縱長型之形體。周祖謨則曰：「木部之書法至精，篆書作懸針體，與唐元次山峿臺銘甚相似，必爲名手所書無疑。蓋唐代普通之墓志篆額，筆法莫不拙劣，甚且與六書不合，其能如是之遒勁雋逸者殊少，故絕非普通書手所能爲也。」〔註 51〕對於木部殘

〔註 48〕周祖謨撰：〈唐本說文與說文舊音〉，收錄於《問學集》，下冊，頁 724～725。

〔註 49〕莫友芝撰：《唐寫本說文解字木部箋異》（台北：四庫善本叢書館，出版年月不詳，四庫善本叢書館借中央圖書館藏本景印），頁 29。其「篆形相異者五」，王平舉出木部殘卷與大徐本結構相異者四字，構件相異者十六字，筆者未明莫友芝之意，或可參考王平之說。參見王平撰：〈唐寫本《說文．木部》殘卷與大徐本小篆比較研究〉，《古籍整理研究學刊》2001 年第 4 期（2001 年），頁 19～21。

〔註 50〕莫友芝撰：《唐寫本說文解字木部箋異》，頁 1。

〔註 51〕周祖謨撰：〈唐本說文與說文舊音〉，收錄於《問學集》，下冊，頁 723～724。

卷之價值給予高度肯定，然木部殘卷爲懸針篆，亦即收筆處往往尖細，於是篆形有細長流美之姿，秦代篆書如李斯所書者爲鐵線篆，二者使用之筆法有所不同，可知或非書寫之原貌。〔註 52〕觀其主要部首字「木」字作，及其餘搭配之偏旁如「午」字作、「車」字作、「丁」字作等縱長形體，其結體皆上密下疏，而「四」字作、「畾」字作、「工」字作、「巠」字作等較爲方正或不宜於縱長形體之字，亦不勉強牽合，篆文上密下疏、重心較高，一般被認爲是秦篆之處理方式。木部殘卷於轉折處有圓有方，秦刻石轉折較圓，漢刻石轉折較方，木部殘卷篆形融合有二者之寫法。

綜上所析，唐寫本《說文》木部殘卷之內容早於二徐，或許更接近《說文》原本，但其篆形不完全相似於秦漢篆，又能融合某些特徵，此抄本書寫者可能爲精通篆書之書手，董希謙等曰：

> 在今世所見的《說文》傳本中，唐寫本《說文》木部殘卷是最早的本子，它雖然僅占《說文》全書的極小部分，卻相當多的保存了唐本《說文》原貌的珍貴信息。所以，它具有極高的文獻學、校勘學價值。〔註 53〕

筆者認爲，除具有文獻學與校勘學價值外，對於唐代篆書之認識，亦具有參考作用，今日已不得見李陽冰之傳本，但對於木部殘卷篆形之精美秀麗，仍值得今人欣賞。

口部殘卷與木部殘卷皆爲手抄本，但風格卻迥然不同，今日所見二徐本與段注本之篆形，很可能受手抄本不同風格之影響，而與原本《說文》有較大之出入。

參、李陽冰《刊定說文解字》

李陽冰身處唐代，其整理《說文》亦應以手抄方式進行，今日已不得見李陽冰本，對其所論小篆之字形字義，僅部分存在於二徐本中。世稱李陽冰善篆

〔註 52〕參見孫稚雛撰：〈《說文解字》與篆書藝術〉，《中山大學學報（社會科學版）》1996 年第 3 期（總 140 期）（1996 年 5 月），頁 85。王平亦曾將木部殘卷與大徐本篆形用筆加以比較，發現有續斷、修短、斜曲、增省及其它等類之不同情形，其修短一類或即指形體長短而言。參見王平撰：〈唐寫本《說文．木部》殘卷與大徐本小篆比較研究〉，頁 22。

〔註 53〕董希謙等編著：《許慎與說文解字研究》，頁 201～202。

書，於唐代號稱中興，然就字形而論，李陽冰雖善篆書，其所擅長者爲玉箸篆，與李斯之鐵線篆、木部殘卷之懸針篆皆有不同，高明曰：

> 考懸針體爲「後漢章帝建初中秘書郎曹喜所造」，邯鄲淳師之，韋誕又師淳而不及也。今觀淳所書魏三體石經中篆書，即懸針體。木部殘卷之篆文，極似淳書，用筆之法全同，當爲前代一脈相傳而下者，與李陽冰之爲玉箸體者不同。〔註54〕

姑且不論懸針體是否爲曹喜所造，李陽冰之筆法與〈三體石經〉、木部殘卷不同確爲事實，則李陽冰本之小篆筆法亦未必爲《說文》原本之筆法。再者，李陽冰本之內容，今僅存部分於二徐本中，二徐本皆爲刻本，由李陽冰本之寫本轉而爲二徐本之刻本，其間必有差異，縱使吾人可由二徐本中見及李陽冰本所論部分篆形，亦已非其原貌，僅能知其改篆之概況，對於筆法已無從得知。

整體而言，由於李陽冰非文字學家，因此於整理《說文》上難免有其難處，雖能依其篆書專長修改篆形，但筆法亦不相同，是以二徐本出，李陽冰本便沒落，此或皆爲其因。

肆、徐鉉校定《說文解字》

筆者曾針對《說文》大、小徐及段注三版本之五百四十部首做摹寫，故先就五百四十部首之篆形論之。考察大徐本篆形，就外在形體而言，其外形不若木部殘卷之縱長，但仍可歸屬於長方一類，尚能保持篆文之特殊形體，筆者認爲，就篆形而言，大徐本可能介於秦篆與漢篆之間而更接近於漢篆。就其結體觀之，上密下疏之特色不明顯，亦即重心較低，此點則近於漢篆。

大徐本尚有其特別之處，例如其轉折之處，五百四十部首較爲統一，考察部首字中「木」字作、「口」字作、「巾」字作、「目」字作以及其部內字，或形體上與上述諸形相近者，皆作較爲方折之轉折，此爲漢篆之特點，不僅刻石如此，銅器、瓦當、璽印、貨幣文字於轉折處亦是近於方形者較多，雖然秦篆中亦有轉折較爲方折者，但相較之下仍較漢篆爲圓，故大徐本在此一點上與漢篆較爲近似。

此外，大徐本用字又較爲規矩。如「人」字作、「刀」字作、「月」字作

〔註54〕高明撰：〈說文解字傳本續考〉，頁3。

、「力」字作等，皆與〈泰山刻石〉、〈袁安碑〉等秦漢刻石較爲相像，不似小徐本或段注本某些字形常於起筆處有一小段筆畫帶入或篆形較爲生動流暢；至於「行」字三版本多有不同，而以大徐本作最近於秦篆；「山」字大徐本作，中豎長、兩旁豎畫較短，亦同於秦篆。由以上角度看，大徐承自秦篆、漢篆者皆有之。

大徐本雖有其與秦漢篆相似之處，但亦有不相似者，如「大」字之籀文同於小徐本，皆作形，較顯生硬，並與秦漢時期各種書寫材質上之「大」字形體皆不相近；且漢篆在規矩中偶有變化，或形體改變，或線條律動，在大徐本中皆不得見。凡此情形，皆令大徐本給人以不可逾矩之感，或許與其書爲奉敕編定有關。

總上所述，大徐本之篆形兼有秦漢時代之特點，而較近於漢篆，與漢刻石一類較爲相近，同時，亦爲三版本中最爲規矩工整者。

伍、徐鍇《說文繫傳》

小徐本整體篆形，其形體較大徐本更顯方正，幾乎不見小篆縱長之特色，此種方正之形體於漢篆中之璽印一類最爲常見，漢刻石中「嵩山三闕」亦有相似之處，其刻石因有界格，亦可能限制篆形縱長形體之表現，小徐本在此一點上，表現較爲突出。就小篆上密下疏特點觀之，小徐本因形體較近於正方，故重心往下，較難見此特點，漢篆之重心本即低於秦篆，漢璽印表現尤爲明顯，小徐本亦有此傾向。就外形而言，小徐本亦有漢篆之特色。

小徐本五百四十部首形體特殊之處，如「刃」字作、「功」字作，其所从之「刀」字、「力」字，以及同爲「刀」部、「力」部之部內字，其主筆常有一小段帶筆，「方」部之起筆處亦似偶有之，此類寫法不見於秦篆，漢刻石中偶可見，小徐本於此點上亦較近於漢篆。又小徐本中有「凵」形者，如「凵」字作、「只」字作等，少部分形體呈現上端稍窄而下部稍寬，不同於大徐本之上下同寬，此種情形則在秦漢篆中皆可見，但以秦篆較爲明顯。由此觀之，則小徐本亦同時具有秦漢篆之特點。

此外，如「卩」字作，小徐本常未將主筆下部橫畫部分拉到最後即向下引去，此種寫法爲秦璽印之特色，爲秦漢印分期之重要指標，唯漢刻石中偶可見；至於如「之」字作，小徐本寫法正同於秦刻石；而「心」部相關部首，如「心」字作、「思」字作等，其篆形左右兩筆不往上延伸，此種寫法同於秦刻石，大徐本與段注本皆不如此作。由此數點觀之，小徐本亦同時承有秦漢篆文形體之部分特徵而更近於秦篆。

不過，小徐本之篆形亦有其不統一之處。其較大者，如轉折之處，「目」字作、「口」字作、「之」字作、「日」字作等，皆作較爲方形之轉折，「立」字作、「門」字作等，則作較爲圓形之轉折，其轉折之情形較大徐本稍不統一；「大」字籀文之寫法亦同於大徐本而與秦漢篆皆不相似，凡此亦是較爲突兀之處。

綜合言之，小徐本篆形對於秦漢篆亦各有所承，而亦以漢篆成分爲多，較爲接近漢璽印一類，承襲漢刻石者亦有之。此外，形體雖較爲方正，但部分筆畫有所變異，具有彈性。

陸、段玉裁《說文解字注》

段注本篆形整體而言，其外觀亦屬縱長之體，雖不若秦刻石及木部殘卷之頎長，但與大徐本近似，故應當屬介於秦篆與漢篆之間而較近於漢篆者。就其結體觀之，段注本亦不特別突出篆形下部引而伸之部分，因此上密下疏之感較少，亦略顯重心較低，故就此點言之，仍近於漢篆。

段注本之整體小篆線條，大約是三版本中最具律動者，如「止」字作、「正」字作、「是」字作、「辵」字作、「廴」字作等，偏旁末筆總有向下延伸之勢；又如「夂」字作、「方」字作、「虫」字作等，或筆畫特別扭曲生動，或形體重心偏斜，造成生動迭宕之意，此爲大、小徐本所不及，反而有漢刻石部分碑額篆形之律動感，亦有新莽時期銅器或錢幣篆形線條具弧度秀麗之感。秦刻石中，「止」字相關部首偏旁末筆皆不向下引伸，由此點觀之，段注本爲漢篆成分濃厚。

再觀「卩」字作、「印」字作、「色」字作等，其所从「卩」字，其末筆皆拉至盡頭始引而下之，此種寫法與大徐本同，爲秦漢璽印之分期特色之一；最爲特別者在於籀文「大」字作，大、小徐本皆筆畫僵硬，不似段注本圓弧之形美觀，而此籀文寫法乃自秦刻石即是如此，至漢代仍繼續沿用，與篆文「大」字並行，在此形體上，段注本不僅優於大、小徐本，亦與秦漢篆原物較爲接近。由此數點觀之，則段注本亦有學習秦篆之處。

儘管段注本篆形生動，用筆活潑，但其上弧筆形有些較爲誇飾，如「牛」字作、「告」字作等，其弧形已往內彎曲，於秦漢篆中似乎不見此類寫法；許多轉折處亦較不一致，如「木」字作、「目」字作、「曰」字作等，其轉折較多呈現方形，而「竹」字作、「卵」字作、「口」字作等則較爲圓轉；再者，如「赤」字作、「壺」字作、「去」字作、「本」字作等，其上部兩筆有作弧線者，有作直線者，亦不若大、小徐本較爲一致。

總上而論，段注本對於秦漢篆亦皆有學習之處，除與秦漢刻石、璽印等有相應之處外，或許與新莽錢幣之用筆亦有所關聯，而其整體篆形之生動，實優於大、小徐本。

由上文對口部殘卷十二字、木部殘卷一百八十八字、李陽冰本、大徐本、小徐本及段注本五百四十部首篆形之分析，可見各版本對於秦漢篆各有所承，並知現今所見版本中之篆形皆非《說文》原貌，或至少與部分漢篆有異，而除各版本間篆形互有異同之外，即使同一版本、同一書籍，其內部篆形亦未必統一，此點只需翻檢各版本書前目錄、書中正文或書後檢索便可發現。對於上文所舉之部分條例或規律，以及同版本同書籍中篆形不一現象，雖可能導致今人判斷《說文》篆形之困擾，但筆者相信以上所舉現象，應具有某種程度之參考作用。各版本間之篆形除能幫助今人在文字之演變上有所認識，其形體、筆法等方面，亦有助於今人對上古書法史之理解，由於古人日常之書寫工具即爲毛筆，故透過毛筆可聯繫文字與書法之關聯，正如顧翔所言：

> 上古社會，文字和書法從來就沒有清晰的界限，從當時爲數不多的幾篇書論來看，《說文解字·敘》是比較系統記載文字發展史和書法史的文章之一，爲我們研究中國古代文字學和書法史提供了不少重要資料。〔註55〕

研究小篆用筆與結構，不僅可理解上古書法史之樣貌，亦可對文字之演變有更清楚之認識，可見對小篆形體理解之重要。

對於《說文》不同版本間篆形有所差異之因，除抄本與刻本之別，以及不斷翻刻以致可能失眞之情形外，許愼於收集字形之來源本即不同，《說文·敘》曰：「秦始皇帝初兼天下，丞相李斯乃奏同之，罷其不與秦文合者，斯作〈倉頡

〔註55〕顧翔撰：〈許愼《說文解字》的書法意義〉，《漯河職業技術學院學報》第7卷第6期（2008年11月），頁102～103。

篇〉，中車府令趙高作〈爰歷篇〉，大史令胡毋敬作〈博學篇〉，皆取史籀大篆或頗省改，所謂小篆者也。」〔註 56〕由此段敘述可知，《說文》所取篆形最早包含有先秦史籀大篆之形體，雖今日於《說文》中所見古文、籀文不多，乃因古文、籀文同於小篆之故；其次則爲李斯等人所省改之《三倉》。

除以上兩種來源，敘中亦提及揚雄所作〈訓纂篇〉，魯恭王壞孔子宅所得之古文《禮記》、《尚書》、《春秋》、《論語》、《孝經》，張蒼所獻《春秋左氏傳》等，其時代距許慎更近，且「郡國亦往往於山川得鼎彝，其銘即歬代之古文」，許慎亦可能見及某些青銅器銘文。〔註 57〕趙平安曰：「許愼見到的秦篆資料除字書外，還有秦刻石、印章等實物以及書籍、文書等。總之，應該是相當豐富的。」〔註 58〕如此，依許愼於《說文・敘》中所言，於當時所能見及與掌握之實物資料，大約有〈倉頡篇〉、〈爰歷篇〉、〈博學篇〉、〈訓纂篇〉、〈凡將篇〉等材料，乃屬於秦漢時代用以識字一類之篇章；另有一類則如《左傳》、《論語》、《孝經》等古文經書籍，與當時所使用之今文經書籍並不完全相同；其餘如秦刻石、鐘鼎彝器者亦應在其中。除以上實物資料外，又博採通人之說，舉凡司馬相如、賈逵、馬融等皆曾採納。因此，《說文》中之資料來源十分豐富。

由秦至漢，小篆之數量不斷增加，由秦代李斯、趙高、胡毋敬等人所撰寫之《三倉》三千三百字，至許愼撰寫《說文》之時，已增至九千餘字，則其中必有秦篆，亦有漢篆。〔註 59〕例如《三倉》在秦代或許確實有過正定文字之作用，但流傳至漢代在不斷傳抄中可能已有漢篆成分；漢代新編輯之〈訓纂篇〉、〈凡將篇〉等材料，亦當爲漢人手筆無疑，故許愼於《說文》中實收有不少漢篆，秦篆與漢篆於書寫上本有些微差異，此亦影響不同版本間篆形有異之因。裘錫圭曰：

> 《說文》收集了九千多個小篆，這是最豐富最有系統的一份秦系文字資料。但是《說文》成書於東漢中期，當時人所寫的小篆字形，有些已有訛誤。此外，包括許愼在內的文字學者，對小篆的字形結構免不了有些

〔註 56〕段注本，15 卷上，頁 765 下右至下左。

〔註 57〕參見段注本，15 卷上，頁 767 下左、769 上左至下左；趙錚撰：〈《說文》正篆性質研究評說〉，收錄於向光忠主編：《說文學研究》（武漢：崇文書局，2006 年 6 月），第 2 輯，頁 198～199。

〔註 58〕趙平安撰：《《說文》小篆研究》（南寧：廣西教育出版社，1999 年 8 月），頁 28。

〔註 59〕段注本，15 卷上，頁 765 下右至下左。

> 錯誤的理解，這種錯誤的理解有時也導致對篆形的篡改。《說文》成書後，屢經傳抄刊刻，書手、刻工以及不高明的校勘者，又造成了一些錯誤。因此，《說文》小篆的字形有一部分是靠不住的，需要用秦漢金石等實物資料上的小篆來加以校正。〔註 60〕

由裘氏之語，手抄本可能因抄寫者書寫風格不同而有異，故木部殘卷與李陽冰本之篆形想必有所差異，而大、小徐本與段注本皆爲刻本，且時代不完全相同，其篆形之呈現亦必不同，不同版本之篆形差異，對於今人了解《說文》之原貌必有影響，同時亦對於判斷漢篆之眞面目及其與秦篆之差別有所阻礙，但亦唯有了解其中差異，並運用傳世與出土之各種材料，才能使《說文》中之字形確實達到形音義密合之現象，進而使《說文》之正確性逐漸提高。

綜合以上之觀察，許慎所取篆形可能包含先秦至漢代之一大段時期，其中必有與秦漢篆相同或相似者，此大量篆形存在於不同書寫材質上，加之許慎本身之書寫習慣、後人輾轉傳抄等因素，皆爲影響篆形有異之主客觀因素。可惜《說文》原本早已亡佚，今日不可得見，許慎亦不能起於地下以做說明，若《說文》仍存於世，則或許對於了解秦漢篆之寫法與風貌，必爲極其珍貴之寶物，而原本既不可得，吾人則應就今日所能得見之本，互相比較，截長補短，以求爲用。

在《說文》不同版本篆形之比較上，對不同版本之篆形加以探討者有之，前人中如小徐本之〈袪妄篇〉對於李陽冰所論篆形有所討論，主要乃在於文字說解與改定篆形部分，大徐本於卷十五下亦有「篆文筆跡相承小異」十三字，〔註 61〕可見大、小徐早已注意篆形問題，故而皆另立一部分專門討論；段玉裁雖未立有專章討論，但於注解之中時有見解，亦可見其對於小篆構形之注重。大徐本「篆文筆跡相承小異」中，如其談論「言」、「欠」、「無」、「長」等字，雖有得有失，但已注意到與筆勢、結構上之不同，如言之與言，在於中畫筆勢之不同，無之與無，在於構形中「亡」字之有無皆是，可見古人早在千年以前即已注意此問題。

今人如洪阿李之《《說文》字形研究以靜嘉堂、汲古閣、平津館、段注本第一卷爲對象》。此書以表格方式呈現，以《說文》第一卷爲對象，對卷內每一篆形加以

〔註 60〕裘錫圭撰：《文字學概要》（台北：萬卷樓圖書有限公司，1994 年 3 月），頁 80。

〔註 61〕小徐本，卷 36，頁 357～361；大徐本，卷 15 下，頁 549。

比對討論，而經由其比對與說明，可見大徐本與段注本於不同版本間之差異，發現不同版本之大徐本篆形仍較爲接近，而段注本之篆形往往有與大徐本相異者，對於《說文》篆文形體之研究，亦可提供參考。〔註62〕杜忠誥《《說文》篆文訛形釋例》及方麗娜《大徐本《說文》篆文訛形舉例》皆針對《說文》中之部分篆形詳加考證，說明其形體所由來及訛變之因，對於將《說文》篆形回復其正確之形體與地位甚有幫助。

《說文》三版本在篆形上對於秦漢篆皆有所承，黎東明將石鼓文至於漢隸之發展序列，以三圈「演進圈」之方式表示，演進圈兩兩互有交疊，其中第二演進圈以秦刻石爲中心，第三演進圈以漢篆爲中心，〔註63〕許愼所處之東漢，大約已是漢篆使用之中後期，亦可證明許愼於撰寫《說文》時應曾參照秦漢篆文；許師錟輝亦曾指出，由先秦秦系文字——秦統一後之小篆——漢篆——《說文》應具有一系列之脈絡，亦即《說文》中應包含有秦篆與漢篆之形體，經由上文之分析，確實可證。同時，各版本之著重點亦各不相同，大徐本以整理爲主，小徐本則多有己見，段注本亦能闡發《說文》體例，實各有專精，欲了解秦漢篆與《說文》間之關係，理應將三版本全納入，但因可能造成比對上之困難，故筆者選擇以大徐本爲主要比對標準，而輔以小徐本與段注本。

許愼以一人之力成此巨帙，當《說文》成書之時，想必是一本超群之著作，即使時至今日，仍爲人所讚嘆，尤其當時欲駕馭如此浩繁之資料實屬不易，其體例、思想往往需經過長時間之縝密思考、整理與組織，總難以面面俱到，是以錯誤在所難免。吾人應一方面透過它以理解甲、金文字形，作爲溝通古今文字之橋梁，另一方面，亦可藉甲、金文以修正《說文》有所錯誤之處，以使文字之演變、書體之流傳愈顯清晰。許書今雖不得見，然筆者認爲，將不同版本之篆形加以比對，及與秦漢時代中各書寫材質上之篆形做參照，將有助於對《說文》篆形之了解，而經由比對後，篆形整體風格越統一者，其版本應即越接近《說文》原本。

〔註62〕洪阿李撰：《《說文》字形研究以靜嘉堂、汲古閣、平津館、段注本第一卷爲對象》（台北：國立臺灣師範大學國文研究所教學碩士班碩士論文，2006 年 8 月），頁22～52。

〔註63〕參見黎東明撰：《中國書法賞析叢書．秦漢篆書》（北京：北京圖書館出版社：1999年 7 月），頁 19。

本章先介紹許慎主要之生平事跡，及其與《說文》之關係；其次則針對目前所知《說文》之重要版本——口部殘卷、木部殘卷、李陽冰本、大徐本、小徐本與段注本之優劣、流傳及其相互關係做一說明，從而得知今人所用之《說文》版本，以大徐本、小徐本與段注本三者最爲通行，其中大徐本以平津館本最通用，小徐本以祁嶲藻本最流通，段注本則有經韻樓本盛行於世，從而構成《說文》之三大版本，此三大版本中，前輩學者又認爲以大徐本爲底本者爲最多，是以本論文亦以大徐本爲主，參之以小徐本與段注本。

至於篆形方面，受到許慎本身書寫習慣之影響，以及所收篆形乃縱貫先秦至東漢，且遍布於各書寫材質之上，因而形成《說文》包含有秦篆與漢篆之成分，再加之以唐代以後可見之各版本有抄本與刻本之異，抄本因書寫者不同，其書寫風格自然相異，刻本亦因刻工與版次等因素，亦形成不同篆形風格，於是各版本間對於同一篆形便有或多或少之差異，唯有將各版本之篆形詳加比對，其風格越統一者，其可信度便越高。

由第三章起，筆者將針對各書寫材質上之篆形先做內部之比對，再以《說文》篆形爲依據做一比較，以求對秦篆與漢篆之風格獲得較爲清楚之區別。

第三章　秦漢刻石之篆形探析

第一節　秦代刻石之篆形探析

秦代刻石上承〈石鼓文〉、〈詛楚文〉等刻石而來，這些在秦始皇統一天下後所頒布、刻立之刻石，對當代與後世皆具有重要之意義，以下依次探討秦刻石之範圍、版本、結構、筆勢及其與《說文》篆形間之關係。

壹、秦代刻石之範圍與版本

現今吾人所謂「刻石」，乃指刻於石頭上之文字，所指範圍較爲廣泛，舉凡碑碣、摩崖、墓志、題記等皆在其中。大約在商周時代，先民所使用並流傳於後世之文字是金文，即所謂鐘鼎文，金文主要鑄刻於青銅彝器上，雖亦可行之久遠，但由於金屬較爲貴重，且不便施於公眾場合，故以石頭爲主之刻石便應運而生，石材取之甚易，俯拾皆是，質地堅硬，正可用於流布重要事蹟，廣於流傳。

秦代立刻石，應是上承〈石鼓文〉、〈詛楚文〉而來，因此，刻石至遲在春秋戰國時代已有之，它能在秦漢以後，特別是魏晉南北朝時代大量盛行，主要在於石質堅硬，不易損壞，能行之久遠，故自古以來即作爲頌揚功德之用。《墨子·兼愛》有云：「吾非與之並世同行，親聞其聲，見其色也。以其所書於竹帛，鏤於金石，琢於槃盂，遺傳後世子孫者知之。」〔註1〕即可說明此作用。

〔註1〕（清）孫詒讓撰：《墨子閒詁》（北京：中華書局，2001年4月），上冊，頁120～

事實上，在早於〈石鼓文〉、〈詛楚文〉之前，也有許多刻石之記載，例如〈岣嶁碑〉、〈比干墓志〉、〈守丘刻石〉、〈雲山刻石〉、〈紅崖刻石〉、〈錦山摩崖〉等，有些被認定是三代時期之刻石，更有些甚至年代不明，它們或多或少被賦與傳說，或穿鑿附會，可信度皆不高。〔註2〕目前較爲可信之早期刻石，還是要從〈石鼓文〉算起。

秦始皇二十六年（西元前221年），具雄才大略之秦王政終於在戰亂頻仍之時代中攻克山東六國，統一天下。身爲第一位一統天下之君王，爲炫耀其武功，亦爲壓制六國遺民之反抗力量，曾多次西巡與東巡，在東巡期間，刻立不少刻石，在《史記》中有詳細之記載：

> 二十八年，始皇東巡郡縣，上鄒嶧山。立石，與魯諸儒生議，刻石頌秦德，議封禪望祭山川之事。乃遂上泰山，立石，封，祠祀。……於是乃並勃海以東，過黃、腄，窮成山，登之罘，立石頌秦德焉而去。南登琅邪，大樂之，留三月。……作琅邪臺，立石刻，頌秦德，明得意。……登之罘，刻石。……其東觀曰……三十二年，始皇之碣石，使燕人盧生求羨門、高誓，刻碣石門……上會稽，祭大禹，望於南海，而立石刻頌秦德。〔註3〕

可見秦始皇統一天下後，在位期間曾數次東巡，並於嶧山、泰山、之罘、瑯琊、會稽等處立上刻石；其後始皇崩於沙丘，二世即位，又在原始皇所立之刻石旁加刻詔書。無論始皇或二世所刻，其內容多爲「頌秦德」之頌揚秦代制度武功之文字。

始皇所立刻石可以確定者，有〈嶧山刻石〉、〈泰山刻石〉、〈之罘刻石〉、〈瑯琊臺刻石〉、〈東觀刻石〉與〈會稽刻石〉六通，至於在碣石所刻者，學者或以爲刻石，或以爲摩崖，事實上摩崖亦爲刻石之一種，因此於秦代所立刻石應爲七通。

121。

〔註2〕參見趙超撰：《中國古代石刻通論》（北京：文物出版社，1997年6月），頁78～82；趙超撰：《石刻史話》（北京：中國大百科全書出版社，2000年1月），頁19～23。

〔註3〕（西漢）司馬遷撰、楊家駱主編：《新校本史記三家注并附編二種》（台北：鼎文書局，1986年10月），冊1，卷6，頁242～262。

此七通刻石上之文字相傳皆爲李斯所作，除有頌揚秦德之作用外，尙有統一文字之功效，整體而言，秦小篆由於出自政府，故莊重嚴謹，法度森嚴。相較於漢刻石，秦刻石之數量寥寥可數，程章燦認爲：

> 秦始皇巡行七刻，本意在於鞏固並確定其政治權威，而此舉本身又象徵了政治權威對石刻這一新生事物的正統認定。這無形中規定了石刻的皇家色彩，無形中限制了石刻的應用和推廣，因爲平民百姓刻石紀事表德就意味著僭越。〔註4〕

秦政府對於人民以嚴密之法規規範，確實是造成秦刻石數量短少之因，但由上文可知，先秦時代可信之刻石亦不多，順此發展而至秦代，可謂仍在發展期，加之以秦代國祚短促，無力多加發展，故原石流傳至今者，僅有〈泰山刻石〉與〈瑯琊臺刻石〉有許多拓本、影印本流傳；至若其餘刻石則原石早已不存，或下落不明，然亦有拓本、翻刻本、影印本等流傳。今約略探討如下：

一、〈嶧山刻石〉

〈嶧山刻石〉，又名〈繹山刻石〉、〈嶧山碑〉，乃秦始皇東巡時所立第一通刻石，今已不傳，內容主要說明始皇統一天下之功，以及廢封建立郡縣之舉，後來二世又在銘文之後再加刻詔書，故今日所見者實則包含始皇與二世兩代之文字內容，《史記》中將始皇所立刻石內容皆錄出，唯獨嶧山刻石有缺，不知何故。杜甫曾有詩云：「嶧山之碑野火焚，棗木傳刻肥失眞。」可見嶧山刻石在唐之前即遭火焚，不過杜甫當時所說之刻本今亦已不存。今日所傳者版本甚多，摹本、刻本、影印本皆有。在這些摹刻本中，以相傳爲宋代鄭文寶在淳化年間，依其師徐鉉之摹本重刻於長安者爲最優，世稱「長安本」，其後依長安本翻刻者所在多有，明代楊士奇《東里續集》「青社繹山碑」條曰：「嘗見陳思孝論繹山翻本次第云：長安第一，紹興第二，浦江鄭氏第三，應天府學第四，青社第五，蜀中第六，鄒縣第七。」〔註5〕

〔註4〕程章燦撰：《石學論叢》（台北：大安出版社，1999年2月），頁242。

〔註5〕（明）楊士奇撰：《東里續集》（北京：商務印書館，2001年，文津閣《四庫全書》本），卷21，頁746。

《說文》「攸」字重文下亦曰：「浟秦刻石嶧山石文攸字如此。」段注曰：「人省水不省，……今作攸者，傳刻失眞也。」〔註 6〕亦可證今日所見〈嶧山刻石〉非原石之一證。《說文》「強」字下大徐曰：「秦刻石文从口，疑从籀文省。」段注則曰：「秦刻石文用強，是用古文爲小篆也。」〔註 7〕據此，則爲秦刻石保留先秦古、籀之價值。

摹本或翻刻本畢竟非原石原拓，故歷來多認爲其篆書文字筆力纖弱，縱然是長安本，亦無法與〈泰山刻石〉、〈瑯琊臺刻石〉等原石上之文字相比，不過，袁維春《秦漢碑述》中所言，亦不失公道：

> 此石（嶧山刻石）與《泰山刻石》、《瑯琊刻石》相比較，更覺書法纖細畫弱，頗近唐代書人李陽冰的筆跡，這恐怕是因徐鉉學李陽冰鐵線篆的結果。筆勢瘦勁俊逸，形態典麗寬舒，匀圓暢達，很有一種裝飾的美。〔註 8〕

施拓全亦曰：

> 觀其書風典雅，字體高長；筆劃細勁匀整而向下延伸，……至於用筆方面，起收轉折多爲圓勢，體勢婉轉。此本雖古厚蒼勁之風不足，亦屬小篆典型之作。〔註 9〕

> 觀其筆畫，細勁匀稱，轉折略方。結構工整緊密，形體高長；其重心多在上部，筆劃多向下延伸，如「攸、作、及、久」諸字至於行款之安排，整齊井然。全幅觀之，頗有平正典麗之風。〔註 10〕

可見〈嶧山刻石〉雖非原拓，但徐鉉喜好李陽冰小篆，又上追李斯「玉箸篆」之體，仍有書法與篆字結體研究之價值。

〔註 6〕段注本，3 篇下，頁 125 下左。

〔註 7〕（東漢）許愼撰、（南唐）徐鉉校刊：《宋本說文解字》（京都：株式會社中文出版社，1982 年 4 月，景宋雍熙三年徐鉉等奉敕編平津館校刊本），卷 13 上，頁 462。此版本以下簡稱大徐本。段注本，13 篇上，頁 672 上左。

〔註 8〕袁維春撰：《秦漢碑述》（北京：工藝美術出版社，1990 年 12 月），頁 45。

〔註 9〕施拓全撰：《秦代金石及其書法研究》（高雄：國立高雄師範大學國文學系碩士論文，1992 年 5 月），頁 170。

〔註 10〕施拓全撰：《秦代金石及其書法研究》，頁 296。

二、〈泰山刻石〉

〈泰山刻石〉，又稱〈封泰山碑〉、〈泰山篆〉，爲始皇所立而保存迄今兩通刻石之一，現存山東泰安岱廟，內容爲巡狩之事，二世皇帝亦曾刻詔書於碑陰，始皇詔書刻在東、西、北三面，二世之詔書則刻在南面，後因石倒地，及受風雨侵蝕，故僅剩南面較爲完好。〈泰山刻石〉歷來遭到多次破壞，至遲在北宋初年即有殘損，歷經各代損害非常嚴重，據徐自強、吳夢麟之整理，謂「宋人劉跋拓本得 223 字，可讀者有 146 字。明華中甫，安國遞藏本存 166 字，亦爲好本。元拓本存有 50 餘字，明拓本則僅存 29 字了。乾隆五年（1740 年），碧霞元君祠起火石毀，嘉慶二十年（1815 年）訪得時，僅存殘石二塊，共 10 字。」〔註 11〕又金其楨謂「宣統二年（1910 年）羅正鈞等做亭護之，這時僅存 9 字。」〔註 12〕可見其損壞之速。

〈泰山刻石〉之拓本、重刻本、影印本亦不少，劉跂《泰山秦篆譜》、《絳帖》本等皆負盛名，不過明人安國所藏者不僅著名，所存之字亦多，有五十三字本與一百六十五字本兩種。袁維春曰：「觀此刻石，字形工整，遒勁匀圓，雍容敦厚，很有特色，可謂後來鐵線篆的先聲。」〔註 13〕可惜殘損較爲嚴重，然所存之字亦彌足珍貴。

三、〈瑯琊臺刻石〉

〈瑯琊臺刻石〉之形式與〈泰山刻石〉同，都是三面爲始皇詔書，一面爲二世詔書，不過〈瑯琊臺刻石〉上之始皇詔書在東、南、北三面，二世詔書在西面，刻石受到風雨侵襲之情況相當嚴重，以至於迄今僅存二世詔書之一部分，此刻石對於秦代之武功極盡鋪陳之敘述，可能是秦代刻石中銘文最長、最完整、形制最宏大且內容可信者。〔註 14〕始皇於瑯琊一地做瑯琊臺，並立刻石，但因瑯琊臺東、南、西三面臨海，故刻石受風雨毀損之程度不小，但因瑯琊臺地勢之故，故受人爲破壞情況較少。據《山左金石志》記載，曰：「碑中偏西裂寸許，

〔註 11〕徐自強、吳夢麟合撰：《古代石刻通論》（北京：紫禁城出版社，2003 年 8 月），頁 18。

〔註 12〕金其楨撰：《中國碑文化》（重慶：重慶出版社，2002 年 1 月），頁 47。

〔註 13〕袁維春撰：《秦漢碑述》，頁 36。

〔註 14〕參見施拓全撰：《秦代金石及其書法研究》，頁 212；趙超撰：《石刻史話》，頁 29。

前知縣事泰州宮懋讓鎔鐵束之，得以不頹。」〔註 15〕但後來依舊崩壞，石亦下落不明，直至民國初年又被尋獲，堪稱奇蹟，現藏於中國歷史博物館。

〈瑯琊臺刻石〉有拓本、重刻本、影印本，其中以阮元之十三行本所存字數最多。施拓全曰：

> 觀其字體，高長端正，筆劃粗細勻稱，起收用筆多圓，可謂雍容典雅、古厚圓渾，確爲小篆典型之作。

> 觀其筆畫較粗，起筆與數〔註 16〕筆多圓，結體高長緊密，法度謹嚴。且行款整齊，氣象恢弘。全幅觀之，予人圓渾厚重、古意盎然之感，即康有爲所評『茂密蒼深』者是也。〔註 17〕

其對於〈瑯琊臺刻石〉之評論可謂甚高。

《說文》「也」字重文下曰：「[篆形]秦刻石也字。」段注曰：「〈秦始皇本紀〉：『二世元年，皇帝曰：「金石刻盡始皇帝所爲也，今襲號而金石刻辭不稱始皇帝，其於久遠也，如後世爲之者，不稱成功盛德。」』」〔註 18〕〈嶧山刻石〉、〈泰山刻石〉、〈瑯琊臺刻石〉皆作此形，《說文》重文保留有秦刻石篆形之價值，唯刻石與《說文》篆形略有不同，可參見下文字例說明。

《說文》「及」字重文下曰：「乁古文及，秦刻石及如此。」段注曰：「今載《史記》者，〈琅邪臺刻石〉云：『澤及牛馬』。……按李斯作小篆，而刻石仍不廢古文也。」〔註 19〕但今所見〈琅邪臺刻石〉無此句；容庚〈秦始皇刻石考〉中亦提及〈嶧山刻石〉、〈泰山刻石〉「及」字，亦曰不作古文之形，〔註 20〕甚爲奇怪。

〈泰山刻石〉與〈瑯琊臺刻石〉可說是秦代所遺留之兩通最爲可貴之刻石。

四、〈之罘刻石〉與〈東觀刻石〉

秦始皇在之罘共立兩通刻石，一爲〈之罘刻石〉，一爲〈東觀刻石〉，但此

〔註 15〕（清）畢沅輯：《山左金石志》，卷 7，頁 2，收錄於《石刻史料新編》（台北：新文豐出版公司，1977 年 12 月），冊 19。

〔註 16〕按：「數」字疑爲「收」字。

〔註 17〕施拓全撰：《秦代金石及其書法研究》，頁 223、307。

〔註 18〕段注本，12 篇下，頁 634 上右。

〔註 19〕段注本，3 篇下，頁 116 下左。

〔註 20〕容庚撰：〈秦始皇刻石考〉，《燕京學報》第 17 期（1935 年 6 月），頁 134～135。

二石早已不存。歷來對於此二刻石所知甚少，北宋歐陽脩《集古錄》中謂僅見二十一字，吳福助、施拓全等皆謂目前所見最早翻刻本，爲宋代王寀所編刊之《汝帖》。《說文》「[illegible]」字下曰：「从网否聲。」大徐注曰：「臣鉉等曰：『隸書作罘。』」段注則曰：「秦刻石可證也，隸作罘。」〔註 21〕並作「罘」字，與今日楷書寫法同，可見「[illegible]」字之不通用已久。施拓全謂：

> 琅邪臺刻石磨泐雖甚，筆畫略粗，其筆力猶健，結構仍密，具古樸圓渾之風。此帖雖仿石刻磨蝕之狀，筆劃肥而無力，不見神采。且「去疾」下接「德」字亦與二世詔文不合，必非摹自原刻拓本。

> 觀其筆畫，粗而無力。但存形似，不見神采。……此本雖仿古石刻古拙之狀，卻鬆散無神，……實非善本。〔註 22〕

可見由上下文、行款、筆法等觀之，皆去〈泰山刻石〉、〈瑯琊臺刻石〉甚遠，價值甚低。

五、〈碣石刻石〉

〈碣石刻石〉，又稱〈碣石門刻石〉、〈碣石頌〉，原石亦久佚，歷來學者所討論者，多在此石究竟屬「刻石」或「摩崖」，金其楨對此做過簡短之比較與討論：

> 梁披云主編的《中國書法大辭典》「碣石頌」條云：「秦始皇三十二年（前 215 年）始皇東巡至碣石（今河北省昌黎縣西北），丞相李斯等頌秦德而立」，也就是說，該《大辭典》認爲《碣石門刻石》是「立」石。但著名考古學家馬衡在《凡將齋金石叢稿・中國金石學概要》中則認爲：「秦刻石中惟碣石一刻曰碣石門，不云立石，疑即摩崖。」〔註 23〕

金其楨傾向於將此石歸類於摩崖，摩崖乃刻石之其中一分支，在還沒有更確切之參考資料或證據產生之前，姑存待考。

根據酈道元《水經・河水注》所言：

> 漢司空掾王璜言曰：「往者天嘗連雨，東北風，海水溢，西南出，侵數百里。」故張折云：「碣石在海中，蓋淪於海水也。」昔燕、齊遼曠，分置

〔註 21〕大徐本，卷 7 下，頁 271；段注本，7 篇下，頁 359 下左至 360 上右。

〔註 22〕施拓全撰：《秦代金石及其書法研究》，頁 232、309。

〔註 23〕金其楨撰：《中國碑文化》，頁 49。

> 營州，今城居海濱，海水北侵，城垂淪者半。王璜之言，信而有證。碣石入海，非無證矣。〔註24〕

可知碣石一地至遲在漢代已多半淪陷於海水之中，刻石亦至遲至六朝已不得見，不僅後世少有考述，即其流傳之拓本亦大有可疑。目前所見碣石刻石之拓本爲清代錢泳本與吳儁本兩種，錢泳本經孫貽讓、容庚、吳福助等人考證，已證其爲僞，〔註25〕金其楨亦云：

> 清嘉慶二十一年（1816 年），福建巡撫王紹蘭囑金匱錢泳以南唐徐鉉奉敕臨摹雙鈎本，將《碣石刻石》全文重刻於鎮江焦山。其筆意全仿《嶧山刻石》，凡《嶧山刻石》所無之字，神趣索然，轉折板滯，氣度低劣，恐非出自摹寫《嶧山刻石》這樣「下眞跡一等」的高手徐鉉之手，而是錢泳之輩所寫。而其文與《史記·秦始皇本紀》所載也多有不合。〔註26〕

可見錢泳本之漏洞百出。至於吳儁本之字跡、大小等，又較錢泳本差一等，則此二本非善本可知矣。

六、〈會稽刻石〉

〈會稽刻石〉是秦始皇東巡時所刻最後一通刻石，內容亦以歌頌秦德爲主。據吳福助之考證，刻石在六朝、唐代猶存，但北宋時歐陽脩《集古錄》、趙明誠《金石錄》皆未載，鄭樵《通志略》雖有記載，卻未目睹；〔註27〕金其楨亦說明刻石在張守節作《史記正義》時猶存，〔註28〕則或許原石在唐宋之際即已亡佚。

原石亡佚後主要歷經兩變。元至正年間，申屠駉取家藏〈會稽刻石〉舊拓本，與徐鉉所摹〈嶧山刻石〉摹本，一併刻於石上，互爲表裡，此一變也。

〔註24〕（北魏）酈道元撰：《水經注》（北京：華夏出版社，2006 年 1 月），上冊，卷 5，頁 108。案：本引文當出自《水經·河水注》，謂出自《水經·漯水注》者，非。

〔註25〕參見（清）孫詒讓撰：《籀廎述林》「書徐鼎臣臨秦碣石頌後」條（台北：廣文書局，1971 年 4 月），卷 8，頁 7；容庚撰：〈秦始皇刻石考〉，頁 130、149～150、160～164；吳福助撰：《秦始皇刻石考》（台北：文史哲出版社，1994 年 7 月），頁 52～54。

〔註26〕金其楨撰：《中國碑文化》，頁 50。

〔註27〕參見吳福助撰：《秦始皇刻石考》，頁 56～58。

〔註28〕金其楨撰：《中國碑文化》，頁 50～51。

至清康熙年間，石上〈會稽刻石〉之部分被人磨去，乾隆五十五年（1790 年）又命錢泳以申屠駉摹本重刻，袁維春述之甚詳；〔註 29〕重刻上石之文字雖不比秦小篆之恢宏大度，仍不失爲鐵線篆上品。依施拓全之考證，申屠駉本出自原石之可能性不高，可能出自徐鉉之手，更可能爲宋末元初書家所臨；至於其書法則「觀其筆畫，細瘦健勁，起收轉折多圓。而結構茂密，體勢則極爲峻拔。行列排列整齊全幅觀之，可謂含堅勁之神於平正風格中，誠屬佳作。」又「茂密工整，筆劃纖細有力，雖不及泰山、琅邪之『渾勁古茂』，亦小篆之楷模。」〔註 30〕雖非原拓，仍屬佳品。刻石有重刻本及影印本，以羅振玉《秦金石刻辭》所輯申屠駉本最佳。

綜合上述，〈泰山刻石〉與〈瑯琊臺刻石〉原石具存，石雖剝泐嚴重，確爲眞品；〈嶧山刻石〉與〈會稽刻石〉雖非原石原拓，可能出自小學大家且對小篆甚有研究之徐鉉之手，其中容或亦有善本，可資參考；至如〈之罘刻石〉、〈東觀刻石〉與〈碣石刻石〉，則原石早佚，傳本亦差，洵非良品。本論文所討論之秦刻石，以〈泰山刻石〉、〈瑯琊臺刻石〉爲主，以〈嶧山刻石〉、〈會稽刻石〉爲輔，〈之罘刻石〉、〈東觀刻石〉與〈碣石刻石〉以其去秦篆太遠，故不取。〈泰山刻石〉所用版本，爲日本二玄社刊《書跡名品叢刊》明安國所藏一百六十五字本；〈瑯琊臺刻石〉亦爲日本二玄社所刊《書跡名品叢刊》清阮元舊藏整紙本；〔註 31〕〈嶧山刻石〉爲徐鉉所摹、鄭文寶重刻之長安本；〔註 32〕〈會稽刻石〉則爲羅振玉《秦金石刻辭》所輯明拓本之影印本。〔註 33〕

貳、刻石篆形之結構、筆勢比較

秦始皇自統一天下至崩於沙丘，僅約十餘年時間，〈嶧山刻石〉、〈泰山刻石〉、〈瑯琊臺刻石〉皆立於二十八年（西元前 219 年），〈會稽刻石〉立於三十七年（西元前 210 年），其間相差僅有十年。以下分就〈泰山刻石〉本身、〈瑯琊臺刻石〉本身，及兩者相互比較，以見秦代刻石篆形之異同。

〔註 29〕袁維春撰：《秦漢碑述》，頁 51～53。

〔註 30〕施拓全撰：《秦代金石及其書法研究》，頁 251～253、299。

〔註 31〕（日）松井如流編：《秦　泰山・瑯邪臺刻石》（東京：株式會社二玄社，1959 年）。

〔註 32〕陜西省博物館編：《嶧山刻石》（陜西：陜西人民出版社，1992 年）。

〔註 33〕羅振玉編：《秦金石刻辭》（台北：新文豐出版公司，1997 年 3 月）。

一、〈泰山刻石〉篆形

〈泰山刻石〉與〈瑯琊臺刻石〉因長期遭受自然與人爲之困厄，故部分字形已漫漶難辨，幸今日所能辨別者猶多。首先就〈泰山刻石〉本身篆形比較。

（一）不考慮筆勢而結構有所不同者

〈泰山刻石〉中同一文字有兩個篆形以上可資比較者，計有大、不、曰、石、臣、死、制、明、金、刻、始、皇、帝、昧、詔、遠、請，共十七組字例，在這十七組字例中，任何一組字例之篆形結構皆無二致，亦即這些篆形之組成部件與位置完全相同，具有高度穩定性，這大約與刻石出自一人之手有密切關係。

（二）在相同結構下筆勢有所不同者

若由結構相同而筆勢不同之角度觀察，可發現一點微小變化，「皇」字之筆勢並不完全相同。「皇」字出現五次，有四例篆形相同，分別作、、、，上部「白」字第一橫畫皆爲平直線條，唯有字明顯將此橫畫折爲兩斜線，在整體刻石中呈現非常奇特之變化。〔註34〕

二、〈瑯琊臺刻石〉篆形

（一）不考慮筆勢而結構有所不同者

〈瑯琊臺刻石〉中同一文字有兩字例以上篆形可資比較者，計有大、也、不、夫、五、石、臣、金、皇、帝，共十組字例。和〈泰山刻石〉相同，十組字例中之任何一組，其篆形之組成部件與位置亦完全相同，毫無例外，這或許與兩通刻石年代相近，又相傳出於同一人之手有關。

（二）在相同結構下筆勢有所不同者

若由結構相同而筆勢不同之角度觀之，變動性則較〈泰山刻石〉爲大，共有三組字例呈現筆勢不完全相同之現象。

大　夫　此二字在刻石中皆以合文方式出現，共出現三例：、和。〔註35〕在此三例中，「夫」字第二、三筆，亦即「大」字第一、二筆，在第一例中不作橫筆，而是向兩邊斜下；後兩例則皆作橫筆，至兩端後再向下延伸，同一刻石中有兩種寫法。

〔註34〕（日）松井如流編：《秦　泰山．瑯邪臺刻石》，頁不詳。以下爲求注釋精簡，本書簡稱《泰．瑯》，原書無頁碼，故無法注出。

〔註35〕《泰．瑯》，頁不詳。

皇　刻石中可見者出現三例：、和。〔註36〕細看此三例，第一與第三例「皇」字之第一橫筆皆作平直線條，唯第二例之橫筆折爲兩段，分向兩邊斜下，同一刻石中有兩種寫法。

由以上三組字例觀之，可歸納〈瑯琊臺刻石〉在橫畫變化上之簡單規律，一爲平直之橫畫，另一爲折爲兩段分向兩端斜下之筆，在整齊莊重之秦小篆中，稍微做出了改變。

三、〈泰山刻石〉與〈瑯琊臺刻石〉篆形比較

僅就同一刻石觀察，由於出現同一文字之機率較低，故可資比較之對象較少，在這些對象中，其篆形有所不同者，則遇及機會更低，此此擬就兩通刻石互相比較，觀察在同一年中所立之石其篆形是否有所差異。兩通刻石皆有之文字，計有大、久、也、不、之、夫、石、去、史、臣、如、成、言、金、始、皇、帝、昧、詔、斯，共二十組字例。

（一）不考慮筆勢而結構有所不同者

首先就兩通刻石中，觀察在筆勢不考慮之條件下，結構是否有所不同。兩通刻石在結構上，呈現高度相似性，僅有「斯」字呈現不同篆形。

斯　〈泰山刻石〉作，刻石拓本十分清晰；〈瑯琊臺刻石〉作，遭破壞之跡象較爲明顯。〔註37〕兩字構形方式與部件皆同，其不同處在篆形之左上部件，〈泰山刻石〉之左上其象形部分爲兩個「×」，但〈瑯琊臺刻石〉則僅有一個「×」，若參照〈嶧山刻石〉之篆形，〔註38〕則作兩個「×」形者較多。《說文》曰：「箕，所以簸者也。从竹，甘象形。下其丌也。凡箕之屬皆从箕。……𠔽，籀文箕。」〔註39〕可見一個「×」或兩個「×」並無差別，一爲小篆，一爲籀文，但由此字例可見書寫者書寫篆形時求變化之心態，在同一年所刻之三通刻石中，呈現出兩種篆形。

（二）在相同結構下筆勢有所不同者

若就結構相同而筆勢不同來觀察，則兩通刻石之不同點較多，計有大、夫、

〔註36〕《泰．瑯》，頁不詳。

〔註37〕《泰．瑯》，頁不詳。

〔註38〕陝西省博物館編：《嶧山刻石》，頁34。以下爲求注釋精簡，本書簡稱《嶧山》。

〔註39〕大徐本，卷5上，頁167。

臣、成、皇、帝等七組字例符合此條件，以下略舉數例說明。

臣　〈泰山刻石〉作、、、、、等，〈瑯琊臺刻石〉作、、、、。〔註40〕二者結構完全相同，但〈泰山刻石〉之六例，其外包之一筆，於左上和左下兩個轉折處皆呈現明顯之圓弧狀，整體篆形看來具橫向擴張之狀；〈瑯琊臺刻石〉之五例，其外包之一筆，於轉折處之圓弧形甚小，上下兩橫畫及左邊之豎畫皆十分平直，整體篆形看來具方正之感。兩者分別於同一通刻石中作相同筆勢，但二者互較之後，差異明顯可見。參照〈嶧山刻石〉有八例，分別作、、、、、、、，〈會稽刻石〉有兩例，分別作、，此十例之筆勢和〈瑯琊臺刻石〉較爲接近。〔註41〕

成　〈泰山刻石〉作，〈瑯琊臺刻石〉作。〔註42〕〈泰山刻石〉之寫法較爲端正，一筆一畫書寫清楚；相較於〈瑯琊臺刻石〉則筆畫似較爲草率，橫畫向右下傾斜，整體重心亦不平穩，若刻石之作用之一，乃爲推行所謂標準字體小篆，則〈瑯琊臺刻石〉之寫法似草率些。

皇　〈泰山刻石〉作、、、、，〈瑯琊臺刻石〉作、、，〔註43〕字皆从白从王。〈泰山刻石〉之第一、第二、第三、第五例，與〈瑯琊臺刻石〉之第一、第三例，「白」字之第一、二筆橫畫皆平直；而〈泰山刻石〉之第四例與〈瑯琊臺刻石〉之第二例，「白」字之第一、二筆橫畫皆變爲向兩邊斜下之筆。兩通刻石在此字例上皆有相同之變化，參照〈嶧山刻石〉有五例，分別作、、、、，〈會稽刻石〉有一例作，〔註44〕此六例並皆分作兩筆，唯部分雖分爲兩筆，仍與其它橫畫平行，另有一部分則亦分向兩方斜下。〈泰山刻石〉與〈瑯琊臺刻石〉作斜筆者少，〈嶧山刻石〉與〈會稽刻石〉作斜筆者多，更可見原石與後人摹寫差異之所在。

整體而言，〈泰山刻石〉與〈瑯琊臺刻石〉對於同一文字之結構並不加以改變，即使筆勢不同之情況亦少見。在兩通刻石皆有之字例中，僅有「斯」字之

〔註40〕《泰．瑯》，頁不詳。

〔註41〕《嶧山》，頁7、13、25、34～36、38；羅振玉編：《秦金石刻辭》，頁483、523，以下爲求注釋精簡，本書簡稱《秦刻》。

〔註42〕《泰．瑯》，頁不詳。

〔註43〕《泰．瑯》，頁不詳。

〔註44〕《嶧山》，頁3、21、27～28、31；《秦刻》，頁501。

結構略有不同，筆勢不同者亦少見，可見刻石文字在結構、筆勢方面具高度穩定性，變化甚小，後來之漢刻石與此有極大之不同。

參、刻石與《說文》之篆形比較

上文以〈泰山刻石〉、〈瑯琊臺刻石〉爲主要研究對象，並輔以〈嶧山刻石〉、〈會稽刻石〉，可見秦刻石篆形之變動性極小，若再與《說文》相較，則所呈現之變化又有所不同。

一、〈泰山刻石〉與《說文》篆形比較

（一）〈泰山刻石〉近於三版本者〔註45〕

〈泰山刻石〉篆形近於三版本者，約有昆、昭、軕、原、畢、理、清、嗣、靡等九例，茲略舉數例說明：

昆　〈泰山刻石〉作，〔註46〕大徐本作，小徐本作，〔註47〕段注本作，〔註48〕〈泰山刻石〉篆形與三版本並皆从日从比，結構與筆勢全同。

帝　〈泰山刻石〉作、、、、，部分篆形風化較爲嚴重。大徐本作，小徐本作，段注本作，〔註49〕〈泰山刻石〉篆形與三版本近乎相同。

理　〈泰山刻石〉作，大徐本作，小徐本作，段注本作，〔註50〕〈泰山刻石〉篆形與三版本並皆从玉里聲，結構與筆勢全同。

（二）〈泰山刻石〉近於大徐本而不同於小徐本、段注本者

將〈泰山刻石〉與《說文》三版本比較後，近於大徐本者僅有「臣」字一

〔註45〕此處所謂「《說文》三版本」者，指大徐本、小徐本與段注本，以下皆簡稱爲「三版本」。

〔註46〕《泰．瑯》，頁不詳。

〔註47〕（南唐）徐鍇撰：《說文解字通釋》（台北：文海出版社，1968年6月再版，清道光19年祁寯藻刊本），卷13，頁152下左。此版本以下簡稱小徐本。案：此書又有《說文解字徐氏繫傳》、《說文解字繫傳通釋》等別稱，然原名似應以《說文繫傳》爲是，關於小徐本之書名問題，可參本論文第二章第二節〈《說文》之版本〉。

〔註48〕段注本，7篇上，頁311上左。

〔註49〕《泰．瑯》，頁不詳；大徐本，卷1上，頁22；小徐本，卷1，頁10下右；段注本，1篇上，頁2上右。

〔註50〕《泰．瑯》，頁不詳；大徐本，卷1上，頁29；小徐本，卷1，頁16上左；段注本，1篇上，頁15下左。

例，說明如下：

臣　〈泰山刻石〉作、、、、、，大徐本作，小徐本作，段注本作。〔註 51〕刻石之六個「臣」字，其外包之筆於轉折處皆作明顯圓弧形，且外包之直畫略有弧形，大徐本正與之相近；小徐本與段注本之篆形，於轉筆處皆成較小之圓筆，篆形整體看來呈現方形，較不接近刻石篆形。

（三）〈泰山刻石〉近於小徐本而不同於大徐本、段注本者

〈泰山刻石〉篆形近於小徐本者可見行、制、於、疾、去、具、昧七例，略舉如下：

行　〈泰山刻石〉作，大徐本作，小徐本作，段注本作。〔註 52〕刻石篆形上下兩筆並不相連，且扭轉情形不明顯，小徐本與之相近，大徐本、段注本上下兩筆皆有相連情形，且篆形扭曲情形十分明顯，與刻石較不接近。

於　〈泰山刻石〉作，大徐本重文作，小徐本重文作，段注本重文作。〔註 53〕以篆形之右半而言，三版本和刻石近乎相同，但左半部之篆形則小徐本和刻石相近，大徐本、段注本篆形相同但與刻石不同。

具　〈泰山刻石〉作，大徐本作，小徐本作，段注本作。〔註 54〕刻石上半部「从貝省」部分於轉折處圓筆較小，篆形略成方形，小徐本與之相同，大徐本、段注本皆呈明顯之圓筆，整體篆形亦成圓狀，和刻石較不接近。

（四）〈泰山刻石〉近於段注本而不同於大徐本、小徐本者

〈泰山刻石〉篆形之近於段注本者字例甚少，僅有「立」字一例，說明如下：

立　〈泰山刻石〉作，大徐本作，小徐本作，段注本作。〔註 55〕

〔註 51〕《泰．瑯》，頁不詳；大徐本，卷 3 下，頁 113；小徐本，卷 6，頁 71 上左；段注本，3 篇下，頁 119 下右。

〔註 52〕《泰．瑯》，頁不詳；大徐本，卷 2 下，頁 77；小徐本，卷 4，頁 47 下右；段注本，2 篇下，頁 78 下右。

〔註 53〕《泰．瑯》，頁不詳；大徐本，卷 4 上，頁 141；小徐本，卷 7，頁 88 上左；段注本，4 篇上，頁 158 下左。

〔註 54〕《泰．瑯》，頁不詳；大徐本，卷 3 上，頁 100；小徐本，卷 5，頁 62 下右；段注本，3 篇上，頁 105 上左。

〔註 55〕《泰．瑯》，頁不詳；大徐本，卷 10 下，頁 368；小徐本，卷 20，頁 262 上左；段注本，10 篇下，頁 504 下右。

刻石篆形覆蓋之筆作大弧形，且兩直畫十分平直。大徐本之覆蓋之筆折爲兩斜下之直線，且兩豎畫向內彎曲，整體篆形明顯呈現方形，與刻石篆形不類；小徐本覆蓋之筆與刻石相同，然其末筆橫畫明顯拉長，篆形呈現不自然外觀；僅段注本篆形與之相近。

（五）〈泰山刻石〉近於大徐本、小徐本而不同於段注本者

《說文》三版本之篆形亦有兩兩相近者，此處亦針對刻石與有兩版本之篆形相近者略微討論。〈泰山刻石〉篆形同於大徐本、小徐本者，僅有「言」字一例。

言　〈泰山刻石〉作[illegible]，大徐本作[illegible]，小徐本作[illegible]，段注本作[illegible]。〔註 56〕刻石篆形中間之橫畫於兩端皆向上彎起，大徐本、小徐本與之皆同，唯段注本作一平直線條，與刻石不相同。大徐本「篆文筆跡相承小異」「言」字下曰：「从辛从口，中畫不當上曲，亦李斯刻石如此，上曲則字形茂美，人皆効之。」小徐本〈疑義篇〉亦曰：「故臣所書字體與小篆不異者，或依小篆，如言字中畫本直，小篆上偃之類，其陽冰所說與《說文》乖異者，竝入〈祛妄篇〉。」〔註 57〕可見大、小徐所錄「言」字雖皆與秦刻石同，但皆以中畫不上曲之篆形爲是。

（六）〈泰山刻石〉近於大徐本、段注本而不同於小徐本者

〈泰山刻石〉篆形近於大徐本、段注本者約有久、產、登、治、本、外、女、內、曰、山、賤等十一例，列舉如下。

久　〈泰山刻石〉作[illegible]，大徐本作[illegible]，小徐本作[illegible]，段注本作[illegible]。〔註 58〕刻石上半部明顯由兩筆構成，第二筆之起筆突出於第一筆之上，大徐本、段注本皆同；小徐本此二筆由外觀上看，則似由一筆構成，與刻石不相同。

外　〈泰山刻石〉作[illegible]，大徐本作[illegible]，小徐本作[illegible]，段注本作[illegible]。〔註 59〕刻石「夕」字第二畫引而下之作伸長狀，且「卜」字短橫與直豎垂直，大徐本、

〔註 56〕《泰・瑯》，頁不詳；大徐本，卷 3 上，頁 88；小徐本，卷 5，頁 55 上右；段注本，3 篇上，頁 90 上右。

〔註 57〕大徐本，卷 15 下，頁 549；小徐本，卷 39，頁 371 下左至 372 上左。

〔註 58〕《泰・瑯》，頁不詳；大徐本，卷 5 下，頁 197；小徐本，卷 10，頁 121 下右；段注本，5 篇下，頁 239 下左。

〔註 59〕《泰・瑯》，頁不詳；大徐本，卷 7 上，頁 243；小徐本，卷 13，頁 156 上左；段注本，7 篇上，頁 318 下左。

段注本皆與之相近；小徐本「夕」字第二筆無下引之勢，且「卜」字之短橫向右下斜，筆勢皆不相同。

產　〈泰山刻石〉作，大徐本作，小徐本作，段注本作。〔註60〕刻石上半第二、三筆爲兩斜筆，大徐本與段注本亦同；小徐本則作一弧線，用筆不同於刻石。

（七）〈泰山刻石〉近於小徐本、段注本而不同於大徐本者

〈泰山刻石〉在篆形上與小徐本、段注本較爲接近者僅有「及」字一例。

及　〈泰山刻石〉作，大徐本作，小徐本作，段注本作。〔註61〕「及」字之構形从又从人會意，刻石「人」字左筆彎曲後引而下之，小徐本、段注本近之；大徐本則無彎曲筆勢，與刻石相距較遠。

（八）〈泰山刻石〉全不同於三版本者

〈泰山刻石〉篆形與三版本全不同者甚多，或筆勢之不同，或結構之不同，約有分、夫、功、也、者、近、茲、宣、書、設、寐、斯、經、隔、盡、遺、石、天、奉、帝等四十餘例，略舉數例說明。

也　〈泰山刻石〉作，《說文》列於重文，大徐本作，小徐本作，段注本作。〔註62〕三版本皆曰此字見於秦刻石，但觀刻石「也」字最末筆，其筆勢乃下一短豎後，先向左走，再以大弧度向右轉而伸長，較三版本更有節奏感。三版本謂此篆形由秦刻石而來，確而無誤，但篆形和〈泰山刻石〉並不完全相同。

可　〈泰山刻石〉作，大徐本作，小徐本作，段注本作。〔註63〕三版本之最末筆皆先爲直畫，後引而左彎，其後大徐本與小徐本皆再向下延伸，段注本則又往回彎曲；刻石完全不同，其末筆向下直行後，則往左長曳而去，

〔註60〕《泰．瑯》，頁不詳；大徐本，卷6上，頁219；小徐本，卷12，頁140下右；段注本，6篇下，頁276下左。

〔註61〕《泰．瑯》，頁不詳；大徐本，卷3下，頁109；小徐本，卷6，頁69下右；段注本，3篇下，頁116下左。

〔註62〕《泰．瑯》，頁不詳；大徐本，卷12下，頁440；小徐本，卷24，頁274上左；段注本，12篇下，頁634上右。

〔註63〕《泰．瑯》，頁不詳；大徐本，卷5上，頁17；小徐本，卷9，頁106下左；段注本，5篇上，頁206上右。

且有回鋒之勢，儼然爲隸書之筆法，八分中如、等形皆是，〔註 64〕於整通刻石中顯得特別。附帶說明者，〈嶧山刻石〉作，〔註 65〕寫法與〈泰山刻石〉一致，或許秦代當時「可」字之寫法即爲如此作。

男　〈泰山刻石〉作，大徐本作，小徐本作，段注本作。〔註 66〕由結構上看，刻石與三版本皆从田从力，但刻石之部件位置爲左右排列結構，而三版本皆爲上下結構，刻石與三版本全不相同；由筆勢上看，最大不同在於「力」字之寫法，刻石「力」字下半部之轉折處皆轉爲圓筆，不易看出接合之處，此點唯段注本寫法與之相近，大徐本與小徐本皆有明顯斷筆痕跡，用筆較方，確與刻石用筆不同。

明　〈泰山刻石〉作、、、，大徐本作，小徐本作，段注本作。〔註 67〕最大不同處有二：其一，左半部「囧」字，刻石內部皆作一横線，但三版本皆爲兩條折線；其二，右半部「月」字，刻石第二畫之末皆以平直横畫直向左行，但大徐本與段注本皆有引而下之之勢，小徐本篆形相差最多，此形似界於篆隸之間，整體較不協調。

臨　〈泰山刻石〉作，大徐本作，小徐本作，段注本作。〔註 68〕字皆从臥品聲，構形相同。「臥」字以人臣會意，「品」字則从三口會意。刻石之排列方式爲左上「臣」字，左下「品」字，右半部爲「人」字，且「品」字爲上二下一排列方式，殊爲奇特；大徐本、小徐本排列方式相同，爲左上「臣」字，右半部爲「人」字，但「人」字之第一筆往上縮，使「品」字入其中，且「品」字成爲上一下二之排列方式；至於段注本則呈「臥」字在上、「品」字在下之上下

〔註 64〕（清）顧藹吉撰：《隸辨》，收錄於李學勤編：《中華漢語工具書書庫》冊 39（合肥：安徽教育出版社，2001 年 1 月），卷 3，頁 51 右。以下爲求注釋精簡，皆僅注出書名、卷數與頁碼。

〔註 65〕《嶧山》，頁 39。

〔註 66〕《泰．瑯》，頁不詳；大徐本，卷 13 下，頁 479；小徐本，卷 26，頁 295 下右；段注本，13 篇下，頁 705 上右。

〔註 67〕《泰．瑯》，頁不詳；大徐本，卷 7 上，頁 244；小徐本，卷 13，頁 155 下右；段注本，7 篇上，頁 317 上左。

〔註 68〕《泰．瑯》，頁不詳；大徐本，卷 8 上，頁 289；小徐本，卷 15，頁 188 下左；段注本，8 篇上，頁 392 上左。

排列方式。刻石與三版本之排列方式各有特色，顯示出中國文字之藝術性。

二、〈瑯琊臺刻石〉與《說文》篆形比較

〈瑯琊臺刻石〉於今日可辨認文字不多，故無法如〈泰山刻石〉與《說文》之交相對應，各項細類皆可見字例。以下則將可分類之字例選取數例以說明。

（一）〈瑯琊臺刻石〉近於小徐本，不同於大徐本、段注本者

〈瑯琊臺刻石〉中無任何一篆形同時近於《說文》三版本者，也沒有個別近於大徐本或段注本者，故此處僅能就近於小徐本者略加討論，共有而、矣、史三例。

而　〈瑯琊臺刻石〉作，大徐本作，小徐本作，段注本作。〔註69〕刻石下部四筆直畫，以外部兩筆完全覆蓋內部兩筆，小徐本亦同；大徐本與段注本則外部兩筆未完全覆蓋內部兩筆。

矣　〈瑯琊臺刻石〉作，大徐本作，小徐本作，段注本作。〔註70〕「矣」字从矢以聲，「以」字部分刻石寫法數度彎曲後向內轉進，小徐本、段注本與刻石相同，僅大徐本數度彎曲後向外拉出，不同於刻石；「矢」字部分刻石之長筆略作弧形，小於本亦同，而大徐本與段注本皆作兩斜筆。故由其構形、筆勢觀看，僅小徐本與刻石相近。

史　〈瑯琊臺刻石〉作，大徐本作，小徐本作，段注本作。〔註71〕「史」字由「中」與「又」構形，刻石「中」字寫法乃先一橫畫，再寫下部圓弧之筆，明顯可見分為兩筆之跡，大、小徐本與之皆同，段注本則作類似一圓形，與刻石不同；刻石「又」字觀其筆勢，最末筆應與第一筆相交後引而下之，小徐本、段注本與之相同，而大徐本末筆在尚未與第一筆相交時即已曲而下之，與刻石不同。就整體篆形而言，唯小徐本與刻石相近。

〔註69〕《泰．瑯》，頁不詳；大徐本，卷9下，頁334；小徐本，卷18，頁214下右；段注本，9篇下，頁458下左。

〔註70〕《泰．瑯》，頁不詳；大徐本，卷5下，頁188；小徐本，卷10，頁117上左；段注本，5篇下，頁230上右。

〔註71〕《泰．瑯》，頁不詳；大徐本，卷3下，頁110；小徐本，卷6，頁70上左；段注本，3篇下，頁117下左。

（二）〈瑯琊臺刻石〉近於大徐本、小徐本，不同於段注本者

〈瑯琊臺刻石〉中篆形近於大徐本與小徐本者，僅有「言」字一例。

言　〈瑯琊臺刻石〉作，大徐本作，小徐本作，段注本作。〔註72〕刻石中間一橫畫於兩端皆向上彎起，大、小徐本與之皆同，唯段注本作一平直線條，與刻石不相同，但大、小徐亦有其說法，可見前。

（三）〈瑯琊臺刻石〉近於大徐本、段注本，不同於小徐本者

〈瑯琊臺刻石〉篆形近於大徐本、段注本者字例亦不多見，僅有「久」字一例。

久　〈瑯琊臺刻石〉作，大徐本作，小徐本作，段注本作。〔註73〕刻石上半部之兩筆明顯分開，尤其第二筆之起筆清楚，大徐本與段注本與之相同；小徐本上半部之兩筆，則似相連在一起，各筆起筆不明顯，與刻石不相同。

（四）〈瑯琊臺刻石〉近於小徐本、段注本，不同於大徐本者

〈瑯琊臺刻石〉篆形近於小徐本、段注本者字例亦少見，僅有大、臣兩例。

大　〈瑯琊臺刻石〉作、、，此篆形與「夫」字合文，大徐本籀文「大」作，小徐本籀文「大」作，段注本籀文「大」作。〔註74〕三刻石篆形於「大」字之上部皆作較為圓筆之覆蓋狀，小徐本與段注本與之接近；大徐本上部則作兩直線分別向下傾斜，作為方筆，與刻石不相同。

臣　〈瑯琊臺刻石〉作、、、、，大徐本作，小徐本作，段注本作。〔註75〕刻石五個篆形其外包之筆在兩轉折處皆作小弧形，篆形整體看來較為方正，小徐本與段注本與之相近；大徐本則轉折處皆為較大之圓筆，與刻石不同。

〔註72〕《泰・瑯》，頁不詳；大徐本，卷3上，頁88；小徐本，卷5，頁55上右；段注本，3篇上，頁90上右。

〔註73〕《泰・瑯》，頁不詳；大徐本，卷5下，頁197；小徐本，卷10，頁121下右；段注本，5篇下，頁239下左。

〔註74〕《泰・瑯》，頁不詳；大徐本，卷10下，頁367；小徐本，卷20，頁231下左；段注本，10篇下，頁503上左。

〔註75〕《泰・瑯》，頁不詳；大徐本，卷3下，頁113；小徐本，卷6，頁71上左；段注本，3篇下，頁119下右。

(五)〈瑯琊臺刻石〉全不同於三版本者

〈瑯琊臺刻石〉大部分之文字，篆形皆不同於三版本，約有也、夫、五、石、去、功、如、成、金、始、皇、帝、昧、相、斯、楊、襲、之、不等近二十例，略舉數例說明之。

功 〈瑯琊臺刻石〉作，大徐本作，小徐本作，段注本作。〔註 76〕刻石左半部「工」字偏於上方，小徐本與段注本之編排方式與之相同。右半部「力」字則有兩點不同：其一，最長一筆之起筆方向不同，刻石由右上切入往左下走，大徐本與段注本皆以平直橫畫由右向左行，至於小徐本則先有一段小直畫後再轉而向左行，刻石與三版本皆不同。至於下半部刻石三畫皆作斜筆，且轉折處作圓筆；大徐本三筆斜畫較平，且轉折處明顯，左右兩筆斜畫起筆皆突出於橫畫之上；小徐本三斜畫斜度不同，由上而下逐漸分開如扇形般，轉折處亦如大徐本有明顯轉折與突出；段注本則轉折處作圓筆，與刻石相同。由以上數點觀之，則刻石與三版本皆有不同之處，整體篆形皆不相同。

成 〈瑯琊臺刻石〉作，大徐本作，其古文重文作，小徐本作，其古文重文作，段注本作，其古文重文作。〔註 77〕《說文》曰此字从戊丁聲，重文則从午，但刻石篆形成「T」字形，與三版本之正篆、古文皆不相同；八分中亦有作形者，或即由、等形變化而來，與刻石篆形或有關聯。〔註 78〕

金 〈瑯琊臺刻石〉作、，大徐本作，古文重文作，小徐本作，古文重文作，段注本作，古文重文作。〔註 79〕刻石構形有四小點，三版本於正篆皆爲兩小點，重文皆爲三小點；且刻石篆形內部由三橫畫與一直畫組成，三版本正篆之直畫則先彎曲，後直下，重文字形則起筆作分叉狀，凡此皆與刻石不同。李國英曰：「字於金文有作：而爲獨體象形者，是其初文也。以其生于

〔註 76〕《泰・瑯》，頁不詳；大徐本，卷 13 下，頁 480；小徐本，卷 26，頁 295 下左；段注本，13 篇下，頁 705 下左。

〔註 77〕《泰・瑯》，頁不詳；大徐本，卷 14 下，頁 507；小徐本，卷 28，頁 309 上左；段注本，14 篇下，頁 748 上右。

〔註 78〕《隸辨》，卷 2，頁 45 右。

〔註 79〕《泰・瑯》，頁不詳；大徐本，卷 14 上，頁 483；小徐本，卷 27，頁 297 上右至上右；段注本，14 篇上，頁 709 上右。

土，故又有从土作圭者，是乃从土：聲之一形一聲形聲字。厥後又加今爲聲符作金、金、金、金、金、金、金、金等諸形，是則金乃从土今：皆聲二形一聲之形聲字也。許氏不知：即金之初文，乃謂『ナ又注象金在土中形』，而以西方之行說从土之義，并非是也。」〔註 80〕故由金文以來之字形觀之，有作兩點者，有作三點者，亦有作四點者，意義皆同，不過〈瑯琊臺刻石〉篆形之選擇，異於三版本正篆與古文之選擇。「金」字於〈泰山刻石〉作、，參考〈嶧山刻石〉作、、，〔註 81〕則〈泰山刻石〉皆作四點，而〈嶧山刻石〉皆作三點，與三版本之篆形亦皆不同。

斯　〈瑯琊臺刻石〉作，大徐本作，小徐本作，段注本作。〔註 82〕刻石「其」字上半部橫畫未突出於兩直畫之外，但三版本皆突出；右半部「斤」字兩筆，刻石與三版本之起筆筆勢都不相同，查各版本「斤」字篆形及从斤之字，其起筆之位置、方向幾乎各自相同，可見並非個別現象，此點亦不相同。

襲　〈瑯琊臺刻石〉作，大徐本作，小徐本作，段注本作。〔註 83〕刻石與三版本最大不同處在於「龍」字右半部，三版本第一、第二筆皆斷開，刻石則一筆完成，形成一筆長筆；「龍」字左下部筆勢不往下垂，三版本則皆有引而下之之勢；至如「龍」字上半之橫筆，刻石與大、小徐本皆於兩端往上伸起，段注本一如「言」字作平直線條。故細觀之，確有許多不同。

由上觀之，《說文》三版本對於秦代篆形都有所繼承，亦皆有所不同，顯示其篆形因成書時間之不同而有所差異。以下針對三版本與〈泰山刻石〉、〈瑯琊臺刻石〉間之相異，做一整理。

肆、《說文》與秦刻石之承襲關係

由〈泰山刻石〉與三版本之異同來看，篆形近於大徐本者有二十三例，

〔註 80〕李國英撰：《說文類釋》（台北：張孟生發行，1975 年 7 月），頁 356。

〔註 81〕《泰．瑯》，頁不詳；《嶧山》，頁 27、29、36。

〔註 82〕《泰．瑯》，頁不詳；大徐本，卷 14 上，頁 492；小徐本，卷 27，頁 301 下右；段注本，14 篇上，頁 724 上左。

〔註 83〕《泰．瑯》，頁不詳；大徐本，卷 8 上，頁 291；小徐本，卷 16，頁 191 下左；段注本，8 篇上，頁 395 上右。

不同於大徐本者有七十四例；近於小徐本者有十八例，不同於小徐本者有七十九例；近於段注本者有二十二例，不同於段注本者有七十四例。在〈瑯琊臺刻石〉與三版本之異同部分，則近於大徐本者有兩例，不同於大徐本者有二十五例；近於小徐本者有六例，不同於小徐本者有二十一例；近於段注本者有三例，不同於段注本者有二十三例。將兩者綜合之後，近於大徐本者有二十五例，不同於大徐本者有九十九例；近於小徐本者有二十四例，不同於小徐本者有一百例；近於段注本者有二十五例，不同於段注本者有九十七例。茲列表如下：

刻石名稱	近於《說文》版本	字例數量（組）	異於《說文》版本	字例數量（組）
泰山刻石	大徐本	23	大徐本	74
瑯琊臺刻石		2		25
兩者相合		25		99
泰山刻石	小徐本	18	小徐本	79
瑯琊臺刻石		6		21
兩者相合		24		100
泰山刻石	段注本	22	段注本	74
瑯琊臺刻石		3		23
兩者相合		25		97

由上表數據，可以有幾項發現：

首先，三版本篆形皆近於刻石者少，異於刻石者多。由於文字之外觀可能受到書寫者、刻工、書寫工具、書寫材質等外在因素之影響，即使規範化之文字，對於同一文字之外觀仍可能有或多或少之不同，《說文》所取篆形乃一字一形，於體例上已受限，許慎如何選擇篆形今人已不能得知，僅能確定《說文》之篆形必有所來源，儘管許慎說解字例時偶有錯誤，此乃受限於當時材料之不足，但《說文》中保留篆形這一點，仍十分具有參考價值。由東漢至南唐、宋代乃至於清代，《說文》版本日漸增多，由於年代之差距，三版本之篆形互有異同，而這些篆形與《說文》原書究竟差距如何，又是一則疑問，但由三版本與刻石之相互比較下，經由此數據已可知，秦代所謂欲推行於天下之規範化小篆，到了漢代乃至於後世，已有相當程度之改易。關於《說文》各版本間篆形比較，可參本論文〈《說文解字》之版本〉一節。

其次，《說文》三版本之相異處，表現在某些特定偏旁或用筆上。由於〈泰山刻石〉與〈瑯琊臺刻石〉之內容差異不大，加上篇幅不長，能見字例不多，但由這些字例中可以約略發現，三版本从「言」、从「力」、从「月」、从「斤」之字，確實有某種程度之相異：

从「言」之字，其所从「言」，大徐本作，小徐本作，段注本作，〔註 84〕大、小徐本「口」形上之橫畫兩端皆上彎，只有段注本作一平直橫線，故凡从「言」之字會有規律性差異。

从「力」之字，如「男」字大徐本作，小徐本作，段注本作；〔註 85〕又如「功」字大徐本作，小徐本作，段注本作。〔註 86〕大徐本與小徐本其直畫與橫畫交接處皆作方筆，唯段注本作圓筆，三版本凡偏旁从「力」之字，也可能產生規律性差異。

从「月」之字，如「明」字大徐本作，小徐本作，段注本作。〔註 87〕大徐本與段注本「月」字皆較近於秦刻石，其外包之筆末端皆明顯向左延伸，段注本尤爲明顯；小徐本「月」字卻介於篆隸之間，且有攲斜之姿，可知三版本从「月」之字也會產生規律性差異。

从「斤」之字，如「斯」字大徐本作，小徐本作，段注本作。〔註 88〕大徐本與段注本「斤」字第一筆皆由左向右起筆後，向下繞半圓，再往下直行，小徐本則皆直入起筆。「斤」字第二筆大徐本與段注本皆由右下往左上逆勢而入，再轉而向右下行，大徐本之起筆較段注本更爲明顯；小徐本則由右上往左下起筆，而後直線向下行。是故「斤」字兩筆三版本都有不同，因此凡从「斤」

〔註 84〕大徐本，卷 3 上，頁 88；小徐本，卷 5，頁 55 上右；段注本，3 篇上，頁 90 上右。

〔註 85〕大徐本，卷 13 下，頁 479；小徐本，卷 26，頁 295 下右；段注本，13 篇下，頁 705 上右。

〔註 86〕大徐本，卷 13 下，頁 480；小徐本，卷 26，頁 295 下左；段注本，13 篇下，頁 705 下左。

〔註 87〕大徐本，卷 7 上，頁 244；小徐本，卷 13，頁 155 下右；段注本，7 篇上，頁 317 上左。

〔註 88〕大徐本，卷 14 上，頁 492；小徐本，卷 27，頁 301 下右；段注本，14 篇上，頁 724 上左。

之字也可能有規律性差異。

小篆之整體篆形及用筆，應以圓筆爲多，但三版本中仍有少數篆形呈現相對之方筆，如大徐本之「立」字作、籀文「大」字作，小徐本之「下」字作、「於」字作、「具」字作等，〔註 89〕皆屬此類。對於《說文》三版本篆形用筆方圓之探討，於後文亦有所討論。

第二節　兩漢前期刻石之篆形探析

中國文字自甲骨文以來，演化出金文、大篆；而中國之政治也由夏、商、周三代逐步遞嬗而來。春秋戰國以降，戰亂頻仍，至秦始皇乃統一天下，在文字方面，「丞相李斯乃奏同之，罷其不與秦文合者」〔註 90〕，小篆之形體始固定下來；但早在春秋戰國時期，由於諸侯國之各自爲政，使得文字亦呈現紛繁多樣，小篆與古隸早已分別在大篆之基礎上開始萌芽，而成爲兩套書寫系統。今人所見始皇所立刻石皆爲小篆，可見小篆在當時乃使用於較爲正式或莊嚴之場合，成爲秦代官方所推行之標準字體；迄於兩漢，隸書之廣泛使用逐漸影響了小篆，二者之交互作用，使多數文字兼具篆隸之特色。本節擬就兩漢前期刻石中具有小篆者爲討論對象，探討各刻石間之關係，並與《說文》之篆形做一比較。漢代刻石之分期以和帝爲界，「前期」之範圍指西漢高祖至東漢和帝（西元前 206 年——西元 105 年），主要在於和帝之後篆書在刻石上之作用、形態又有所不同。

壹、兩漢前期篆體刻石簡述

由秦入漢，刻石由原本甚爲規整之形體，突然轉變爲多種形態，除少部分工整形態者外，其它篆文有所變形。因此，各家或因其所見資料不盡相同，加之以主觀判斷，對於刻石文字之屬篆或隸，不全相同，本文對刻石篆形之看法，以《漢碑全集》、《漢魏石刻文字繫年》與《漢代石刻集成》爲主，〔註 91〕輔以

〔註 89〕大徐本，卷 10 下，頁 367～368；小徐本，卷 1，頁 10 下左；卷 7，頁 88 上左；卷 5，頁 62 下右。

〔註 90〕段注本，15 卷上，頁 765 下右。

〔註 91〕徐玉立主編：《漢碑全集》（鄭州：河南美術出版社，2006 年 8 月），共六冊；饒宗頤主編、劉昭瑞撰：《漢魏石刻文字繫年》（台北：新文豐出版公司，2001 年 9 月）；

其他各家，並加以己見，凡多家認爲屬小篆者錄之，處篆隸之間而篆意較濃者亦錄之。

由各家之綜合觀察，得出前期小篆刻石共十三通，謹依年代順序排列如下：

1. **文帝時期**：〈群臣上醻刻石〉。
2. **景帝時期**：〈魯北陛石題字〉。
3. **武帝時期**：〈霍去病墓前石刻題字〉、〔註92〕〈巨野紅土山西漢墓黃腸石〉。
4. **昭帝時期**：〈廣陵中殿石題字〉。
5. **成帝時期**：〈東安漢里刻石〉。
6. **孺子嬰時期**：〈祝其卿墳壇刻石〉、〈上谷府卿墳壇刻石〉。〔註93〕
7. **新莽時期**：〈鬱平大尹馮君孺久畫像石墓題記〉。〔註94〕
8. **和帝時期**：〈綏德黃家塔永元二年畫像石墓題記〉、〈袁安碑〉、〈徐無令畫像石墓題記〉、〈郭稚文畫像石墓題記〉。

由西漢初至東漢和帝約三百年時間，具確切紀年之刻石雖僅有此十三通，但時間跨度長，刻石篆形自有可觀之處。

貳、刻石篆形之結構、筆勢比較

十三通刻石之時代互有早晚，篆形必然有所不同，本期刻石中同一文字有兩字例以上可資比對者，經筆者之統計，計有二、八、十、七、月、五、

（日）永田英正編：《漢代石刻集成》（京都：株式會社同朋社，1994年2月），共二冊。

〔註92〕石有一大二小共三塊，大者爲隸書，小者爲篆書；篆書者刻有「左司空」三字，「左司空」大概是負責建造磚瓦、刻石一類之官職。

〔註93〕〈祝其卿墳壇刻石〉與〈上谷府卿墳壇刻石〉二者可合爲〈孔林墳壇刻石〉，又名〈居攝兩墳壇刻石〉、〈居攝墳壇刻石二〉、〈孔林墳壇兩刻石〉等。

〔註94〕此刻石中有「馮君孺久」字樣，發掘簡報釋爲「孺人」，認爲墓主是女性，但因字形與今日所見「人」字小篆皆不類，故近年來各家多認爲應釋爲「孺久」，墓主爲男性，今從之。又有「七日」字樣，發掘簡報釋爲「柒日」，字形特殊，而裘錫圭認爲應釋作「桼日」。參見閃修山撰：〈漢鬱平大尹馮君孺人畫像石墓研究補遺〉，《中原文物》1991年第3期（1991年3月），頁75～76；裘錫圭亦主此說，參見裘錫圭撰：〈讀考古發掘所得文字資料筆記（一）〉，《人文雜誌》1981年第6期（1981年6月），頁99。

日、元、午、司、平、年、西、君、空、東、門、南、馮、孺等，共五十八組。以下各主題比對時，如需引用《說文》篆形作參照，則以大徐本爲主，輔以小徐本或段注本，蓋因大徐本時代較早，篆形改動較少，且今猶可見善本也。〔註 95〕

一、不考慮筆勢而結構有所不同者

在此條件下，經由筆者之觀察，計有七、天、元、四、年、宅、君、里、歲、造、葬等，共十一組字例符合，以下選擇數組說明之：

七　〈袁安碑〉作，〈鬱平大尹馮君孺久畫像石墓題記〉作。〔註 96〕前一例與後世所見隸書、楷書之形無大不同，傳抄古文中有形，形體十分相近；〔註 97〕但後一例之形體十分特殊，無論與古文字、小篆相比，或是與隸書、楷書相比，都不見此形，銅器〈元初七年洗〉有類似之形，與〈袁安碑〉之字形差異甚大。

天　〈鬱平大尹馮君孺久畫像石墓題記〉作，〈綏德黃家塔永元二年畫像石墓題記〉作。〔註 98〕前一例之寫法與隸書相近，如、等，而後一例之形體與今日所見篆形於「大」字上有一橫畫不同，反而接近段注本《說文》籀文「大」（）字之形。〔註 99〕

宅　〈徐無令畫像石墓題記〉作，〈郭稚文畫像石墓題記〉作，〔註 100〕一从乇，一从毛，構字部件不同。

君　〈徐無令畫像石墓題記〉作，〈鬱平大尹馮君孺久畫像石墓題記〉作、、形。〔註 101〕前一例構形與今日所見篆形相同，但後三例之結構皆

〔註 95〕因《說文》三版本篆形互有異同，且對於秦刻石亦各有所从，故今以大徐本爲主，而輔以小徐本與段注本，詳細說明可參見本論文〈《說文解字》之版本〉一節。

〔註 96〕徐玉立主編：《漢碑全集》，冊 1，頁 168、74。以下爲求注釋精簡，本書簡稱《碑全》。

〔註 97〕徐在國編：《傳抄古文字編》電子版，頁 1459。以下爲求注釋精簡，本電子版簡稱《傳古》。

〔註 98〕《碑全》，冊 1，頁 74、166。

〔註 99〕《隸辨》，卷 2，頁 1 左；段注本，10 篇下，頁 503 上左。

〔註 100〕《碑全》，冊 1，頁 209、242。

〔註 101〕《碑全》，冊 1，頁 209、74、76、77。

从二口，與今所見篆形不類。

造　〈綏德黃家塔永元二年畫像石墓題記〉作▒（𨑓），〈徐無令畫像石墓題記〉作▒，〈郭稚文畫像石墓題記〉作▒。〔註102〕前一例乃从告之形聲字，而後兩例則从告之形變爲从吉。傳抄古文中有▒形，內部正从「吉」字，「辵」字亦簡省爲一筆；八分中有作▒形者，亦有作▒、▒形者，兩種形體皆有所承。〔註103〕

二、在相同結構下筆勢有所不同者

符合此條件者，經由筆者之觀察，計有二、大、巳、月、尹、元、方、石、北、左、永、令、守、西、君、東、居、馮、陽、孺等，共二十七組字例，以下亦選擇數組說明之：

二　〈群臣上醻刻石〉作▒，〈上谷府卿墳壇刻石〉作▒、▒，〈袁安碑〉作▒、▒、▒，〈綏德黃家塔永元二年畫像石墓題記〉作▒（▒）。〔註104〕前三通刻石上之篆形皆爲兩橫畫，幾乎沒有律動性，後一通刻石之篆形則起收筆明顯且律動性強，儼然與其它刻石不同。〈三體石經〉作▒，〔註105〕正與前三通刻石篆形相似。

尹　〈爵平大尹馮君孺久畫像石墓題記〉作▒、▒、▒等形，〈袁安碑〉作▒。〔註106〕前三例篆形中間一豎筆皆明顯向左彎曲，且略有停頓回鋒之勢，在隸書中才能見此筆法，如▒、▒等皆是；〔註107〕反觀後一例之篆形，其豎筆爲略帶弧形之直線，較接近篆書風貌。

方　〈爵平大尹馮君孺久畫像石墓題記〉中出現四次，前三字作▒，後一字作▒，〔註108〕將前三字橫畫翹起之兩端拉爲平直；〈三體石經〉作▒，傳抄

〔註102〕《碑全》，冊1，頁166、209、242。

〔註103〕《傳古》，頁155；《隸辨》，卷3，頁49左。

〔註104〕《碑全》，冊1，頁2、48、168、166。

〔註105〕邱德修編撰：《魏石經古篆字典》（台北：學海出版社，出版年月不詳），頁91。以下爲求注釋精簡，本書簡稱《石典》。

〔註106〕《碑全》，冊1，頁74、76～77、168。

〔註107〕《隸辨》，卷3，頁34右。

〔註108〕《碑全》，冊1，頁78。

古文有方形，隸書亦多作方、方等形，〔註 109〕皆與後一字例相同。

守　〈綏德黃家塔永元二年畫像石墓題記〉作▇（▇），〈袁安碑〉作▇。〔註 110〕前一例之篆形筆畫扭動態勢明顯，後一例則線條平直中略帶圓弧，是非常典型之篆文形態。

東　〈巨野紅土山西漢墓黃腸石〉作▇，雖是篆文長形樣貌，但用筆方折，受隸書影響；〈爵平大尹馮君孺久畫像石墓題記〉作▇，〈袁安碑〉作▇、▇，用筆較為圓弧；〈東安漢里刻石〉作▇，整體線條更為圓弧；至於〈綏德黃家塔永元二年畫像石墓題記〉作▇（▇），最末兩筆顯然更具藝術特色。〔註 111〕

經由上文之比對，無論是在筆勢或結構上，刻石篆形皆有或多或少之不同，都顯現出此期刻石正緩慢由小篆向隸書變形，且形態逐漸多樣，成為文字向前演化之動力之一，亦為刻石後期美術性篆形奠定基礎。

參、刻石用途與篆形之關聯

刻石至遲在〈石鼓文〉時已有之，至於始皇東巡七刻石，目的則是用以歌功頌德，布告天下，且由朝廷頒行，不僅莊重肅穆，且文字具有一定之規範性。至於漢代則不然。西漢刻石今日所得見者雖不多，但隨著用途之不同，文字之外形亦開始有所變化；至於東漢，碑碣興盛，用途更形多元，為因應不同用途，多元化之字形便自然而然產生，故僅依文字之結構與筆勢觀之，並不足以見兩漢前期刻石小篆之全貌，必輔以「用途」之分析，始能更貼近刻石篆形之樣貌。

在秦代，所謂刻石之意涵只不過是現今所謂刻石中之一部分。歷史上曾記載秦始皇統一天下後，為頌揚、誇耀自己之功德，乃多次東巡，並刻立多方刻石，這些刻石如〈泰山刻石〉、〈琅琊臺刻石〉、〈之罘刻石〉等，幾乎全以「刻石」命名，〔註 112〕然觀其內容，如出一轍，皆為歌功頌德，炫耀實力而作；觀

〔註 109〕《石典》，頁 61；《傳古》，頁 852；《隸辨》，卷 2，頁 31 右。

〔註 110〕《碑全》，冊 1，頁 165、168。

〔註 111〕《碑全》，冊 1，頁 31、78、168；冊 6，頁 2134；冊 1，頁 165。

〔註 112〕《史記・秦始皇本紀》曰：「二十八年，始皇東巡郡縣，上鄒嶧山。立石。……乃遂上泰山，立石，封，祠祀。……於是乃並勃海以東，過黃、腄，窮成山，登之罘，立石頌秦德焉而去。……作琅邪臺，立石刻，頌秦德，明得意。……登之罘，刻石。」凡曰「立石」、「立石刻」、「刻石」等「石」，都是相同之形式。（西漢）司馬遷撰、楊家駱主編：《新校本史記三家注并附編二種》，冊 1，頁

其文字，亦全爲結構勻稱，莊嚴肅穆之小篆，絲毫未有苟且之痕跡，對於刻石之概念與內容較爲單純。

至於兩漢，在政治、文化等方面多承繼秦代而來，加以文帝、景帝皆採黃老治術，予民休養生息，政治、經濟、文化各方面逐漸有所發展，刻石之功用亦逐漸廣泛運用起來。本文中所討論之十三通刻石，依其用途可分爲摩崖、題記、碑刻與雜刻等四類，以下試分述之。

一、摩　崖

所謂摩崖刻石，「就是利用天然的石壁以刻文記事的石刻。這種摩崖石刻，尺寸不一，長寬各異，文字多少也不同，總之無固定規格，只要能滿足刻字者的需要就行了。」〔註 113〕馬子雲、施安昌亦云：「摩崖，將文字刻在山崖石壁上，也稱天然刻石。這是利用自然的條件，省去採石雕琢之工。」〔註 114〕因此「摩崖」可以說就是「就地取材」之一種刻石樣式。在本期十三通刻石中，唯有〈群臣上醻刻石〉屬於此類。

〈群臣上醻刻石〉之內容，主要是在西漢文帝後元六年，趙王之屬下所獻之祝壽辭。刻石約有兩公尺高，卻僅刻十五個字，平均每字將近十五公分之大，表現出一種寬宏之氣度，正符合摩崖一類之表現與需求。其文字雖略有小大，然排列尚稱整齊，並不苟且，正是因爲摩崖一類刻石多用以布告天下，或上呈君王，使用於較爲正式之場合，自然應較爲符合朝廷所要求之標準字體。

二、題　記

題記文字通常伴隨在畫像石中出現，但畫像石中不一定有題記。畫像石中有銘刻題記者，據統計東漢要比西漢多，因此可以推測，題記之形成與成熟當是在東漢。「墓葬的建築物，在地下的爲墓室，在地上的爲享堂和石闕。……爲了顯示墓中人的官階姓氏，誇耀社會地位，享堂的畫像傍和石闕上常有刻字，標明年代姓氏和官爵。」〔註 115〕由此可見，能夠修建這種建築者，必爲有官階

242～250。

〔註 113〕徐自強、吳夢麟合撰：《古代石刻通論》，頁 94。

〔註 114〕馬子雲、施安昌合撰：《碑帖鑒定》（桂林：廣西師範大學出版社，1993 年 12 月），頁 428。

〔註 115〕常任俠撰：〈漢代畫像石與畫像磚藝術的發展與成就〉，《中國美術全集．繪畫編

者，或當地之豪強。題記一般字數較爲簡短，僅記錄該墓之主要資料，〔註116〕和後來之墓志與碑刻於字數上猶有差距。在本節十三通刻石中，〈爵平大尹馮君孺久畫像石墓題記〉、〈綏德黃家塔永元二年畫像石墓題記〉、〈徐無令畫像石墓題記〉、〈郭稚文畫像石墓題記〉等四通屬於此類。

所謂畫像石是「在石材構築的墓室或磚石混作墓室的石構件上，鐫刻畫像的墓葬。」〔註117〕畫像石之題材種類繁多，所占空間亦廣，故文字只能占整體墓室中之一小部分。畫像石上之畫像，主要表達了死者生前之宗教信仰、生活情形、歷史故事、甚至天地祥瑞等，乃是地上生活情形之投射；而題記則是記載該墓之簡單資料，但與畫像相同，具有較濃厚之裝飾意味。本節所收之四通題記文字，其共通點即文字外形非篆非隸，亦篆亦隸，外觀多呈方形塞滿整體空間，或筆畫扭曲形成所謂「繆篆」一類外觀，故乃兼具記錄與裝飾兩種功能，與標準之小篆相差較多，蓋墓葬與祭祀一類之事關係緊密，故亦屬於嚴肅之事，於刻石中乃屬於較爲特殊之一類。

三、碑　刻

本文所稱碑刻，是指「記載死者生前事跡的，包括籍貫、世系、功名、業跡、品行、病卒和安葬的時間、地點、後人情況等並表哀悼之情」〔註118〕者，後世一般稱爲墓碑。一般而言，墓碑放在地上，墓志置於地下；亦有些碑刻未必完全包括上文所涵蓋之所有項目，本節十三通刻石中，唯有〈袁安碑〉屬於此類，其內容便僅提及袁安之所學、爲官與卒年、葬年。

碑刻之立乃爲標志墳墓之所在，並記錄死者簡要生平、官職、爲人等事蹟，故立於地上，與埋入地下之墓志實爲相同功用之一物，僅爲地上與地下之別。碑刻亦與墳墓、祭祀等事有關，故其上之文字亦多排列整齊，刻劃工整，如被歸爲此類之〈袁安碑〉，與時代稍後之〈袁敞碑〉，字形相像，如出一轍，因出土較晚，

18．畫像石畫像磚》（台北：錦繡出版社有限公司，1989年），頁8。

〔註116〕戴應新整理題記的內容有四種：一、下葬（或造墓）年月；二、下葬年月與墓主姓名；三、籍貫鄉里和墓主姓名；四、墓主職官姓氏與下葬年月。參見戴應新撰：〈陝北東漢畫像石墓題刻文字〉，《故宮學術季刊》第13卷第3期（1996年2月），頁125。

〔註117〕戴應新撰：〈陝北東漢畫像石墓題刻文字〉，頁123。

〔註118〕馬子雲、施安昌合撰：《碑帖鑒定》，頁418。

筆畫完好，結體寬博，是漢碑篆書中難得之佳作。部分後人因忌諱談及墳墓、喪葬一類之事，不喜接觸碑刻上之書法作品，殊不知碑刻一類之書法，實莊重典雅，雖姿態不同，但風格各異。漢代之碑刻篆書在刻石文字中實屬上乘。

四、雜　刻

本節十三通刻石中，〈魯北陛石題字〉、〈霍去病墓前石刻題字〉、〈巨野紅土山西漢墓黃腸石〉、〈祝其卿墳壇刻石〉和〈上谷府卿墳壇刻石〉皆屬此類；〈廣陵中殿石題字〉與〈東安漢里刻石〉雖也有以題記之名稱之者，但由文字形體來看，不具題記應有之強烈藝術性美術字，且用途上也只是作爲隔板之用，故亦將它置於此類。此類包括有工匠姓名、尺寸、官名、標明地點、標明時間等不少內容。

雜刻由於內容複雜，故就本文所收之刻石，大致可再細分爲兩小類：一小類爲記錄刻工姓名、石塊編號、建築用石等內容者，如〈魯北陛石題字〉、〈霍去病墓前石刻題字〉、〈巨野紅土山西漢墓黃腸石〉、〈廣陵中殿石題字〉、〈東安漢里刻石〉等；另一小類則記錄了立石之人、年代等內容，如〈祝其卿墳壇刻石〉與〈上谷府卿墳壇刻石〉。在第一小類中，由於僅是做爲標記，刻工不甚講究，文字大小不一，不講究筆法，排列亦不甚整齊，甚至可說是粗糙；另一方面，或許這些刻工、建築師皆爲民間老百姓身分，原就不擅書寫，故文字之美觀自然比不上前列三種，因而此類文字雖仍屬於篆書系統，但離開純正之篆書已較遠矣。在第二小類中，此兩石大概是記錄這兩位官員在孔子墳前立石之意，雖爲篆書，刻工亦不甚精，與前一小類皆屬非精良品。

由上可知，使用於不同用途之刻石，對於文字之影響極深，大抵前三類多用於正式場合，自秦代以來，政府所用正式文書皆以小篆爲之，其餘場合始以隸書爲之，此種情況至漢代仍舊延續，大約至東漢中期以後，隸書之碑刻始大量盛行。既然漢承秦制，故兩漢前期刻石篆文一方面繼承在正式場合使用小篆，另一方面大抵仍以小篆爲正統，故前三類刻石文字之篆書自然苟且不得，雖然已或多或少參雜隸書於其中，但文字風格仍以小篆爲主體，是其主要之發展。三類之中，又以題記一類最爲特殊，藝術性與裝飾性甚強，因而出現許多小篆之變體，在研究異體字之領域方面，具有高度之參考作用。第四類與前三類顯然不同，雖亦施之於墳墓、起標記之作用，但刻工不良，較爲草率，大概受到自秦代以來，民間多以古隸書寫之影響，因而出現此類較爲粗糙之字形。

兩漢時期，特別是具波磔之隸書成熟前，篆隸相互影響之情況即已十分明顯，且大部分以隸入篆，使小篆之結體漸漸遭受破壞，因此在兩漢前期刻石中，欲尋得如秦刻石上之工整莊重之小篆實已不易，而經由將刻石分類比較之後，可見隸變之現象，也可見文字使用於不同之用途時，對於刻石之字形確有一定程度之影響。

肆、刻石與《說文》篆形及其前後書體比較

兩漢文字受到不同書手、刻工之人爲因素，以及使用場合之不同，加上受小篆、隸書二者彼此間之交互影響，呈現了多種不同之樣貌。東漢許慎撰《說文》，形音義兼具，且字形以小篆呈現，堪稱自秦代李斯、趙高之後，又一次集結小篆之人，雖然在此期間又經過了兩百餘年，但《說文》一書仍然保留有珍貴之秦漢篆資料。本節試以刻石篆形對比《說文》之篆形，觀察所从結構之異同，以期能更全面地掌握刻石篆形之樣貌，並對《說文》篆形有更進一步之認識。

以《說文》爲出發點，上可追古文、籀文、戰國文字，下可見隸書，是以先由此數方面舉例說明。

一、近於《說文》篆形者

《說文》在漢代成書，篆形理應接近秦漢篆，而事實上刻石篆形與《說文》相近者確實不少，以下略舉數例以明之：

九　〈魯北陛石題字〉作，《說文》作，〔註 119〕二者可謂完全相同，〈三體石經〉作，〔註 120〕彼此有密切之傳承關係。

子　〈袁安碑〉作，《說文》作，〔註 121〕二者篆形近似，〈三體石經〉作，〔註 122〕與刻石近乎相同。

內　〈麃平大尹馮君孺久畫像石墓題記〉作，《說文》作，〔註 123〕一寬扁，一瘦長，但基本相似。

〔註 119〕《碑全》，冊 1，頁 8；大徐本，卷 14 下，頁 504。

〔註 120〕《石典》，頁 96。

〔註 121〕《碑全》，冊 1，頁 168；大徐本，卷 14 下，頁 509。

〔註 122〕《石典》，頁 100。

〔註 123〕《碑全》，冊 1，頁 78；大徐本，卷 5 下，頁 186。

加　〈袁安碑〉作，《說文》作，〔註 124〕二者近乎相同。

空　〈霍去病墓前石刻題字〉作，〈袁安碑〉作，《說文》作，〔註 125〕刻石與《說文》篆形可謂完全相同。

二、近於《說文》中之重文者

刻石字形中近於《說文》中之重文者有兩例：

大　〈欝平大尹馮君孺久畫像石墓題記〉作、、，〈綏德黃家塔永元二年畫像石墓題記〉作（），〈袁安碑〉作。〔註 126〕《說文》古文「大」字下曰：「天大地大人亦大焉，象人形。古文亣也。」段注曰：「大下云：古文亣。亣下云：籀文大。此以古文籀文互釋，明祇一字而體稍異，後來小篆偏旁或从古或从籀，故不得不殊爲二部，……然則小篆作何字？曰：小篆作古文也。」〔註 127〕又籀文「大」字下曰：「籀文大改古文，亦象人形。」段注曰：「謂古文作大，籀文乃改作亣也，本是一字，而凡字偏旁或从古，或从籀不一，許爲字書，乃不得不析爲二部。」〔註 128〕由此二段敘述可知，小篆「大」字字形同於古文，此處三通刻石上之「大」字卻都與籀文同形，反而不同於小篆。〈三體石經〉作，傳抄古文有作、形者，〔註 129〕形體亦近於《說文》籀文。

癸　〈袁安碑〉作。〔註 130〕《說文》「癸」字重文下曰：「癸，籀文从癶从矢。」刻石字形明顯與籀文相同，而不同於《說文》「癸」字篆形。〔註 131〕此籀文之形可見於〈石鼓文〉，字形作，〔註 132〕刻石篆形來源有自；〈三體石經〉作，傳抄古文有作形者，〔註 133〕形體上皆有所承。

〔註 124〕《碑全》，冊 1，頁 168；大徐本，卷 13 下，頁 481。

〔註 125〕《碑全》，冊 1，頁 17、168；大徐本，卷 7 下，頁 263。

〔註 126〕《碑全》，冊 1，頁 74、76～77、165、168。

〔註 127〕段注本，10 篇下，頁 496 下左至 497 上右。

〔註 128〕段注本，10 篇下，頁 503 上左至下右。

〔註 129〕《石典》，頁 69；《傳古》，頁 1024。

〔註 130〕《碑全》，冊 1，頁 168。

〔註 131〕大徐本，卷 14 下，頁 509。

〔註 132〕徐中舒主編：《漢語古文字字形表》（台北：文史哲出版社，1988 年 4 月再版），卷 14．16，頁 556。以下爲求注釋精簡，本書簡稱《漢表》

〔註 133〕《石典》，頁 99；《傳古》，頁 1471。

三、近於戰國文字者

刻石字形除近似於《說文》中之重文者外，尚有近似於戰國文字者，這類字形在刻石中有兩例：

四　〈袁安碑〉作。《說文》篆形作，〔註134〕筆畫將四面作包圍密閉之狀，然而戰國文字中，帛書《老子甲本》、《老子乙本》有許多字形亦皆非四面包圍之狀，如、、等，其開口或在左，或在右，甚至兩面皆開口者亦有之，〔註135〕刻石字形或與此有關。

乙　〈袁安碑〉作。《說文》篆形作，〔註136〕整體線條較爲平直，不若刻石甚爲彎曲，戰國文字如包山楚簡作，雲夢睡虎地秦簡作，字形亦皆彎曲；〔註137〕且綜觀所見之戰國文字，字形彎曲者多，不彎曲者少，故刻石「乙」字來源於戰國文字之可能性較大。〈三體石經〉作，傳抄古文有作、形者，〔註138〕與戰國文字皆很相像。

四、近於隸、楷書者

古文、籀文、戰國文字之時代皆早於《說文》，刻石文字與《說文》比較後，可追尋出其可能之起源，屬於向上溯源，小篆逐漸退出歷史舞台之同時，便是隸書逐漸興起之時，故與《說文》比較之後，可發現篆形不類於《說文》，而反接近於隸書者，屬於向下開啓；且今日出土文物已逐步證明，古隸與小篆乃出於同源，因此，秦漢時代之小篆結構，反而有時較近於隸、楷書。〔註139〕事實上，兩漢前期刻石篆文屬於純正小篆者本即不多見，僅有〈袁安碑〉爲正統，其餘則多屬於篆隸相間之字體，故在這些刻石中能找到接近純熟古隸之字例，實屬正常之事，更有甚者，在同一通刻石中，同時出現篆隸兩種字體者亦有之。黎東明便說明：「漢代的篆書在很大程度上受到隸書的影響，筆畫有輕重粗細的

〔註134〕《碑全》，冊1，頁168；大徐本，卷14下，頁503。

〔註135〕何琳儀撰：《戰國古文字典》（北京：北京中華書局，1998年9月），下冊，頁1284。以下爲求注釋精簡，本書簡稱《戰典》。

〔註136〕《碑全》，冊1，頁168；大徐本，卷14下，頁506。

〔註137〕湯餘惠主編：《戰國文字編》（福州：福建人民出版社，2001年12月），頁959。以下爲求注釋精簡，本書簡稱《戰編》。

〔註138〕《石典》，頁97；《傳古》，頁1171。

〔註139〕參見孫稚雛撰：〈《說文解字》與篆書藝術〉，頁84。

變化節奏，筆勢方圓互出，甚至有直接參用隸書筆畫形成的情況。」〔註140〕正可說明爲什麼在篆書刻石中，會出現較接近隸書字形之原因，此乃以隸入篆之明證。此類字例計有月、天、日、不、元、尹、永、年、鳳、中、內、丙、里、室、造、馮、萬、壇、無等十九例，以下舉數例說明：

月　〈麃平大尹馮君孺久畫像石墓題記〉作[illegible]，〈郭稚文畫像石墓題記〉作[illegible]（月）。古隸中「月」字作[illegible]，楷書作[illegible]，〔註141〕刻石以方筆書寫之方式與之近乎相同，〈麃平大尹馮君孺久畫像石墓題記〉之篆形與古隸已十分接近，這些刻石篆形反而不近於《說文》之篆形[illegible]，〔註142〕圓轉之痕跡消失，回鋒之筆法與轉折現象已出現。

室　〈郭稚文畫像石墓題記〉作[illegible]。古隸中「室」字作[illegible]，八分作[illegible]，楷書作[illegible]，〔註143〕其「宀」字之左右兩豎畫較短，刻石則較長，且刻石「至」字之上部已由圓轉之形變爲更爲簡單之線條，刻石篆形皆與之相近，反而不近於《說文》之篆形[illegible]。〔註144〕

壇　〈上谷府卿墳壇刻石〉作[illegible]。古隸中「壇」字作[illegible]，楷書作[illegible]，〔註145〕構形十分相近，右半部「亶」字線條多已平直化，反而較不接近於《說文》之篆形[illegible]，〔註146〕成爲書寫更便利之字形。

五、較《說文》增繁者

《說文》在說解某字時所用之術語，如「从某某」、「从某某聲」等，皆在說明該字所从之結構，故四、五兩點亦由結構上與《說文》比對，觀察刻石篆

〔註140〕黎東明撰：《中國書法欣賞叢書．秦漢篆書》，頁89。

〔註141〕《碑全》，冊1，頁74、242；（日）高木聖雨編：《標準隸書字典》（東京：株式會社二玄社，2000年10月），頁91下；（日）黑須雪子編：《大書源》（東京：株式會社二玄社，2007年3月），中冊，頁1338。以下爲求注釋精簡，《標準隸書字典》簡稱《隸典》，《大書源》亦僅注出冊數與頁碼。

〔註142〕大徐本，卷7上，頁241。

〔註143〕《碑全》，冊1，頁242；《隸典》，頁48上；《隸辨》，卷5，頁19右；《大書源》，上冊，頁738。

〔註144〕大徐本，卷7下，頁259。

〔註145〕《碑全》，冊1，頁49；《隸典》，頁38下；《大書源》，上冊，頁600。

〔註146〕大徐本，卷13下，頁476。

形與《說文》篆形所从結構之不同。對照之下，刻石篆文之字形較《說文》小篆結構增繁者，計有以、君二字。

以　〈袁安碑〉作。《說文》篆形作，〔註147〕刻石與之相較多出右半部件「人」字，由獨體字變爲合體字，如〈三體石經〉作，大徐本「篆文筆跡相承小異」「以」字下曰：「《說文》不从人，直作。」段注亦曰：「又按今字皆作以，由隸變加人於右也。」〔註148〕可見从「人」字者較爲後起，且受有隸書之影響，後世直至今日仍沿用此形。

君　〈讎平大尹馮君孺久畫像石墓題記〉作、、。《說文》篆形作，〔註149〕乃从尹从口之二體會意字，刻石之篆形皆多一「口」字，成爲从尹从二口之三體會意字。

六、較《說文》簡化者

文字之增繁與簡化，是造成中國文字均衡之兩項重要方式，使得文字能夠因其形體之不同適於分辨。刻石文字除增繁情形外，亦有簡化者，且字例稍多，計有造、葬、歲、薨、鬱五字，推測可能是因筆畫較多而需作此調整。

葬　〈讎平大尹馮君孺久畫像石墓題記〉作。《說文》篆形作，〔註150〕乃从死茻聲，附加一横筆代表所以薦之之形，故爲形聲附加符號之形聲字，刻石葬字下部从土，上半不知所从，但字形結構明顯簡化。

造　〈綏德黃家塔永元二年畫像石墓題記〉作（造），〈徐無令畫像石墓題記〉作，〈郭稚文畫像石墓題記〉作。《說文》篆形作，〔註151〕乃从辵告聲之形聲字，「辵」字篆形最末筆不延伸至右半邊之「告」字，但三通刻石不但「辵」字最末筆皆延伸至「告」字下方，且筆畫皆明顯被簡化，〈徐無令畫像石墓題記〉與〈郭稚文畫像石墓題記〉更將从「告」字省爲从「吉」字，完全失去其原本爲形聲字之造字原意，此形體亦被隸書承襲而下，字例可見前。

〔註147〕《碑全》，冊1，頁168；小徐本，卷28，頁312下右。

〔註148〕《石典》，頁111；大徐本，卷15下，頁549；段注本，14篇下，頁753上右。

〔註149〕《碑全》，冊1，頁74、76～77；大徐本，卷2上，頁61。

〔註150〕《碑全》，冊1，頁74；大徐本，卷1下，頁53。

〔註151〕《碑全》，冊1，頁166、209、242；大徐本，卷2下，頁72。

薨　〈袁安碑〉作。《說文》篆形作，〔註 152〕乃从死薨省聲之形聲字，刻石篆形省去部件「艸」，成爲从死高省聲之字，八分中亦有作亮者，《隸辨》曰：「《説文》薨從瞢省，碑變從高，與甍相混。」不僅說明字形之由來，亦說明與它字相混之情形。〔註 153〕

七、位置更動者

中國文字在古文字之階段，文字形體、書寫方向、字形大小等尚未固定下來，此種現象在甲骨文之時代尤爲明顯，合體字之部件組合方式亦呈現多樣化，在此期刻石篆文中出現一例。

和　〈袁安碑〉作。《說文》篆形作，〔註 154〕與刻石同爲从口禾聲，但刻石篆形爲禾在左、口在右，與今日楷書之書寫位置相同，傳抄古文有作和者，八分中亦有作和、和者，〔註 155〕亦與刻石書寫位置相同，《說文》篆形則爲口在左、禾在右，與今日楷書之書寫位置正好相反。事實上《說文》中从口之字，若爲左右排列方式，「口」字多放在左邊。

八、不知其所從者

刻石中絕大多數之篆形，都能在《說文》中找到對應，其餘未能在《說文》中找到對應者，向上可在古文、籀文、戰國等文字中尋得，向下亦可找到與之接近之隸書字形，但仍有些不在這些今古文字之對應範圍中，以下亦試舉數例說明。

七　〈爵平大尹馮君孺久畫像石墓題記〉作，〔註 156〕於銅洗中亦可見相似之形，可參見本論文〈兩漢後期之銅器篆形探析〉一節。此篆形不明其所從，許師錟輝認爲，因古文字中「七」字與「十」字字形相近，延續至漢代，爲避免混淆，乃作「桼」字以示區分，但此刻石之「桼」字則爲變形。

宅　〈郭稚文畫像石墓題記〉作，〔註 157〕從「乇」字之形亦甚爲特別，

〔註 152〕《碑全》，冊 1，頁 168；大徐本，卷 4 下，頁 148。

〔註 153〕《隸辨》，卷 2，頁 56 右。

〔註 154〕《碑全》，冊 1，頁 168；大徐本，卷 2 上，頁 61。

〔註 155〕《傳古》，頁 111；《隸辨》，卷 2，頁 22 左。

〔註 156〕《碑全》，冊 1，頁 74。

〔註 157〕《碑全》，冊 1，頁 242。

於其餘書寫材質中亦未見，不知其形構如何說解。

葬　〈酇平大尹馮君孺久畫像石墓題記〉作，〔註 158〕其形體似有部分簡省，而導致形構奇特，未知其構形之所由來。

未能說解形構之篆形，其形體或簡省，或變形，可能亦與用途有關，或是受到民間刻工、百姓書寫，譌字甚至是筆者所見資料不足之影響，於是使得這些原本應具有標準寫法之篆形，亦產生不知所从、不知形構之異體，這些異體字皆難以六書說解，正如馬衡引許慎所言「鄉壁虛造不可知之書，變亂常行以燿於世者，此類是也。」〔註 159〕題記、碑刻等未必是鄉壁虛造之書，但刻石上之篆文不合於六書卻亦是事實，正可見當時文字運用之實際情況。

本節由十三通兩漢前期篆體刻石爲對象，由結構、筆勢、用途及與《說文》之比較，對刻石上之篆形做一較全面之探討。

由結構與筆勢二方面觀察，可見當時一字多形之異體字現象，不過變動性並不大，可見兩漢前期篆形雖受隸書之影響，但仍保有一定程度之穩定性。

從用途上而言，可將刻石分爲四類：摩崖、題記、碑刻與雜刻。摩崖與碑刻兩類多施用於公告、頌揚、墓室等莊嚴肅穆之場合，故篆形較於規整純正。題記雖亦用於墓地，但字形裝飾性意味甚濃。雜刻類則多施用於記錄刻工姓名、建築用石、編號等作用，故雖亦施之於墓地，但因非主要部分，因而篆形較爲草率，受隸書之影響也較多。

若與《說文》相較，可發現許多刻石篆形與《說文》幾無二致，但仍有部分篆形近於古文、籀文、戰國文字，來源呈現多樣化；亦有部分篆形與隸書字形較爲接近，可見當時受隸書影響之實況。同時，也有部分篆形結構與《說文》比對較爲增繁或簡省，不過此類現象多僅存在於個別刻石上。

第三節　兩漢後期刻石之篆形探析

東漢和帝之後，安帝、順帝時期碑刻漸興，具有蠶頭雁尾姿態之隸書逐漸成形，尤其至桓帝、靈帝時期，不僅碑刻大量出現，且形制多變，體制完備，

〔註 158〕《碑全》，冊 1，頁 168。

〔註 159〕馬衡撰：《凡將齋金石叢稿》（北京：中華書局，1977 年 10 月），頁 182。

工整之隸書形態幾乎已取代小篆而普遍流行，較大部分改變了小篆圓轉、對稱之特點，使小篆退居於次要地位，並因此而改變其形態。

以下由兩漢後期刻石中具有小篆者爲討論對象，「後期」之範圍則接續東漢和帝之後，〔註160〕起自殤帝，迄於獻帝（西元105年——220年）。在此一時期，許慎《說文》業已成書，且小篆之多樣化功用亦有所改變，故篆形之走向又爲之改變，以下則接續前期繼續討論。

壹、兩漢後期篆體刻石簡述

後期所占時間較短，但具有篆形之刻石卻較多，經由筆者之觀察，得出小篆用筆意味較濃之刻石三十四通，以下則依年代順序排列於下：

一、**安帝時期**：〈牛文明墓題記〉、〈袁敞碑〉、〔註161〕〈祀三公山碑〉、〈開母廟石闕銘〉、〔註162〕〈少室石闕銘〉、〈太室石闕銘〉〔註163〕與〈是吾殘碑〉。

二、**順帝時期**：〈景君碑〉。

三、**桓帝時期**：〈鄭固碑〉、〈王純碑〉、〔註164〕〈孔宙碑〉、〈華山廟碑〉、〈鮮于璜碑〉等。

四、**靈帝時期**：〈楊著碑〉、〈楊震碑〉、〔註165〕〈楊統碑〉、〔註166〕〈夏承

〔註160〕本論文中，兩漢前期最後一通刻石是和帝時代之〈郭稚文畫像石墓題記〉，而後期第一通刻石是安帝時代之〈牛文明墓題記〉，故後期篆形刻石雖說起自殤帝，實則起於安帝。

〔註161〕其篆形與〈袁安碑〉如出一轍，可能出自同一人之手，於漢代刻石中屬少見之傳統規整漢篆，故二者有「二袁碑」之稱。

〔註162〕此闕有稱「啓」者，有稱「開」者，乃因漢代避諱，故改「啓」爲「開」。

〔註163〕〈開母廟石闕銘〉、〈少室石闕銘〉與〈太室石闕銘〉合稱「嵩山三闕」。

〔註164〕《隸續》卷5頁11曰：「右王純碑篆額二行黑字。」故文字雖難辨認，仍可知其爲篆書。（宋）洪适撰：《隸續》，卷5，收錄於李學勤編：《中華漢語工具書書庫》（合肥：安徽教育出版社，2001年1月），冊38，頁462上左。

〔註165〕《漢魏石刻文字繫年》謂「或以爲熹平中其孫統之門人汝南陳熾等立。」《漢代石刻集成》作建寧元年左右，靈帝之年號，建寧之後即爲熹平，二者差距不大，以《漢代石刻集成》之年代較具體，今暫從此說。參見饒宗頤主編、劉昭瑞撰：《漢魏石刻文字繫年》，頁84；（日）永田英正編：《漢代石刻集成》，下冊，頁174。

〔註166〕《漢魏石刻文字繫年》謂「《金石錄》卷十六作建寧三年四月立碑，他書皆作元年，

碑〉、〔註 167〕〈西狹頌〉、〈孔彪碑〉、〔註 168〕〈婁壽碑〉、〔註 169〕〈韓仁銘〉、〈梧臺里石社碑碑額〉、〈尹宙碑〉、〈陳球碑〉、〈趙寬碑〉、〈三公之碑〉、〔註 170〕〈魏元丕碑〉、〈王舍人碑〉、〈白石神君碑〉、〈王知殘碑〉、〈張遷碑〉、〈鄭季宣碑〉、〈秦頡碑〉等。

五、**獻帝時期**：〈樊敏碑〉。

由殤帝至獻帝約一百年間之刻石，紀年較爲明確者爲此三十四通，時間跨度雖較短，但篆形風格多變。

貳、刻石篆形之結構、筆勢比較

兩漢後期具有篆形之刻石，其數量遠較前期爲多，由最早之〈牛文明墓題記〉至最晚之〈樊敏碑〉，約有一百年左右之時間，在這一時期中，篆形之變化想必亦有所不同。本節首先由這些刻石中具有相同文字者互相比對，以見其結構與筆勢之不同。

經筆者之觀察與統計，對於同一文字而有兩字例以上可供比較者計有山、

然元年乃楊卒之年，故吏戴條立碑或在三年服闕之後。」今依此說。饒宗頤主編、劉昭瑞撰：《漢魏石刻文字繫年》，頁 71。〈楊著碑〉、〈楊統碑〉、〈楊君碑〉與此碑並稱「四楊碑」，筆者未見〈楊君碑〉拓本。

〔註 167〕此碑之碑額於不同拓本中似作不同文字，《漢碑全集》作「漢北海淳于長夏承碑」，但未附碑額拓片，《漢代石刻集成》雖有拓片，但僅拓有「淳于長夏承碑」六字，《隸續》則作「漢北海淳于長夏君碑」，且有完整拓片。《隸續》成書時間較早，且附有拓片，碑額文字清晰，今從之。參見徐玉立主編：《漢碑全集》，冊 4，頁 1291；（日）永田英正編：《漢代石刻集成》，下冊，頁 184；（宋）洪适撰：《隸續》，卷 5，頁 13 右。

〔註 168〕此碑額《漢碑全集》未錄，《中國國家圖書館碑帖精華》與《隸續》均有拓本，但二者篆形略有不同，因《隸續》爲宋代成書，故本論文所探討之篆形從之。北京圖書館出版社編：《中國國家圖書館碑帖精華》（北京：北京圖書館出版社，2001 年 12 月），冊 1，頁 196；（宋）洪适撰：《隸續》，卷 5，頁 12 右。

〔註 169〕此刻石之拓片，《漢代石刻集成》與《隸續》於篆形上略有不同，《隸續》成書時代較早，今從之。（日）永田英正編：《漢代石刻集成》，下冊，頁 268；（宋）洪适撰：《隸續》，卷 5，頁 13 左。

〔註 170〕此碑碑額有作「三公山碑」者，觀碑額文字，「山」字實應作「之」字，二者字形迥然不同，作「山」字者非。

五、四、年、君、門、相、高、馮、楊、九、工、之、令、十、光、其、神、海、掾等近九十組。

一、不考慮筆勢而結構有所不同者

筆勢因書寫者、刻工、用途、書寫工具、書寫材質等條件之不同，可能有多樣之呈現，故在不考慮筆勢之變因下，結構有所不同者，計有：十、大、四、長、來、治、故、尉、條、曹、掾、陽、楊、靈，共十四組。以下選擇數組說明之：

尉　〈袁敞碑〉作[字形]，〈孔宙碑〉作[字形]，〈鄭季宣碑〉作[字形]，〈陳球碑〉作[字形]，右上角皆从「寸」字，唯有〈楊震碑〉作[字形]，右上角从「又」字，結構不同。〔註 171〕傳抄古文有作[字形]、[字形]形者，〔註 172〕其形體與〈楊震碑〉同為「又」字單獨在右邊，可資參照。

故　〈景君碑〉作[字形]，〈鄭固碑〉作[字形]，〈鮮于璜碑〉作[字形]，其餘包括〈楊統碑〉等十餘例結構亦皆相同，唯有〈秦頡碑〉作[字形]，右半邊部件「攵」字下又多一「口」字，結構不同。〔註 173〕〈三體石經〉作[字形]，〔註 174〕形體正與〈景君碑〉近似。

陽　楊　「陽」字〈少室石闕銘〉作[字形]、[字形]，〈秦頡碑〉作[字形]，皆為从阜昜聲之形聲字，但〈楊著碑〉作[字形]，「昜」字變為「易」字，八分中亦有作[字形]形者，《隸辨》曰：「《說文》陽從昜，昜從日一勿，與易字不同，易上從日，碑從易譌。」完全說明其譌變之情況。〔註 175〕相同之情形在「楊」字中亦可見，〈楊震碑〉作[字形]，「昜」字之長橫畫仍在，但與其上「日」字之下筆合而為一，八分有作[字形]形者，形體相同；〈楊著碑〉作[字形]，亦是將「昜」字之長橫筆省略，八分中亦有作[字形]形者，與「陽」字偏旁作「易」字同為譌變。〔註 176〕以上兩

〔註 171〕《碑全》，冊 1，頁 281；冊 3，頁 1004；冊 6，頁 1862；《隸續》，卷 5，頁 461 下右；《集成》，下冊，頁 175。

〔註 172〕《傳古》，頁 1005。

〔註 173〕《碑全》，冊 2，頁 485；冊 3，頁 867、1064；《隸續》，卷 5，頁 14 右。

〔註 174〕《石典》，頁 24。

〔註 175〕《碑全》，冊 1，頁 324；《隸續》，卷 5，頁 14 右；《碑全》，冊 4，頁 1174；《隸辨》，卷 2，頁 26 右。

〔註 176〕《集成》，下冊，頁 175；《隸辨》，卷 2，頁 26 左；《碑全》冊 4，頁 1174。

字之兩種情形，都與原來篆形結構不同。傳抄古文中偏旁「昜」中間皆有一橫畫，如、，〔註177〕多不與「昜」字偏旁通用。

條　〈開母廟石闕銘〉作，右半部从攵从木，〈祀三公山碑〉則作，右半部變爲从右从巾，結構不同。〔註178〕

靈　〈開母廟石闕銘〉作，上段从雨，中段从三口，下段从巫，結構與今日楷書相同，〈祀三公山碑〉作，下段之部件由从巫變爲从王，「王」字實爲「玉」字，結構不同。〔註179〕《說文》中以从「玉」者爲正篆，以从「巫」者爲重文。从「玉」之字大、小徐本皆曰：「靈巫以玉事神。」段注亦曰：「巫能以玉事神，故其字从玉。」从「巫」之字則三版本皆曰：「𩆜或从巫。」〔註180〕故二者實可相通。

由以上數組字例來看，在不考慮筆勢而結構有所不同之條件下，在八十八組字例中僅占十四組，比例並不高，和前期相較亦無明顯之升降，可見在整體刻石篆形之演變上，結構之變化不是最主要之現象，縱使如此，刻石篆形中仍存在著少數特別字例，在其餘刻石或後世之用字上甚爲罕見者，可能也只是個別特色之表現。

二、在相同結構下筆勢有所不同者

本期所探討之刻石，其年代相距約有一百年左右之久，且隸變情形已可謂完成，則筆勢之變動是否較前期更爲劇烈，是此部分關注之處。

在相同結構下，筆勢有所不同者，經由筆者之觀察，計有于、孔、安、雨、海、碑、大、之、守、相、陳、九、文、十、石、其、尉、八、戶、作等，共五十組。以下選擇數組說明之。

大　前期「大」字所作篆形皆从《說文》籀文「大」之形，後期之刻石篆形亦大多如此。如〈開母廟石闕銘〉作，〈鮮于璜碑〉作，此類屬於轉折處用筆較方，且左右兩豎較短於中間兩豎者；〔註181〕〈景君碑〉作，〈秦頡

〔註177〕《傳古》，頁1442。

〔註178〕《碑全》，冊2，頁338；冊1，頁289。

〔註179〕《碑全》，冊2，頁338；冊1，頁289。

〔註180〕大徐本，卷1上，頁31；小徐本，卷1，頁17；段注本，1篇上，頁19下右。

〔註181〕《碑全》，冊2，頁338；冊3，頁1064。

碑〉作，此類屬於轉折處用筆較圓，左右兩豎亦短於中間兩豎者；〔註 182〕〈樊敏碑〉作，〈陳球碑〉作，此類屬於四筆豎畫幾乎等長者；〔註 183〕亦有如〈祀三公山碑〉作，中間兩筆豎畫之起筆爲相連者，〔註 184〕筆勢種類多樣，各有特色。

月　〈牛文明墓題記〉作，用筆較方，接近隸書；〈袁敞碑〉作、、，三字例用筆皆較圓，顯爲篆書筆法，二者筆勢明顯不同。〔註 185〕〈三體石經〉作，傳抄古文作、，〔註 186〕皆與〈袁敞碑〉甚爲接近。

功　〈開母廟石闕銘〉作，體勢瘦長，篆書用筆意味較濃，左方「工」字豎畫直下，右方「力」字仍爲小篆之形，用筆詰詘；〈是吾殘碑〉作，體勢方扁，隸書用筆意味較濃，左方「工」字豎畫有彎曲之狀，右方「力」字則已無詰詘之勢，與隸書、楷書寫法較爲接近。〔註 187〕〈三體石經〉作，〔註 188〕形體與〈開母廟石闕銘〉較爲近似。

河　〈袁敞碑〉作，「可」字最末筆向左彎曲後又往回彎；〈開母廟石闕銘〉作，〈少室石闕銘〉作，兩者之最末筆則向左彎後便直下而去，兩者不同。〔註 189〕〈三體石經〉作，〔註 190〕依筆勢而言較爲接近後兩者。

是　〈祀三公山碑〉作，用筆方正，以隸法作篆書；〈是吾殘碑〉作，上半部用筆亦方正，下半部數筆相連，乃爲行、草書之濫觴，二者筆勢顯然不同。〔註 191〕

在本時期可資比對之八十八組字例中，已有超過半數之組數在筆勢上有所變化，不僅代表可能由於不同之書寫者、刻工、用途等因素所造成之差異，而

〔註 182〕《碑全》，冊 2，頁 485；《隸續》，卷 5，頁 14 右。

〔註 183〕《碑全》，冊 6，頁 1897；《隸續》，卷 5，頁 10 右。

〔註 184〕《碑全》，冊 1，頁 289。

〔註 185〕《集成》，下冊；《碑全》，冊 1，頁 281。

〔註 186〕《石典》，頁 51；《傳古》，頁 660。

〔註 187〕《碑全》，冊 2，頁 338、371。

〔註 188〕《石典》，頁 90。

〔註 189〕《碑全》，冊 1，頁 281；冊 2，頁 338；冊 1，頁 324。

〔註 190〕《石典》，頁 73。

〔註 191〕《碑全》，冊 1，頁 289；冊 2，頁 371。

使篆形呈現不同之風貌，也代表隸變在此時影響篆書更加深遠，隸書已儼然成為東漢後期之代表書體，更有甚者，行書、草書、楷書等書體之雛型，也在此時期之刻石上略可看出端倪，因此，筆勢上之變化要遠比結構上之變化大，變化之類型也更加多樣化。

三、草書、楷書、行書之濫觴

此期刻石篆形因受到書寫者、刻工、用途、隸變等因素之影響，不僅有許多篆形早已處在篆隸之間，更有草書、楷書、行書之筆法存乎其中，成為這些書體之濫觴，而這些文字，很難說是結構影響筆勢，或是筆勢影響結構，更可能是二者相互影響而產生之新字形。

楷書主方正，草書、行書主流暢，各自為因應書寫之要求而發展出不同之筆勢與結構，也在不同時代中有過輝煌之成就，欲就這些新產生之書體，單純以結構或筆勢之角度來剖析，已確有其難度，畢竟隸書來自於對小篆之「隸變」，楷書自然也有來自於隸書之「楷變」。關於草、楷、行書與篆形之差異，將在下文第四部分與《說文》之比對中，再做分類、舉例與說明。

參、刻石用途與篆形之關聯

兩漢篆體刻石後期書體，不僅隸書之氣勢壓過篆書，甚至可於書體中見到草書、楷書、行書之濫觴，正是由於這些書體之逐漸興起，因而出現了魏晉南北朝時代風格多變、俗字流行之魏碑體。總之，以刻石而言，到此期時，中國所謂五種主要書體皆已現形：篆、隸、草、行、楷之雜揉，使篆形呈現更多不同之外觀，這其中自然也受到刻石用途之影響，以下仍將上述刻石予以分類，並加以說明。

一、題　記

或稱題字，前文提過，通常伴隨著畫像石一起出現，乃施之於墓葬，東漢時代由於碑刻流行，故題記之使用，東漢要比西漢為多，主要是為標明墓主之姓名、下葬時間或官爵等，作為一種標誌之作用，一直要到桓帝、靈帝，或是更早之順帝時期，下屬為其長官立碑之風興起，題記才逐漸式微。在此時期之三十四通刻石中，屬於題記者僅有〈牛文明墓題記〉。〔註192〕

〔註192〕本論文所區分之兩漢後期篆形刻石，事實上皆為東漢時期，根據筆者所知，可能

題記一般表現在墓室之中，通常與畫像石相結合，具有畫像石之墓室，通常會以畫像石爲主，題記文字雖非主角，卻仍具有標誌墓主姓名、卒年、吉祥語等作用，如〈牛文明墓題記〉全文即「永初元年九月十六日牛文明於萬歲室長利子孫」，即包含了下葬年月日、墓主姓名、吉祥語等。與兩漢前期之題記文字相同，這些文字具有較濃厚之裝飾性，通常是將文字塞滿空間，且同時具有篆隸之特性，故有部分學者將此類文字稱爲「繆篆」。這類文字兼具實用性與藝術性，且與畫像石整體融合爲一，雖與正規篆書或隸書相差較遠，文字通常帶有變形，但對於研究美術字、異體字等，是很特別之參考資料。

二、碑刻（碑文部分）

前節亦曾說明，碑刻之作用到了東漢，乃用作記錄某人之生平，包含籍貫、世系、功名、事跡、品行、生卒年、安葬時間、地點等，也可用以表達親戚、朋友或下屬對此人之哀淒之情。在兩漢篆形刻石前期中，欲求以純漢篆書寫之碑文已少見，唯有〈袁安碑〉一通，其餘皆爲篆隸過渡時期之書體，此情形至於後期，純漢篆之碑文仍爲罕見。在整通碑刻中呈現篆文者，於此期有〈袁敞碑〉和〈是吾殘碑〉。

碑刻者，爲標記墳墓之所在，立於墓上者曰碑刻，埋於墓中者曰墓志。東漢和帝前後之〈袁安碑〉與〈袁敞碑〉可以說是兩漢碑刻篆文中最爲規整者，可作爲漢篆之代表，〈袁敞碑〉中即記載有其生平、官職、卒年、葬年等事項，這類碑刻立於墓前，可幫助今人了解此人生平之事跡；而碑刻由於施之於喪葬一事，文字通常較爲端整肅穆，對於研究一代之書體，具有高度之比較價值。

三、祭　祀

古人注重祭祀，正如今日社會仍存有諸多廟宇，家中設有神桌以安放神明、

屬於東漢時期之題記尚有〈郭夫人畫像石墓題記〉、〈雙流楊子輿崖墓題記〉、〈郭仲理與郭季妃畫像石墓題記〉（此刻石亦有分之爲郭仲理與郭季妃兩通者）、〈太尉府門畫像石題記〉等。這些刻石年代皆未能確定，或屬於東漢中期，而未知「中期」如何界定；或僅謂東漢而年代不明，則未能界定其時期。諸如此類，爲避免討論時使文字之演變產生不必要之困難，故不列入正文討論，非謂兩漢後期題記類篆形刻石僅有此一通也。

祖先者相同。祭祀之名稱、種類、形式可能因時代、地域等不同而有所差異，但無論對象爲神明、祖先或鬼魅，設立祭祀之碑、廟宇、神道闕、畫像石等，乃是古人爲藉此表達敬意之方式，故此處無論是立碑或建造石闕，其用意則一也。本期中屬於祭祀方面之刻石有四，分別爲〈祀三公山碑〉、〈開母廟石闕銘〉、〈少室石闕銘〉與〈太室石闕銘〉，皆與祭祀神明有關。

我國古代至遲自商朝以來，便對於鬼神、山川精靈、祖先等超自然力量具有高度崇拜，兩漢亦然，在本期之四通與祭祀有關之刻石中，又可將其分爲兩小類：一類爲一般性碑刻，以〈祀三公山碑〉爲代表；一類爲神道闕，以〈開母廟石闕銘〉、〈少室石闕銘〉與〈太室石闕銘〉之「嵩山三闕」爲代表。一般性者即記錄某人（通常爲官員）於某地祭祀某神明，如〈祀三公山碑〉即在銘文開頭說明「元初四年，常山相隴西馮君到官……」後頭又說明馮姓官員祭祀三公之山，希望天降甘霖，人民生活安定等願望，〔註193〕並將此事記錄下來，刻於刻石之上。至於「嵩山三闕」則是將銘文刻於石闕之上，據《漢碑集成》之解釋，「闕」乃「廟門外所立之石牌坊」，〔註194〕故闕上之銘文必與祭祀有關，可惜今日三闕之銘文皆不全，未能睹其全貌，但由殘存銘文來看，多與祈求風調雨順、物阜民安有關。兩漢仍有部分石闕遺留至今，雖多半有所毀損，但對於研究漢闕之形制與銘文內容，皆有一定之參考價值。

四、碑　額

碑額其實只是整座碑刻中之一部分。依文字發生之部位與作用而言，可將碑刻分爲兩部分，一部分是作爲類似題目作用之碑額，另一部分是記錄墓主生平事跡等內容之碑文，即前文所指第二類。以兩漢後期篆文刻石而言，碑額上之文字有兩種，一爲篆書，一爲隸書，此處所討論者爲篆書，包含有〈景君碑〉、〈鄭固碑〉、〈王純碑〉、〈孔宙碑〉、〈華山廟碑〉、〈鮮于璜碑〉、〈楊著碑〉、〈楊震碑〉、〈楊統碑〉、〈夏承碑〉、〈孔彪碑〉、〈婁壽碑〉、〈韓仁銘〉、〈梧臺里石社碑碑額〉、〈尹宙碑〉、〈陳球碑〉、〈趙寬碑〉、〈三公之碑〉、〈魏元丕碑〉、〈王舍人碑〉、〈白石神君碑〉、〈王知殘碑〉、〈張遷碑〉、〈鄭季宣碑〉、〈秦頡碑〉與〈樊

〔註193〕參見劉正成主編：《中國書法全集　秦漢　刻石二》（北京：榮寶齋，1992 年），冊 8，頁 475。

〔註194〕高文撰：《漢碑集釋》（開封：河南大學出版社，1997 年 2 月），頁 36。

敏碑〉等二十六通，在後期中所占刻石數量最多。

題記、碑刻、摩崖等在前期中皆已出現，用作祭祀之刻石亦不難理解，但碑刻上的篆額實有其特殊之處，爲前期所無，故此處稍加說明。碑刻於東漢起最盛，順帝之後逐漸興起，至桓、靈二帝而到達頂峰。此處所收集到之碑刻，墓主大部分於生前曾是爲官者，亦有少部分爲神靈（如〈白石神君碑〉）。隨書體之演進，碑刻上之銘文幾乎全爲隸書，唯題額有篆書與隸書之分，題額爲篆書者則稱爲篆額。「額」有標題、題目之意，通常會刻上該墓主之姓氏及其生前之官職，正如王忠銀所言：

> 東漢中晚期，碑文基本定型，其體制兼具「題」、「序」、「銘」三個部分。……所謂題，指碑額，即碑文首行，也就是我們今天所說的標題。「題」通常是用來標明墓主的身份和姓氏，或標明立碑之宗旨，故就讀碑者而言，碑額其實就是整個碑文的綱領。〔註 195〕

葉昌熾《語石》亦曰：

> 夫碑之有額，猶書之題籤，畫之引首，所以標目也，往往有碑文漫滅，如昭陵各石，賴其額尚存，得知之。〔註 196〕

因此，若無碑額即等於沒有題目，對於了解該碑文之內容將會有所困難。碑額使用篆書，代表著尊崇以及具藝術性之意。賀忠輝曾說明：

> 篆書歷史悠久，淵源流長，上朔甲骨，出自蟲鳥，行於金文。秦統一文字時，形成一種嚴整的篆籀體，後人稱之爲「秦篆」，而且具有健美的神勢。因而時人有以題書「秦篆」爲榮之感。由於漢隸的興起和其實用價值的增強，於是篆書的應用漸漸減少，只有「符璽、幡信、題署」才用篆書，或者「有時在高大的碑文刻石上，篆書仍有著題寫首額的作用，以示尊重。」與此同時，文人雅士階層的書法家，逐漸形成一種以淳古爲美，以篆書寓情，「以篆爲尚」的觀念。……在一些公卿仕臣階層立碑銘志，不僅非得名書家書寫碑文，而且要篆書題寫碑額，否則，視爲「不

〔註 195〕王銀忠撰：〈略論漢代碑額文之碑額題尊〉，《鄭州航空工業管理學院學報（社會科學版）》第 25 卷第 1 期（2006 年 2 月），頁 60。

〔註 196〕葉昌熾撰：《語石》，卷 3，收錄於王雲五主編人人文庫第 43 冊（台北：臺灣商務印書館，出版年月不詳），頁 76。

孝」、「不尊」。

由於篆書筆畫伸縮性較大，可長可短，能屈能伸，所以，在建築物、器物的關鍵部位利用篆書的體態來裝璜，〔註 197〕以飾神美化，既增加了物體美的品貌，也表現篆書藝術的魅力，具有蒼古富貴，傳世宗室的含義。〔註 198〕

可見當篆書被使用在碑額上時，其作用象徵地位之提高、高尚，並具有古樸、莊重之氣氛，同時亦有藝術之美感，與碑文以隸書來表現，形成不同書體之呈現，而又和諧統一。

在此心理之下，以篆書爲碑額既爲當時書體之首選，但書家擅長筆勢不同，刻工表現手法亦容有差異，加之以人們追求藝術之心態，則諸多樣貌之篆額便由此而生，〈西狹頌〉、〈華山廟碑〉、〈鄭季宣碑〉、〈孔宙碑〉等是屬於比較流暢且篆書筆法甚濃郁者，〈景君碑〉、〈鮮于璜碑〉、〈白石神君碑〉等則屬於方筆較多偶有變形者，至於如〈張遷碑〉等，以篆書之筆法作隸書之扁平外形，則如前人所稱之「繆篆」，因有如此多樣之因素影響，故能成就如此豐富之變化。〔註 199〕丁瑞茂認爲這些篆形之所以與一般所見者有所不同，可能是受到瓦當或璽印之影響，亦可見不同書寫材質彼此影響之情況。〔註 200〕總而言之，篆書在碑額之功用上，其作用之大不在話下，是以在兩漢篆體刻石後期，以碑額表現篆書之刻石最多。

五、摩　崖

前節提到，摩崖刻石是就地取材之一種雕刻方式，通常施於一整片山壁上，文字之大小通常也較一般刻石爲大，此乃爲表現一種廣闊之氣勢，或呈現吉祥之意有關。在本期之刻石中，唯有〈西狹頌〉屬於此類。王學理認爲摩崖之功

〔註 197〕案：應爲「潢」字。

〔註 198〕賀忠輝撰：〈碑額篆書賞析〉，《書法藝術》1995 年第 4 期（1995 年），頁 31～32。

〔註 199〕參見凌士欣撰：〈漢代碑額篆書藝術鑒賞〉，《美術向導》1996 年第 5 期（1996 年），頁 47～50。

〔註 200〕參見丁瑞茂撰：《漢鮮于璜碑研究——從鮮于璜碑看漢碑碑形、篆額書風及畫像紋飾問題》（台北：國立藝術學院美術史研究所中國美術史組碩士論文，1996 年 6 月），頁 56～67。

用大致可分爲三種：記事、頌功、寓情，〔註 201〕前期中〈群臣上醻刻石〉應屬第二類，〈西狹頌〉應該屬於一、二類兼有者。

前期刻石中，〈群臣上醻刻石〉雖僅有十五字，但每字平均有十五公分之大，與其餘刻石相較之下，自然是壯大許多；此處〈西狹頌〉上所刻之「惠安西表」四篆字，乃與其隸書內容同刻於一片山壁之上，想必又非〈群臣上醻刻石〉可比擬。摩崖就用途而言，不僅在於記錄某事，同時亦在於表現其氣勢，以中國諸多壯麗之山脈，刻以古樸之篆書，實相得益彰也。

由上觀之，依用途而言，可將兩漢後期篆體刻石區分爲五種種類，其中題記、碑刻、祭祀、碑額等四類皆與祭拜、喪葬之事有關，甚至有認爲祭祀之神道闕上之題額和碑刻上之題額，二者或許有相承關係，但還沒有直接證據。〔註 202〕這些刻石文字較多，亦多有一定之規矩，如題記必註明墓主姓名、下葬日期、吉祥語等，碑額則必須刻有墓主姓氏、官職等，這些刻石多出現於較爲莊重之場合，故文字不得苟且，因此，雖當時隸書已經成熟，且使用範圍大增，但仍有一部分刻石選擇以篆書來表現，這是人們追求傳統、古樸、莊重之心理。在這幾項不同功用之刻石中，一如前期之刻石篆形，仍不免受到隸書影響，而使部分文字處於篆隸相間，再加上題記、碑額等又有崇尚藝術美感之要求，則這些刻石上之篆形又會產生不同程度、不同外觀之變形，使其藝術性大大提升，這幾種刻石類型正是在實用性與藝術性兼顧，以及隸書之影響下所產生。至於摩崖一類，其施之於岩壁上之心理，亦一同於前述數者，欲人們能對此摩崖上之文字用意一目了然，想達到此一用意，其上之文字亦必不可苟且，故施之以篆書，不僅文字大方且具古樸之感，但其作用較爲多元，如前期之〈群臣上醻刻石〉乃爲祝壽而刻，此期之〈西狹頌〉乃爲紀念開通道路而作，與前述四種類型只爲單一作用而刻立，有些微之不同。正是由於這些用途有某些程度之差異，故使此期篆書刻石之功用種類較前期爲多樣，其所表現出之篆形風格亦更顯複雜。

〔註 201〕王學理撰：〈始皇刻石與摩崖遺風〉，《成都大學學報（社會科學版）》1989 年第 1 期（總第 25 期）（1989 年 1 月），頁 93。

〔註 202〕參見丁瑞茂撰：《漢鮮于璜碑研究——從鮮于璜碑看漢碑碑形、篆額書風及畫像紋飾問題》，頁 51。

肆、刻石與《說文》篆形及其前後書體比較

承上節所述，受到書寫者、刻工、功用等不同因素之影響，加上隸書在此時期之蛻變完成，篆形受到很大程度之改變，不僅實用性減低，使用頻率大大減少，藝術性更因此提高，朝著與書法較為相關之方向前去。本小節再嘗試與《說文》作一比較，試看順帝之後，桓、靈二帝時期碑刻興起，篆形之改變及其特色如何，以及在《說文》成書之後，以篆文說解文字與解釋經義之舉動，是否給往後刻石上之篆形帶來影響。

一、近於《說文》篆形者

此期刻石上之篆形與《說文》相近者不少，以下略舉數例說明：

五　〈祀三公山碑〉作，〈開母廟石闕銘〉作，〈少室石闕銘〉作，《說文》作，〔註 203〕篆形皆很近似；〈三體石經〉作，〔註 204〕與前兩者較為相似。

石　〈祀三公山碑〉作，〈梧臺里石社碑碑額〉作，《說文》作，〔註 205〕〈祀三公山碑〉篆形雖稍扁，但三者亦很接近；〈三體石經〉作，〔註 206〕與〈梧臺里石社碑碑額〉篆形最為接近。

有　〈孔宙碑〉作，《說文》作，〔註 207〕二者十分相近；〈三體石經〉作，〔註 208〕形體承刻石而來。

原　〈開母廟石闕銘〉作，《說文》作，〔註 209〕二者近乎相同。

儒　〈婁壽碑〉作，《說文》作，〔註 210〕二者篆形近似。

二、近於《說文》中之重文者

由上節已知，刻石上之篆形和《說文》結體相似者不少，而有少部分篆形

〔註 203〕《碑全》，冊 1，頁 289；冊 2，頁 338；冊 1，頁 324；大徐本，卷 14 下，頁 504。

〔註 204〕《石典》，頁 95。

〔註 205〕《碑全》，冊 1，頁 289；冊 5，頁 1605；大徐本，卷 9 下，頁 331。

〔註 206〕《石典》，頁 109。

〔註 207〕《碑全》，冊 3，頁 1004；大徐本，卷 7 上，頁 242。

〔註 208〕《石典》，頁 51。

〔註 209〕《碑全》，冊 2，頁 338；大徐本，卷 11 下，頁 401。

〔註 210〕《隸續》，卷 5，頁 13 左；大徐本，卷 8 上，頁 278。

乃來自於《說文》中之重文，依筆者所見，計有大、求、彶、囧、岳、癸、箙、替、膚、難等字，然其篆形因受到各種自然與人為之破壞，已難見其全貌，此處僅能就較為完整之篆形試解說之。

大　〈孔彪碑〉作[illegible]，〈開母廟石闕銘〉作[illegible]，〈景君碑〉作[illegible]，其餘如〈鮮于璜碑〉、〈祀三公山碑〉、〈秦頡碑〉等諸多碑額，其篆形亦皆大同小異，除〈楊震碑〉作[illegible]較為特殊而具有裝飾意味之外，幾乎都和《說文》中籀文「大」字無二致。段注本「大」字籀文作[illegible]，刻石篆形明顯从之，此種現象自前期以來皆如此，或許是尚古心態之遺留。〔註 211〕

彶　〈開母廟石闕銘〉作[illegible]。〔註 212〕《說文》「返」字下重文曰：「《春秋傳》返从彳。」〔註 213〕刻石篆形與重文相同，皆為从彳反聲之形聲字，金文中亦有類似字形作[illegible]，〔註 214〕古代从辵从彳意義相同，皆與行走有關，此屬同類偏旁變換之一例。

癸　〈開母廟石闕銘〉作[illegible]。〔註 215〕《說文》「癸」字重文下曰：「籀文从癶從矢。」〔註 216〕雖刻石篆形略有剝泐，但仍能見其大概；石鼓文中有作[illegible]者，〔註 217〕字形十分相近。

三、近於戰國文字者

兩漢前期篆形刻石中，已有少數篆形可在戰國文字中找到相近似之字形，至於後期，這種情形仍然可見，依筆者所見，約有大、山、于、平、以、音、是、城、陵、從、翟等，以下舉數例說明：

大　「大」字在刻石上之出現，大部分是在篆額上，但無論是在篆額上或其它場合，其篆形基本上並不脫離《說文》所立籀文「大」之範圍，而在這些

〔註 211〕《隸續》，卷 5，頁 12 右；《碑全》，冊 2，頁 338、485；《集成》，下冊，頁 175；段注本，10 篇下，頁 503 上左。

〔註 212〕《碑全》，冊 2，頁 338。

〔註 213〕大徐本，卷 2 下，頁 73。

〔註 214〕《漢表》，頁 63。

〔註 215〕《碑全》，冊 2，頁 338。

〔註 216〕大徐本，卷 14 下，頁 509。

〔註 217〕《漢表》，頁 556。

刻石中，唯有一例十分特殊，即〈楊震碑〉將「大」字篆形作。〔註218〕何琳儀認為「大」、「太」二字本為一字，後來在「大」字下所加上之「㇂」、「—」、「＝」等符號，都是作為分化符號使用，而在戰國時代之陶文中正有作形者，〔註219〕可證明刻石此形來源於戰國文字。

城　〈少室石闕銘〉作，〈張遷碑〉作，《說文》篆形作。〔註220〕《說文》篆形與兩通刻石篆形「成」字內作「丅」不同，戰國文字中如〈詛楚文．亞駝文〉中作，雲夢睡虎地秦簡作，八分有作、者，〔註221〕寫法同於刻石，由戰國文字、秦代至兩漢一脈相承，演變有其脈絡可循，《說文》篆形反顯突異。

于　〈開母廟石闕銘〉作、，〈鮮于璜碑〉作，〈夏承碑〉作，《說文》篆形作。〔註222〕刻石之最末筆皆通至首筆處，戰國文字也幾乎全如此書寫，如〈陳純釜〉作，〈中山王鼎〉作，〈石鼓文〉作，〈詛楚文〉作，〈三體石經〉作，傳抄古文作，即使是隸書亦有作、者，〔註223〕形體皆為末筆與首筆相連，且末筆亦皆作彎曲狀，唯《說文》篆形末筆不與首筆相連，此字形體由戰國文字至隸書可謂一脈相承。

四、近於隸、草、楷、行書者

在前期中，刻石篆形較為單純和隸書發生互動，而到後期，不僅受到隸書影響之篆形大大增加，個別文字甚至已有草、楷、行等後起書體之筆法參雜其中，依筆者之初步統計，即有三十餘例，而由於在此時期，各書體間互相影響雜糅，難以將單一文字做單一書體之劃分，同一文字可能兼具數種書體，正如

〔註218〕《集成》，下冊，頁175。

〔註219〕《戰典》，下冊，頁924。

〔註220〕《碑全》，冊1，頁324；冊5，頁1814；大徐本，卷13下，頁474。

〔註221〕郭沫若撰：《郭沫若全集．考古編》（北京：科學出版社，2002年10月），卷9，頁324；《戰編》，頁885；《隸辨》，卷2，頁45左。以下為求注釋精簡，《郭沫若全集．考古編》簡稱《考古編》。

〔註222〕《碑全》，冊1，頁338；冊3，頁1064；《隸續》，卷5，頁13右；大徐本，卷5上，頁171。

〔註223〕《戰典》，上冊，頁456～457；《考古編》，卷9，頁163、327；《石典》，頁38；《傳古》，頁481；《隸辨》，卷1，頁41右。

裘錫圭所言：

> 大約在東漢中期，從這種隸書（指比八分方便書寫之隸書）裡演變出一種溶入草書筆法的、呈現由隸書向楷書過渡的面貌的俗體，今人或稱之爲新隸體。到東漢晚期，又在新隸體和草書的基礎上形成了行書。隸書就是通過新隸體和行書而演變爲魏晉以後所使用的楷書的。〔註224〕

因此，以下之分點與劃分，亦合數種書體以說明之。

（一）兼具隸書、草（行）書者〔註225〕

本期刻石雖有三十餘通，部分刻石上之篆形也多呈現草率之寫法，但多數仍呈現篆隸相雜之現象，儘管在此一時期，簡帛上之文字已經有許多草書映帶之用法，但在刻石中仍屬少數。這是由於簡帛材質較爲光滑，如毛筆一類之書寫工具很容易將墨色附著上去，因而在能寫出較爲流暢之文字前提下，新興書體產生之時間較早。反觀刻石由於材質較爲粗糙，不能只用毛筆等書寫工具直接書寫於其上，必須經過書寫者寫下後，再經由刻工將文字刻上刻石，這些因素都是形成刻石上之新興書體，特別是如草書、行書一類流暢性書體晚於簡帛之因素。

儘管如此，筆者仍在這些篆形中找到一明顯與草、行書相關之例：

是　〈是吾殘碑〉作，古隸中「是」字作，八分作。〔註226〕刻石篆形皆與之相似，篆形上半部有隸書方折用筆之法，下半部筆畫數筆相連，似一氣呵成，與草書、行書流暢一派相似，而與《說文》作之規矩嚴整之小篆相差甚遠。〔註227〕

（二）兼具隸書、楷書者

此類字形較多，如乃、日、文、功、年、如、安、宋、吾、官、室、故、永、氣、都、碑、聞、靈、令、刊等近三十組字例，其中有不少篆形與楷書近

〔註224〕裘錫圭撰：〈秦漢時代的字體〉，《中國書法全集　秦漢　刻石一》（北京：榮寶齋，1992年），冊7，頁34。

〔註225〕標題將行書以括弧表示之原因，乃因在刻石中所見之例不足，未能判斷是草書或行書，而草書產生之時代又較行書爲早，故此處以草書爲主而下領行書。

〔註226〕《碑全》，冊2，頁371；《隸典》，頁88下；《隸辨》，卷3，頁4左。

〔註227〕大徐本，卷2上，頁71。

乎相同。

令　〈楊著碑〉作，古隸作，八分作、，楷書中有作者。〔註228〕四者篆形皆極爲相近，刻石篆形與古隸之形幾乎完全相同，至於八分與楷書則較刻石有較多之提按，捺筆明顯出現，但整體外形仍很近似，《說文》之篆形，〔註229〕其下半部猶留有小篆往復扭轉之筆法，刻石之結體與用筆明顯簡化。

功　〈是吾殘碑〉作，八分作，楷書中有作者。〔註230〕刻石篆形皆與之相似，若將左半部「工」字之直畫拉直，則此字與隸書全無二致，且若再將「力」之橫畫放平，便更接近於楷書。《說文》作，〔註231〕「力」字方折之筆十分明顯，刻石卻與之相距甚遠。

國　〈祀三公山碑〉作、，古隸中「國」字作，八分作，楷書中有作者。〔註232〕刻石篆形與隸、楷書皆相近。《說文》篆形作，〔註233〕猶留有圓轉之筆，外觀亦成縱長方形，刻石之形已顯然偏向隸、楷二書體。

由以上諸例可見，此期刻石篆形受隸書影響甚大，且有爲數不少之篆形更受到其它書體之影響，洪燕梅認爲在簡帛上有些字形，是由篆書跳過隸書而與楷書直接發生聯繫，經由上述字例，不難看出篆體刻石也有這種可能。

五、較《說文》增繁者

在前期中，刻石篆形較《說文》增繁者只見兩例，在此期則數量較前期稍多，計有乃、山、土、以、受、尉等字。

乃　〈祀三公山碑〉作，《說文》篆形作。〔註234〕《說文》篆形僅由一筆構成，而細觀刻石篆形在左上角多一類似撇之小筆，傳抄古文有作形者，

〔註228〕《碑全》，冊4，頁1174；《隸典》，頁6上；《隸辨》，卷4，頁70右；《大書源》，上冊，頁124。

〔註229〕大徐本，卷9上，頁320。

〔註230〕《碑全》，冊2，頁371；《隸典》，頁20下；《大書源》，上冊，頁333。

〔註231〕大徐本，卷2上，頁480。

〔註232〕《碑全》，冊1，頁289；《隸典》，頁34上；《隸辨》，卷5，頁63左；《大書源》，上冊，頁545。

〔註233〕大徐本，卷6下，頁222。

〔註234〕《碑全》，冊1，頁289；大徐本，卷5上，頁170。

與刻石篆形十分相近，〈三體石經〉作，〔註 235〕其撇筆又較刻石與傳抄古文更爲明顯，大徐本「篆文筆跡相承小異」「乃」字下曰：「本作，……左旁不當引筆下垂，蓋前作筆勢如此，後代因而不改。」〔註 236〕對於「乃」字字形之演變有較爲清楚之說明。

土　〈祀三公山碑〉作，《說文》篆形作。〔註 237〕關於「土」字構形，段注曰：「土二橫當齊長。」〔註 238〕刻石篆形猶能保持此原則。此刻石篆形較《說文》在兩橫畫間之右方多一短橫，此種寫法在後來之隸書、楷書中亦經常出現，在標準文字上多增點畫，如隸書中「土」字亦有作、者，《隸辨》於〈衡方碑〉「土」字下曰：「土本無點，諸碑士或作土，故加點以別之。」可見多添一筆實有其背景；楷書則如「德」之作，省略「心」字上一筆、「京」字作，「口」字中多增一筆等皆是，〔註 239〕書家有謂此爲「增減法」者，但後世仍以無增筆者爲標準字體，有增筆者只存於書法表現之中。

尉　〈袁敞碑〉作，〈孔宙碑〉作，〈鄭季宣碑〉作，〈陳球碑〉作，《說文》篆形作。〔註 240〕《說文》篆形右半部構形乃从「又」字，而上述四通刻石「尉」字俱从「寸」字，唯有〈楊震碑〉作，〔註 241〕與《說文》構形同。古从「又」與从「寸」偶有混同，但由篆形上看，多數刻石皆多一短橫筆而从「寸」字。

六、較《說文》簡化者

增繁與簡化是文字演變之兩大趨勢，而又以簡化之情形稍多。在前期中，刻石較《說文》簡化者僅有五例，在此期中，則已有山、令、西、罕、其、來、者、故、皇、條、曹、都、陽、楊、德、歷、蕩、寡等近二十例，以下列舉數例說明。

〔註 235〕《傳古》，頁 474；《石典》，頁 37。

〔註 236〕大徐本，卷 15 下，頁 549。

〔註 237〕《碑全》，冊 1，頁 289；大徐本，卷 13 下，頁 472。

〔註 238〕段注本，13 篇下，頁 688 下右。

〔註 239〕《隸辨》，卷 3，頁 25 右；《大書源》，上冊，頁 990、103。

〔註 240〕《碑全》，冊 1，頁 281；冊 3，頁 1004；冊 6，頁 1862；《隸續》，卷 5，頁 10 右；大徐本，卷 10 上，頁 356。

〔註 241〕《集成》，下冊，頁 175。

其　〈祀三公山碑〉作、、，〈是吾殘碑〉作，《說文》篆形作。〔註 242〕刻石對於《說文》篆形之簡化主要表現在兩方面：其一，〈祀三公山碑〉之篆形上半象形部分都作一個「×」，將《說文》篆形中之兩個「×」省去其一，此種情形在秦刻石中已見過；其二，四刻石篆形都將上半象形部分和下半「丌」部分相連，與《說文》篆形相比，簡省了圓轉接筆之時間，書寫速度便可加快，成爲與現在楷書之寫法較爲接近，尤其是〈是吾殘碑〉之篆形，連中間「×」部分亦變易爲兩橫畫，書寫起來更爲方便。就整體篆形觀之，〈祀三公山碑〉尚保有篆形瘦長之特色，至於〈是吾殘碑〉則已趨於方扁之形。

者　都　〈祀三公山碑〉「者」字作，〈是吾殘碑〉「都」字作，〈孔宙碑〉作，《說文》篆形「者」字作，「都」字作。〔註 243〕「者」字之寫法迴環曲折，十分不易。以〈孔宙碑〉而言，整體篆形與傳統小篆之要求與特色皆相去不遠，但右半部「邑」字已比《說文》篆形簡省；至於〈祀三公山碑〉之「者」字與〈是吾殘碑〉之「都」字，不但已脫離《說文》篆形甚遠，筆畫相接與簡省之情形亦十分明顯，或許受到隸書興起之影響，當時从「者」之字可能多如此作。觀〈三體石經〉「都」字作，〔註 244〕與〈孔宙碑〉及《說文》較爲近似，保留較爲濃厚之篆形。

蕩　〈張遷碑〉作，《說文》篆形作。〔註 245〕兩相比較之下，刻石與《說文》有多處不同。其一，刻石「艸」部較《說文》簡省，類似草書、行書之寫法；其二，刻石將「水」旁之篆形簡省爲三筆曲狀斜畫；其三，刻石將《說文》「昜」字中間一長橫畫簡省而消失。整體而言，刻石篆形每個部件都有所簡省，且受到整座碑刻之影響，碑額上每個篆形之外觀不但呈現扁方，且筆畫之律動皆十分顯明，八分中有作者，〔註 246〕筆畫雖不如刻石篆形律動，但形體近似，二者應有關聯。

其餘簡省之情形，以筆畫之省略較多，部件之改易或省略較少，如「楊」、

〔註 242〕《碑全》，冊 1，頁 289；冊 2，頁 371；大徐本，卷 5 上，頁 167。

〔註 243〕《碑全》，冊 1，頁 289；冊 2，頁 371；冊 3，頁 1004；大徐本，卷 4 上，頁 129；卷 6 下，頁 226。

〔註 244〕《石典》，頁 46。

〔註 245〕《碑全》，冊 5，頁 1814；大徐本，卷 11 上，頁 381。

〔註 246〕《隸辨》，卷 2，頁 28 左。

「陽」、「來」、「故」等字，在前文已有敘述。

七、位置更動者

文字部件組成位置更換，在前期中只有「和」字，在本期中則稍多，共有早、神、秋、尉、曹、穆等六例，舉例說明如下。

曹　〈開母廟石闕銘〉作、，〈少室石闕銘〉作、，《說文》篆形作。〔註 247〕兩者組字部件相同，《說文》篆形兩「東」字都編排在「曰」字之上，成為上下排列結構，刻石則左右兩個「東」字各伸長一筆左筆與一筆右筆，向下包覆住「曰」字，成為上包下結構，〈三體石經〉亦作，〔註 248〕與刻石皆相同。

尉　〈楊震碑〉作，《說文》篆形作。〔註 249〕兩者組字部件相同，《說文》篆形屬於上二下一結構，將「火」字置於整個篆形下方，具有穩定之感，刻石則作左二右一結構，使整個篆形具有欹側古樸之美感，二者各有特色。

穆　〈開母廟石闕銘〉作，《說文》篆形作。〔註 250〕《說文》篆形與刻石構成部件相同，但刻石「禾」字在右，《說文》在左，兩者部件之組合雖皆為左右結構，卻正好相反，《說文》之組字方式與今日楷書相同。觀《說文》从禾且為左右結構之字，「禾」字多置於左方，刻石反而較為奇特突出，八分中亦有作者，〔註 251〕形體亦同。

八、不知其所从者

兩漢後期篆形刻石由於各項因素之影響，雖然仍有不少篆形與《說文》相似，但亦有不少篆形難以解讀其構形，這類情形在前期中尚屬少見，但至於此期則大量出現，以下亦舉數例以明之。

四　〈祀三公山碑〉作、，《說文》篆形作。〔註 252〕「四」字之篆形，筆者未見有裡面兩筆作交叉之狀者，〈祀三公山碑〉之篆形相當奇特。

〔註 247〕《碑全》，冊 2，頁 338；冊 1，頁 324；大徐本，卷 5 上，頁 169。

〔註 248〕《石典》，頁 37。

〔註 249〕《集成》，下冊，頁 175；大徐本，卷 10 上，頁 356。

〔註 250〕《碑全》，冊 2，頁 338；大徐本，卷 7 上，頁 248。

〔註 251〕《隸辨》，卷 5，頁 9 右。

〔註 252〕《碑全》，冊 1，頁 289；大徐本，卷 14 下，頁 503。

玄　〈婁壽碑〉作，《說文》篆形作。〔註253〕此篆形雖不完整，但不影響與刻石之比較。刻石「玄」字具有強烈藝術性，尤其「亠」字以下明顯變形，最爲特別。傳抄古文有作、形者，與刻石形體接近，未知是否有所關聯；而八分中亦有作者，隸書中似無此類筆法，然形體卻與刻石篆形相似。〔註254〕

長　〈夏承碑〉作，〈韓仁銘〉作，〈張遷碑〉作，《說文》篆形作。〔註255〕刻石下半部之構形與《說文》篆形無一相同，有从屮者，有从止者，有从艸者，相當繁雜。大徐本「篆文筆跡相承小異」「長」字篆形作，又不同於刻石諸形，其下注曰：「李斯筆跡小異」，小徐本〈疑義篇〉亦曰：「然而愚智不同，師說或異，豪端曲折，不能不小有異同，許愼所解，解其義也，點畫多少，皆案程式，李斯小篆隨筆增減，所謂秦文，或字體或許小篆爲異，其中亦多云此篆文、此古文是也，如衣之類本以覆二人爲義，彳本从三屬，長本从到亡，皆本如此，而小篆引筆乃有小異，而李陽冰一改之，使依秦刻石，不亦疏乎。」可見大、小徐皆以所錄之形爲是，《隸辨》所錄諸多隸體雖未能涵蓋所舉篆形，但認爲此諸多變形皆因隸變而產生，可見自先秦以來「長」字之寫法即十分多樣。〔註256〕

兩漢後期篆體刻石中有許多字形做有誇張之變形，或是無法以六書來說解之情形，一方面固然是受到隸書改變形體、寫法之影響，另一方面也和小篆已漸不實用有關，故裘錫圭說：

> 由於人們對小篆原來的字形越來越不熟悉，篆書的時代越晚，出現譌體的可能性就越大。所以在漢代篆書，尤其是東漢篆書裡，譌體要比秦代篆書多得多。〔註257〕

非常簡短且正確地說明了何以兩漢後期刻石上，有如此多之篆形和《說文》有或多或少差異之因。

由上文之分類中可見，刻石和《說文》之篆形比對後，相近之篆形雖仍不

〔註253〕《隸續》，卷5，頁463上左；大徐本，卷4下，頁144。

〔註254〕《傳古》，頁385；《隸辨》，卷2，頁4右。

〔註255〕《隸續》，卷5，頁463上右；《碑全》，冊5，頁1586、1814；大徐本，卷9下，頁333。

〔註256〕大徐本，卷15下，頁549；小徐本，卷39，頁371下左至372上左；《隸辨》，卷6，頁58左至59右。

〔註257〕裘錫圭撰：〈秦漢時代的字體〉，頁40。

少，但在其它來源或構形之不同上，已見其越差越遠，類別越來越多、越來越細，例如在來自《說文》中之重文者，和今文字之相似度越來越高，結構之增繁與簡化以及排列位置之不同等，不但篆形中之隸書意味甚濃，連草、楷、行等雛型與發端亦皆可見，這些書體之影響，使篆形產生了多樣之面貌，特別在碑額上更是如此，自此以後，小篆在歷史上之地位便距離實用價值越遠，而走上以藝術價值爲主。

刻石篆形和《說文》篆形雖然有相合之處，但相異之處亦所在多有，這固然與刻石篆形在某種程度上受到隸變及其餘書體之影響，而產生許多不合六書、無法解釋構形之形體，另一方面也與《說文》可能有部分篆形已經譌誤有關，例如前文所提之「于」字，戰國文字與刻石篆形皆將末筆與首筆相連，唯獨《說文》不如此作，是很特異之處，裘錫圭也指出：

> 《說文》成書於東漢中期，自難完全避免當時譌體的影響。書中所以會有不少有問題的篆形，這應該是原因之一。此外，包括許愼在内的文字學者，對小篆的字形構造免不了有些錯誤的理解。這種錯誤理解有時也會導致對篆形的竄改。〔註 258〕

他舉出「戎」、「早」等字加以說明，正可補充刻石篆形與《說文》不同之處。刻石篆形固然有許多與《說文》相異之處，但透過刻石篆形與古文、籀文、戰國文字等古文字，或可訂正、補充《說文》之篆形，使《說文》之篆形在形、音、義上更加密合。

兩漢後期篆體刻石大約是由殤帝時期開始，此期碑刻開始大量興起，尤其在桓、靈二帝時期達到頂峰，是此一時期之刻石特色。在此時期之篆體刻石數量不少，各刻石間無論在結構或筆勢上，都有更大之變動。特別需要指出者，此時期之篆體刻石以碑額爲最多，其餘如摩崖、題記、碑刻等亦仍有之，造成許多大小不一、風格相異之篆形風格，特別是篆額，更可說是此期篆形之主流。在與《說文》之比較上，相異之處亦不少，最爲特殊者是有許多篆形不僅與隸書相近，甚且與楷書相近，更有草書、行書參雜之情形，往往在同一通刻石中，出現了各體相雜之現象，故此期之篆形可以說是開草、楷、行書之先河。

〔註 258〕裘錫圭撰：〈秦漢時代的字體〉，頁 41。參照原文 P.88。

由秦至漢，刻石無論在數量、內涵或篆形上，皆有極大之變化，試觀下文其餘書寫材質，大部分在繼承關係上較爲順暢，刻石卻由寥寥數通，一變而爲數十百通，其數量可謂驚人，其內涵亦由歌功頌德之單一功用，擴展爲可用於頌德、祭祀、喪葬、編號等作用，皆顯現出漢代氣度之恢宏，文化之擴張，是以能較秦代於刻石上更有發展，隸書如此，篆書亦是如此。

篆形之變化如此，丁瑞茂整理裘錫圭對於秦代至兩漢刻石篆形之看法爲三點：

> 總之較之於秦刻石的小篆，漢代刻石篆書具有下列的特徵：
>
> 一、西漢時代的篆書刻石，大都於建築物上所發現的，書寫較自然隨意，字數較少，東漢比較有意識的將篆書刻於石上，有完全以篆書書刻的碑石。
>
> 二、其字體常篆隸相間，以隸書的方式書寫篆書。
>
> 三、常常出現不合六書規則的篆書。〔註 259〕

裘錫圭是以兩漢刻石來與秦刻石作比較後所得出之結果，故較著重於兩漢刻石上之篆形。經由筆者之觀察與分析，由秦至漢篆形之發展，是由端正規整突然轉變爲紛繁多樣，由〈泰山刻石〉、〈瑯琊臺刻石〉至於兩漢前期刻石篆形，其篆形風格除繼承秦刻石一系而來之外，亦有受古隸影響之雜刻一類不整齊形體，此外，施用於題記之變形篆體亦逐漸產生；至東漢安帝時起，大量碑額興起，後期所舉三十四通刻石中即有二十六通屬此類，此類碑額各盡姿態，意趣橫生，性質亦由實用性逐漸轉變爲藝術性，開啓篆形除工整與簡率兩路外之新路線。

經由各期刻石間相互之比對，及與《說文》篆形之參照，亦可發現由秦至漢，其筆勢與結構亦不斷處於變動之中，且筆勢之變動較結構爲大，可以說篆形之改變實以筆勢爲主，結構爲輔而不斷調整其形體。同時，大約是受瓦當、璽印等其餘書寫材質之影響，用筆亦逐漸由圓轉變爲方折，其轉變顯而易見。

由此章觀之，後人談論刻石僅就秦刻石以言，實有失偏頗，就秦漢時代篆形觀之，種類繁多。工整一系可用於書法學習，簡率一系可見民間用篆之古趣，至於變體一系則於藝術上具有參考作用。

〔註 259〕丁瑞茂撰：《漢鮮于璜碑研究——從鮮于璜碑看漢碑碑形、篆額書風及畫像紋飾問題》，頁 47。

第四章　秦漢銅器之篆形探析

第一節　秦代銅器之篆形探析

銅器，從其金屬成分與用途等而言，又可名爲青銅器、彝器。一般而言，在青銅器產生以前，先民們所處時代爲石器時代；而青銅器產生之後，由於鐵器繼之而起，製作較銅器爲簡便，於是進入鐵器時代。俞偉超將青銅藝術之發展分爲三階段，其中秦漢兩代隸屬於過渡期與後期；〔註 1〕李建偉、牛瑞紅等則將青銅文化之發展分爲形成期、鼎盛期與轉變期，其中秦漢兩代隸屬於轉變期。〔註 2〕

由上述分期可知，銅器至秦漢兩代已是青銅時代之後期，在三代時期輝煌一時之青銅器時期已經過去，而秦漢兩代銅器數量雖不如三代之多，卻仍有其特出之處，以下則先就秦代銅器敘述之。

壹、秦代篆體銅器簡述

秦代銅器之數量雖不比三代爲多，然亦有百餘器左右，這些銅器之銘文及其拓片散見於各書籍與期刊中，搜羅不易。由於秦銅器數量多，不克一一

〔註 1〕參見俞偉超撰：〈秦漢青銅器概論〉，《中國青銅器全集 12　秦漢》（北京：文物出版社，1998 年 12 月），頁 1。

〔註 2〕參見李建偉、牛瑞紅編撰：《中國青銅器圖錄（上）》（北京：中國商業出版社，2000 年 6 月），頁 8。

介紹，茲依各家斷代，大略說明。因本論文主要探討秦漢篆文，故銅器與銘文選入之依據，主要依銘文刻成之時間爲主。此外，有些車馬器中之器物由於數量太多，發掘簡報或書籍之圖片皆未完全收錄，自然無法取得字形比對，於此一併說明。

一、始皇時期（西元前 221 年——前 210 年）

此時期乃指由秦始皇統一天下，至其崩殂爲止。銅器大約有〈二十六年蜀守武戈〉、〈陽陵虎符〉、〈武城銅橢量〉、〈北私府銅橢量〉、〈寺工銅鐓〉、〈隴西戈〉、〈平鼎〉、〈商鞅方升〉、〈寺工矛〉、銅車馬當顱、二號銅車馬轡繩、銅車馬右軎刻文、銅車馬御官俑右臂鑄文、銅車馬後室方壺鑄文、秦陵二號銅車馬左服馬後左蹄刻文、一系列刻有始皇詔書之銅方升、銅橢量、銅權、十六斤銅權、八斤銅權、鐵石權、詔版、銅弩機、一號兵馬俑坑車馬器等，約八十餘器。

在此一時期內，以刻有始皇詔書之權量詔版爲最大宗，銘文內容爲亦皆相同，即「廿六年，皇帝盡并兼天下諸侯，黔首大安，立號爲皇帝。乃詔丞相狀、綰：灋度量則，不壹歉疑者，皆明壹之。」〔註 3〕意思大約在說明秦王政於其二十六年兼併天下諸侯後，天下安定，自稱爲皇帝，要求當時之丞相狀、綰二人，提供能讓天下人效法、參照之度量衡標準器，並將不符合標準或有疑問者，皆做明確之統一。權量詔版等乃是秦始皇統一度量衡時，發布於各地之詔令，因此各器上之銘文內容皆相同。其餘器物則尚有戈、矛等兵器，銅車馬相關器物，虎符、鼎等少數其它器物，銘文多各自獨立。

以上銅器除少部分器物在銘文上有確定之紀年外，多數是只能確知爲始皇時期。

二、二世時期（西元前 210 年——前 207 年）

此時期乃指始皇崩殂後，二世在位期間。銅器大約有〈元年丞相斯戈〉、秦始皇陵出土木車馬銀環文字、〈美陽銅權〉、一系列二世元年詔版等，數量較少，約僅十餘器。

〔註 3〕關於「法度量則不壹歉疑者皆明壹之」之斷句，王輝列舉商承祚、林劍鳴、《中國古代度量衡圖集》、張明華、騈宇騫、張文質等六種斷句方法，而贊同騈說，並於此基礎上再做修正。參見王輝撰：《秦銅器銘文編年集釋》（西安：三秦出版社，1990 年 7 月），頁 110～112。

此一時期中，爲數最多者即刻有二世詔書之詔版，銘文內容皆相同，即「元年制詔丞相斯、去疾，灋度量，盡始皇帝爲之，皆有刻辭焉。今襲號而刻辭不稱始皇帝，其於久遠也，如後嗣爲之者，不稱成功盛德。刻此詔故刻左，使毋疑。」這段話之大意在說明在秦統一天下之後，統一度量衡之事，確實爲始皇帝所爲，且皆有刻辭可證，現二世襲皇帝號但刻辭沒有呈現出統一度量衡乃始皇帝所爲，恐怕年代久遠之後爲人所不知，因此二世再刻此詔，使後世無所疑惑。其餘如戈與車馬器中之銅器等少數器物，銘文亦多各自獨立，不相關聯。

以上銅器除少部分器物在銘文上有確定之紀年外，多數只能確知爲二世時期。

三、秦代時期（西元前221年——前206年）

此時期乃籠統概括秦代二帝一王，因爲有些銅器與銘文尚無法判斷成於始皇或二世時期，故姑置於此；或甚至於有些銅器非成於秦代，而是成於統一前之秦國或他國，而後又刻上秦篆者。凡此，無法完全定於始皇或二世者，則歸類於此。

此時期之銅器有〈平陽銅權〉、〈麗山園鍾〉、〔註4〕〈樂府鐘〉、〔註5〕〈平鼎〉、〈銅鼎〉、〈半斗鼎〉、〈安邑下官鍾〉、〈高奴禾石銅權〉、始皇二十六年殘詔版、銅條、一部分之兩詔斤權和一系列之兩詔銅權等。這一部分銅器之銘文，始皇二十六年殘詔版、兩詔斤權和兩詔銅權內容都大致相同，大部分爲始皇詔與二世詔結合而成，其餘銅器所刻銘文內容，則較爲個別性。

以上所列之銅器銘文，幾乎都屬刀刻，筆畫纖細，流傳至今，已有許多文字漫漶不清；銘文書體各家有認爲是小篆者，亦有認爲是古隸者。王輝、施拓全多認爲是小篆，只是有些文字刻劃較爲草率，如王輝考釋〈始皇詔銅方升一〉時則說明「詔書全文共四十字，文字有的是標準的小篆，但異體的存在相當普遍，有的則十分草率。」〔註6〕乃認爲這些銅器上之銘文基本屬於小篆，只是有些較爲潦草、簡省，其基本結構並未改變。至於如史樹青、許青松等人於說明〈始皇詔版三〉時則說「而權量詔版文字，形體多方，字多潦草，風格（與刻

〔註4〕麗山園鍾，王輝認爲在二世時期，施拓全認爲在始皇時期。

〔註5〕樂府鐘，王輝認爲在二世時期，施拓全認爲在始皇時期。

〔註6〕王輝撰：《秦銅器銘文編年集釋》，頁108。

石文字）迥然不同，應是新興的俗體，即《顏氏家訓》所說之古隸，也是元人吾丘衍《學古篇》所說的秦隸。」又說「秦代陶量詔文，筆畫與秦頌功刻石書體相近，疑其亦屬小篆之列。」〔註7〕一方面認爲是秦隸，一方面又認爲是小篆之屬，其中或有矛盾、不可盡分之處。綜合而言，秦代銅器除極少數書體已被認定爲隸書之外，基本上仍應屬小篆系統。

以上銘文依筆者所見，並經過比對後，去除主客觀之因素，粗估篆文約有兩千八百餘字，數量龐大，可資比對之篆形不少。

貳、銅器篆形之結構、筆勢比較

商周時期爲銅器使用之鼎盛期，銅器上之銘文大多十分精美，直至春秋戰國時代，由於社會環境之變遷，使得銅器上書體之刻劃較顯爲粗糙，今人難以認定秦代銅器銘文之書體，此應爲因素之一。這些銅器上之文字有一大特色，即數量眾多但文字內容皆重複，尤其集中於始皇詔與二世詔之一百字之中，此種情形造成某些文字出現次數較爲集中，且同一字例有相當豐富之字形可供比較，以筆者所見而可判斷者，如「皇」字即有一百六十二例，「帝」字亦有一百五十一例，「之」字亦有九十五例，數量皆十分驚人，可令吾人對同一字形在同一時代中之形體做較廣泛之認識。以下即就上述所列銅器上之文字，分別就結構與筆勢二者比較之。需要附帶說明者，對於銘文內容相同之度量衡器，主要依《秦銅器銘文編年集釋》之定名爲主，若此書所無者，則依《秦出土文獻編年》或發掘簡報補充之。

經筆者之觀察與統計，對於同一文字而有兩字形以上可供比較者計有二、下、之、天、元、甲、功、丞、如、兵、始、制、首、皆、疾、陽、號、歉、德、[illegible]等一百餘組。

在這些銅器銘文之字形比對中需要注意到，某些器物並未公布拓本，可能也包括筆者收羅未全而未見，或僅有摹本者，摹本隨著摹寫者之不同，字形有些也有相當程度之差異，關於此點已有研究者提出，筆者參考資料時亦偶見此情形，因此在比對時，乃以具有拓片者爲主，摹本爲輔，盡量減少人爲之主觀因素。此外，特別是戰國時期，銅器上之銘文以鑄造方式製作者較少，而以直

〔註7〕史樹青、許青松合撰：〈秦始皇二十六年詔書及其大字詔版〉，《文物》1973年第12期（總211期）（1973年12月），頁17、29。

接刻劃於器物之上者多，有些銘文之時代可能不盡相同，也可能來自秦統一前之不同國家，更因刻劃之筆畫纖細，常造成判斷上之困難，亦一併提出說明。

一、不考慮筆勢而結構有所不同者

在此條件下結構有所不同者，計有丁、大、也、天、去、丞、此、明、皇、首、度、則、皆、壹、嗣、盡、綰、德、黔、灋，共二十一組。以下選擇數組說明之：

大　〈始皇詔銅橢量六〉作，〈二十六年詔文權三〉作，象《說文》古文「大」之形；〔註8〕而〈二十六年詔文權十四〉作，〈二十六年詔文權十五〉作，象《說文》籀文「大」之形；〔註9〕至於〈武城銅橢量〉作，〈二十六年詔文權四〉作，乃和戰國文字一脈相承。〔註10〕總合來看，共有三個系統，而以《說文》所說古文之形占最多數。

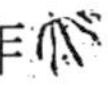

明　〈兩詔銅權四〉作，〈始皇詔銅權四〉作，〈二十六年詔文權十〉作，結構為从囧从月；〔註11〕而〈兩詔版〉作，〈美陽銅權〉作，結構皆為从目從月；〔註12〕至於〈兩詔斤權二〉之摹本作，結構為从日从月。〔註13〕段注曰从「囧」之字「从月者，月以日之光為光也，从囧取窗牖麗廔闓明之意也。」又解釋从「日」之字為「《干祿字書》曰：『明通朙正。』顏魯公書無不作朙者，《開成石經》作明，從張參說也，漢《石經》作眀。」《隸辨》則曰：「《五經文字》石經作眀，《六書正義》云：『省朙為眀，非从目也。』」〔註14〕

〔註8〕王輝撰：《秦銅器銘文編年集釋》，頁106，圖107；頁135，圖3。以下為求注釋精簡，本書簡稱《秦銅》。

〔註9〕《秦銅》，頁142，圖14、15。

〔註10〕國家計量總局主編：《中國古代度量衡圖集》（北京：文物出版社，1981年10月），頁61，圖100，以下為求注釋精簡，本書簡稱《度量衡》；《秦銅》，頁135，圖4。

〔註11〕端方撰：《陶齋吉金錄》，卷4，頁4，收錄於《金文文獻集成》（香港：香港明石文化國際出版有限公司，2006年7月），冊8；《秦銅》，頁112，圖113；頁140，圖10。

〔註12〕《秦銅》，頁174～175，圖174；頁184，圖183。

〔註13〕王輝、程學華合撰：《秦文字集證》（台北：藝文印書館，1999年1月），圖版頁49，以下為求注釋精簡，本書簡稱《集證》。

〔註14〕段注本，7篇上，頁317下右；《隸辨》，卷2，頁40左。

可見从「囧」、从「日」、从「目」者皆可通，而从「目」者應較爲後起。整體而言，共有三個系統，而以从囧者占最多數。傳抄古文有从「日」作者，有从「囧」作者，有从「目」作者，〔註15〕而以从「日」爲偏旁者較多，此點與銅器銘文不同。

皇　〈武城銅橢量〉作、，〈始皇詔十六斤銅權二〉作，〈二十六年詔文權十二〉作，皆从白从王；〔註16〕而〈始皇詔十六斤銅權一〉作，乃从自从王。〔註17〕《說文》「自」字下曰：「鼻也。象鼻形。」「白」字下曰：「此亦自字也。」〔註18〕則「皇」字雖組字文字不盡相同，但意義相同，其中又以从「白」者占多數。

度　〈始皇詔銅橢量三〉作，〈兩詔銅權〉作，〈始皇詔版一〉作，下半部皆从支；〔註19〕而〈美陽銅權〉作，〈兩詔版〉作，〈元年〔註20〕詔版五〉作，下半部皆从又。〔註21〕綜合來看，共有兩個系統，从支者比从又者略多，八分有作者，亦有作者，可見此二系統至東漢仍並行使用，《隸辨》又引《干祿字書》之說，以从又之字爲正。〔註22〕

則　〈始皇詔銅權十〉作，〈始皇詔版三〉作，〈左樂兩詔鈞權〉作，左半部皆从鼎；〔註23〕而〈二十六年詔文權九〉作，〈二十六年詔文權十〉作，〈北私府銅橢量〉有兩篆形，其一作，左半部皆从貝。〔註24〕由字例

〔註15〕《傳古》，頁664。

〔註16〕《度量衡》，頁61，圖100；《秦銅》，頁125，圖128；頁141，圖12。

〔註17〕《秦銅》，頁124，圖127。

〔註18〕大徐本，卷4上，頁128。

〔註19〕《秦銅》，頁103，圖104；頁145，圖18.1；頁147，圖136。

〔註20〕此「元年」指秦二世元年，全稱可作〈二世元年詔版五〉。因始皇統一天下爲其二十六年，故不可能爲始皇元年詔文；而子嬰時期秦已退居故地，亦不用帝號，加之紛爭再起，無暇再刻銘文，故知此爲二世元年，以下簡稱皆同。參見饒宗頤主編、王輝撰：《秦出土文獻編年》，頁270。

〔註21〕《秦銅》，頁184，圖183；頁174～175，圖174。

〔註22〕《隸辨》，卷4，頁21右至左。

〔註23〕《秦銅》，頁117，圖119；頁148，圖138；馬驥、咏鐘合撰：〈陝西華陰縣發現秦兩詔銅鈞權〉，《文博》1992年第1期（總46期）（1992年1月），封面圖三。

〔註24〕《秦銅》，頁139，圖9；頁140，圖10；頁152，圖146。

可見，共有兩個系統，而从鼎者較从貝者略多。《說文》中篆形从貝，籒文从鼎，从鼎與从貝相通，至八分仍有从鼎作者，亦有从貝作者，〔註25〕顯示至漢代隸書此二偏旁仍相通。

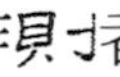

由上觀之，在結構變異之變化中，以組字部件之互相通用爲最多數，顯示雖然秦代已經實行書同文之政策，但使用異體字之情況仍然存在，从古文、籒文、戰國文字者並皆有之，對於要求書同文字的秦王朝來說，其政令似未能完全執行，和今人向來以爲秦代具有高度之文字統一之觀念，確實有一段落差。

二、在相同結構下筆勢有所不同者

秦銅器上之銘文多數是以刀刻劃於器物之上，這是戰國以來之趨勢，現今所可見到有銘文之秦銅器，以統一度量衡之權量詔版爲最大宗，再加上以刀刻劃並有大量需求之情況下，要求每字工整如刻石，確有其難度，因此，秦銅器中很難見到筆勢相同之篆形。經由筆者之觀察，在結構固定之因素下而筆勢有所不同者，計有八、七、久、也、六、今、卅、功、丞、如、在、始、制、爲、後、盛、斯、綰、諸、灋等，共九十一組。以下選擇數組說明之：

廿　〈始皇詔銅橢量四〉作，橫畫不平直，兩直畫不僅長短不均，左直畫更變爲一斜筆，不甚工整；〈兩詔銅權〉作，兩直畫向外斜出，整體篆形看來有矮胖之態；〈平陽銅權〉作，除橫畫外之三筆已呈「U」字形，篆形又較前兩者更簡率些。〔註26〕

功　〈北私府銅橢量〉作，〈元年詔版二〉作，篆形雖略有不同，然皆尚稱工整；〈元年詔版五〉作，右半邊「力」字篆形已被寫得像「巾」字；再如〈元年詔版八〉作，右半邊「力」字已和楷書相差無幾。〔註27〕

者　〈始皇詔銅橢量六〉作，上半部原應向左下斜之筆已變爲橫畫，且整體篆形重心向右偏移；〈始皇詔銅權九〉作，下半部不作三橫畫，第一筆橫畫折爲兩斜畫；又如〈始皇詔版八〉作，篆形呈瘦長狀，和它字相較下，所占空間較大。〔註28〕

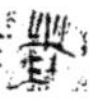

〔註25〕《隸辨》，卷5，頁61右。

〔註26〕《秦銅》，頁104，圖105；頁145，圖18.1；頁183，圖182。

〔註27〕《秦銅》，頁152，圖146；頁167，圖162；頁169，圖165；頁170，圖168。

〔註28〕《秦銅》，頁106，圖107；頁116，圖118；頁150，圖144。

侯　〈始皇詔銅橢量四〉作，篆形瘦長，第一筆作斜畫，內部「矢」字兩橫畫稍向右下傾斜；〈二十六年詔文權十〉作，篆形略顯方正，上半部兩筆之寫法較前篆形更加詰詘，「矢」字兩橫畫更加平直；〈始皇詔版八〉作，篆形較為突出上半部，且「矢」字兩斜畫更為象形。〔註29〕

後　〈元年詔版八〉作，篆形較為潦草，尤其右半部「幺」字作兩個圈，和底下「夊」字之排列又呈「く」形，甚為草率；〈元年詔版十三〉作，「彳」字末筆往左移，「夊」字末筆從第二筆寫起，整體重心向右下傾斜；〈兩詔銅橢量二〉作，「夊」字末筆之起筆有一甚長之出鋒筆畫，未見於其它銘文。〔註30〕

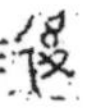

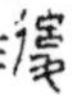

秦銅器上以刀刻劃而出之篆形，由於刻劃草率，所以幾乎無法找到筆勢完全相同之篆形。一般說來，筆畫越多之文字，由於難以掌握書寫工具等條件，因此其筆勢之差異往往越大，且文字大小亦不容易控制，有些文字受到空間之壓縮，可能呈現扁平狀，有些文字因空間較大，也可能占較大之空間，十分隨意，「書同文」政策所要求之標準化小篆，在秦銅器上並不容易被看見，形成一種極大之反差。

三、缺刻例

秦銅器上篆文之草率，不僅使得文字規範化之要求未能徹底達成，同時還出現細微之疏失，依筆者所見，大約有缺刻和誤刻兩類，雖字例不多，亦足以重視。

缺刻乃指該篆形未完全刻劃完成，而有所遺漏之現象。

皇　〈二十六年詔文權一〉作，〔註31〕此字缺刻最為明顯，全部只有橫畫而完全缺刻直畫，由拓片上看，不見有磨蝕之痕跡，在刻劃時即已缺刻之可能性相當高。許師錟輝曾提過甲骨文缺刻例，正與此情形相同，可以推測由甲骨文、金文、小篆一路而下，凡以刀刻者皆可能出現此類缺刻現象。

天　〈始皇詔銅橢量四〉作，〔註32〕此拓片十分清晰，「天」字最末筆處未見任何刻劃或剝泐之痕跡，確為缺刻。

〔註29〕《秦銅》，頁104，圖105；頁140，圖10；頁150，圖144。

〔註30〕《秦銅》，頁170，圖168；《集證》，圖版頁50；頁155，圖149。

〔註31〕《秦銅》，頁134，圖1。

〔註32〕《秦銅》，頁104，圖105。

帝　〈元年詔版二〉作，〔註 33〕此拓片亦十分清晰，「帝」字中間一橫畫處亦未見任何刻劃或剝泐之痕跡，當爲缺刻。

四、誤刻例

始皇詔與二世詔上之文字，是爲了統一全國度量衡而制定之詔書，因此，無論被鑄或刻在何種器物上，或字體潦草與否，詔書內容皆應一致，然筆者發現在〈平陽銅權〉上之「今」字，似有誤刻之嫌疑，試說明如下：

今　〈平陽銅權〉作，此篆形應是「令」字之篆形，「令」字《說文》作，秦漢簡帛中多簡省作、，字形與〈平陽銅權〉可謂完全相同；〔註 34〕而「今」字《說文》作，秦漢簡帛中多作、，《隸辨》有、等形，〔註 35〕皆與〈平陽銅權〉「令」字不類。由於筆者所見之〈平陽銅權〉篆形爲摹本，不知是作權當時篆形即有誤，抑或摹寫者之誤，此處姑且存疑。

由上文之分析可見，秦銅器上之文字雖屬小篆，但與規範化篆形相差甚多，尤其在筆勢上因受書寫工具之影響，重心多有傾側，甚難發現近乎相似之篆形，筆勢變化之大，成爲秦銅器銘文之一大特色。結構上而言，不少文字亦有二至三種異體，但多屬偏旁通用之情況。較爲特殊者在於發現少數銘文之缺刻與誤刻例，雖字例不多，但或可提示吾人缺刻之情況並非僅存在於甲骨文中。

參、銅器用途與篆形之關聯

我國對於銅器之製作由來已久，尤其在商、周二代，可謂銅器之鼎盛期，無論質與量皆有高度成就，不僅可施用於祭祀之莊重場合，銘文之編排與美觀之要求，皆爲後人所驚嘆；戰國以後，由於諸侯各自爲政，出現許多具區域性色彩之文字，再加上戰爭等國際事務越形繁複，使銅器上之銘文字體越顯零亂草率，此乃環境與時代因素之使然。秦銅器上之銘文，雖以草率者多，然經由筆者之觀察，認爲依用途之不同，其草率之程度仍有些微之差別，試說明如下：

〔註 33〕《秦銅》，頁 167，圖 162。

〔註 34〕《秦銅》，頁 183，圖 182；大徐本，卷 9 上，頁 320；（日）赤景清美編：《篆隸大字典》（東京：赤景清美發行，2008 年 3 月），頁 45；《隸辨》，卷 2，頁 69 右。

〔註 35〕大徐本，卷 5 下，頁 186；（日）赤景清美編：《篆隸大字典》，頁 43。

一、度量衡

即包含權、量、詔版等器物，大多是始皇統一天下後，製造給全國各地統一度量衡之標準器，此外還有一些則是由秦孝公時商鞅變法起便流傳下來之物，例如〈商鞅方升〉、〈高奴禾銅石權〉等即是。權，爲「古代測重量所用，多爲銅或鐵製」；量，「是量東西的器皿」。〔註36〕秦代所鑄刻之權、量、詔版既然是爲了統一度量衡，爲了配合其書同文之政策，器物上之文字理應爲工整之小篆，但今人所見，幾乎全爲刻劃草率之文字，雖是小篆，在筆勢與結構上卻極不工整，究其原因，可能與數量有關。

今日吾人所見刻有銘文之度量衡器有數十器之多，以始皇統一天下、叱吒風雲之情況看來，度量衡器之數量當遠超過此數目，可以想見，當時爲製作這些度量衡器，想必使用不少金屬，而銘文之刻寫，也必定要花費不少人力。在上一章討論秦刻石時，假定這七通刻石皆爲李斯所書，再由刻工刻上，則吾人可以理解，因刻石數量少，且爲因應各地民情之不同，因而內文必須不盡相同，既要構思文章，又要負責書寫，此工作並不輕鬆，但也因爲數量少，所以才能夠將刻石上之小篆書寫如此工整，成爲秦小篆之代表作。反觀度量衡器雖亦由政府推行、製作、頒布，但由於數量甚多，縱使銘文內容皆相同，受到器物外形、大小、材質之不同，不可能由少數人來撰寫銘文後，再由刻工刻劃文字，且爲了盡快使天下歸於平靜統一，統一度量衡之事是刻不容緩，基於此，有些器物由中央督造，有些器物由地方製作，這種情形在兵器上更爲常見，爲因應如此龐大之數量，刻劃草率之現象便可以理解，上節中所舉缺刻、誤刻之例也就成爲可能。

二、兵　器

除度量衡器外，兵器亦爲一朝代不可或缺之物。兵器所包含之種類依筆者所見之資料，至少包含有戈、矛、弩機等。戈與矛分別爲用於鈎殺與刺殺之兵器；〔註37〕弩，「是利用機械力量發射箭鏃的一種遠射程兵器」，〔註38〕所以是

〔註36〕參見杜迺松撰：《青銅器鑑定》（桂林：廣西師範大學出版社，1993年12月），頁39～40。

〔註37〕參見杜迺松撰：《青銅器鑑定》，頁30～31。

〔註38〕李炳武主編、吳鎮鋒分冊主編：《中華國寶．陝西珍貴文物集成》（西安：陝西人

搭配箭來使用之兵器。依目前所發掘出與秦有關之兵器數量不少，但多數集中在戰國晚期，尤其是秦國開始向外兼併之一段時期內為最多，始皇未統一天下前之十年間，大約可說是秦國兵器製造最為快速、數量最為眾多時期，而在秦統一天下之後，雖然猶有兵器之製造，但數量卻遠不如戰國晚期為多。究其原因，在於戰國晚期各國間戰事頻仍，兵器之製造有迫切之需要，為應付如此龐大之要求，中央與地方製造兵器之機構想必十分忙碌，銘文之刻劃也就不可能工整，何況兵器乃為實用而造。因此，當吾人觀察兵器上之銘文，若不就上下文來推測，有時僅看單一字形，恐怕很難推測該字為何字，這種情形到秦統一天下之後仍然存在。

秦統一之前大量製造兵器之因素可以想見，因此兵器銘文自然潦草，秦統一天下後，仍然繼續製造兵器，不過數量不比戰國晚期為多，一方面為加強控制六國反抗勢力，兵器不可能完全不再使用，另一方面，秦中央將金屬聚之於咸陽，六國遺民與一般百姓難以製造兵器，只有秦中央與地方政府才可製造，故數量自然減少，只要將先秦與秦代兵器數量做一比對，便可得到證明。即使在秦統一之後推行書同文政策，文字亦不可能於一夕之間完全由潦草至工整，由零亂而統一，故秦代兵器上之銘文仍然延續了戰國晚期之特點，簡率為之，文字之難以辨識，較度量衡器更甚。洪燕梅曾於比較秦金文與《說文》小篆時指出：

> 如兵器銘文因產量需求及製作者的身分，使其部分文字已趨筆畫態勢，明顯有了「隸意」，……秦始皇採李斯之議行「書同文字」政策，是文化上重要的功績之一，但是以秦代金文仍存在著許多異體字觀察，此一政策的成效其實是有限的，除國祚過短的政治因素之外，前朝文字嚴重紊亂的歷史包袱，應該也造成了某種限制。
>
> 戰國晚期，(秦金文) 更多趨草率，尤以作戰大量需求的兵器最甚。〔註39〕

洪燕梅在此所指秦代金文，乃指西周晚期至秦代之間，這段話充分說明了兵器文

民教育出版社，1999年8月)，頁282。

〔註39〕洪燕梅撰：〈秦金文與《說文》小篆書體之比較〉，《政大中文學報》第5期（2006年6月)，頁3、5。按：其行文中「使其部分文字已趨筆畫態勢」一句，「態勢」前應為形容詞，而此處「筆畫」為名詞，究竟「筆畫態勢」是指何種態勢，文意不明，若依下文已有隸意來看，可能為「平直態勢」更能令人理解。

字篆形紊亂之因素，其實不僅是兵器銘文，亦適用於前文所指度量衡上之銘文。

三、禮　器

青銅器又稱鐘鼎彝器，銘文又稱鐘鼎文，可見「鐘」和「鼎」在銅器鼎盛時期之重要性，尤其是在商周兩代，多用爲祭祀時之重器，此外，如壺、盉、鍾等，在秦出土銅器中亦可得見，不僅實用，亦可作爲陪葬用途。商周兩代之鐘、鼎等禮器數量相當多，但秦漢以後數量減少許多，究其原因，除部分銅器用途轉變之外，尚有兩種原因：

> 春秋戰國時代，青銅器銘文也表現出較強的隨意性，……加之當時的簡冊帛書流行，文字應用日漸繁複，鏤於盤盂琢之金石終不如書於簡冊方便，所以，這個時期的青銅器銘文，長篇大作不多，書吏性質的更爲少見。
>
> 秦始皇公元前 221 年統一了中國，建立了一個強大的專制主義的中央集權的封建國家。青銅器在秦代變化很大，過去視若至寶的鼎之類至此已告衰退，多以漆器和陶器來代替。〔註 40〕

秦代之青銅禮器便是在這些因素之下，數量急速減少。

鐘，《說文》曰：「樂鐘也。」〔註 41〕是樂器之一種；鼎，《說文》曰：「三足兩耳，和五味之寶器也。」〔註 42〕爲青銅器中甚爲重要之一種器類，乃食器之一種，既可用於烹飪，亦可用於盛食；〔註 43〕壺，《說文》曰：「昆吾，圜器也。象形，从大象其蓋也。」〔註 44〕《說文》並未明確說明壺所可容之液體爲何，馬承源謂爲「容酒器，兼可盛水」，並將之歸爲酒器；〔註 45〕盉，《說文》曰：「調味也。」〔註 46〕亦未說明調味之具體內容，馬承源謂乃「調和酒味之器」，〔註 47〕李學勤亦

〔註 40〕錢正盛撰：〈青銅鑄造的王權——中國古代的青銅器〉，《藝苑》2007 年第 3 期（2007 年），頁 53。

〔註 41〕大徐本，卷 14 上，頁 488。

〔註 42〕大徐本，卷 7 上，頁 246。

〔註 43〕參見馬承源撰：《中國古代青銅器》（上海：世紀出版集團、上海人民出版社，2008 年 1 月），頁 142。

〔註 44〕大徐本，卷 10 下，頁 365。

〔註 45〕參見馬承源撰：《中國古代青銅器》，頁 147。

〔註 46〕大徐本，卷 5 上，頁 177。

曰：「盉的形制類似後世的酒壺，它不但用於盥洗，還可以裝上水，起和酒的作用。」〔註48〕其說更爲清楚，故亦爲酒器之一種；鍾，《說文》曰：「酒器也。」〔註49〕爲酒器之一種。〔註50〕樂器、食器和酒器等在古代銅器中可謂大宗。商周兩代銅器上之銘文多規整，鑄造整齊，具肅穆之感，同時更是統治階級權力之象徵，使用器物之多寡，更關係等級之高低；春秋戰國時代，由於「禮崩樂壞」，諸侯力政，鐘鼎等銅器雖仍有其象徵性，但恐怕地位已不如商與西周兩代之高，一部分銅器亦由莊重禮器之意義轉變爲日常生活用具，秦代禮器銅器可能由於如此而具有性質上之轉變。當這一部分之銅器由宗廟禮器轉變爲日常用具，則代表其實用意義高過於象徵意義，在此情形下，先民們之著重點便不在銘文上，因此今人所見之秦代鐘鼎之銘文多爲記錄地名、官名或容量之內容，如〈安邑下官鍾〉之銘文爲「十三斗一升」，〈樛大盉〉之銘文作「樛大」、「四斤」、「大官四升」，〈萯陽鼎〉之銘文作「李卿」、「槐里，容一斗一升」等，縱使在此時期，銅器之製作仍有一定之水準，但銘文之刻劃卻較爲草率。

若和度量衡器及兵器銘文相比，文字規整程度介於二者之間，或較接近於度量衡器，刻痕雖纖細，或經長時間之銹蝕，斑駁有不可讀之處，但可見文字之處尚可釋讀，雖然和度量衡器相比，其銘文內容多不重複，但篆形結構基本相差不遠，和兵器上偶有兩字黏合並難以釋讀之情況並不相同。這也許和商周以來將鐘鼎等銅器視爲重器有所關聯，一方面仍繼承有其莊重性，另一方面又受戰國以來文字異形及社會環境所形成之用途改變之影響，於是便形成此種器物莊重而銘文草率之特殊情況。

四、車馬器

由始皇陵所發現之車馬器中，亦有許多種類之部件上見有銘文，無論是

〔註47〕參見馬承源撰：《中國古代青銅器》，頁148。

〔註48〕李學勤撰：《中國青銅器概說》（北京：外文出版社，1995年），頁36。

〔註49〕大徐本，卷14上，頁484。

〔註50〕王輝在《秦銅器銘文編年集釋》中將秦始皇陵所發掘出土之器稱爲「麗山園鍾」，而施拓全在《秦代金石及其書法研究》中則稱爲「麗山園鐘」，見其拓片，並非打擊樂器「鐘」，似爲可盛裝物品之容器，而正與《說文》所釋相契合；李學勤亦曰：「戰國以後，一種大腹的圓壺自名爲『鍾』。」李學勤撰：《中國青銅器概說》，頁35。可見鍾是由壺演變而來，故知「鍾」爲酒器。

刻於轡繩、兵馬俑、馬蹄或銀環之上，大多是表示編號之數字或代表編號之文字。這些文字之特色在於出現之數量相當多，但在個別器物上卻又僅有寥寥數字。就其書寫之工整度而言，雖然有些是刻文，有些是朱書，仍有草率之痕跡，但與度量衡器上之文字甚爲接近，有些甚至較度量衡器更爲接近工整小篆之形，也許是由於大部分車馬器上之文字筆畫數較少，因此不至於因筆畫繁多而使篆形呈現草率零亂，若是筆畫稍多之字，如「道」作、，便又呈現較爲不整齊之情形。

五、虎　符

「符」乃代表君王或領導者之憑證，通常用於軍隊之派遣，平時君王與握有軍隊之將軍各握有符之一半，遇有需要派遣軍隊時，則將兩個半符合而爲一，驗其眞僞以作爲發兵之憑證。將符作爲虎形即爲虎符，目前確定爲秦代之符者爲陽陵虎符。

發兵爲國家重要大事，由於君王握有軍隊之憑證，置放於朝廷，不僅製作不得馬虎，文字自然也必須嚴格要求，尤其秦始皇統一天下，推行書同文政策，朝廷內必得起領導作用，因此虎符上之文字實爲秦銅器中難得可見之工整小篆，與刻石小篆實可互相比美。

整體而言，秦銅器上之銘文篆形多顯潦草，雖隨器物種類不同，其潦草程度略有差異，但確實和工整小篆有段差距，其中亦不乏有近於隸書、楷書者，將於下節提出；而虎符則是少數秦銅器中，篆形較爲整齊美觀者。

肆、銅器與《說文》篆形及其前後書體比較

秦銅器數量雖較先秦爲少，篆形亦較爲潦草，但由於相同文字之字例相當多，與《說文》比較後仍能有所發現，以下試分別舉例說明之。

一、近於《說文》篆形者

秦銅器之篆形近於《說文》者仍有不少，以下舉數例說明之。

久　〈兩詔銅橢量二〉作，〈元年詔版五〉作，〈兩詔銅權三〉作，《說文》作，篆形相似。〔註51〕

〔註51〕《秦銅》，頁155，圖149；頁169，圖165；頁179，圖178；大徐本，卷5下，頁197。

不　〈武城銅橢量〉作，〈始皇詔鐵石權四〉作，〈二十六年詔文權一〉作，《說文》作，篆形相似。〔註52〕

去　〈兩詔銅橢量二〉作，〈元年詔版二〉作，〈兩詔銅權五〉作，《說文》作，篆形相似。〔註53〕

此　〈兩詔銅橢量一〉作，〈元年詔版六〉作，《說文》作，篆形亦皆相似。〔註54〕

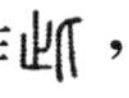

量　〈始皇詔銅橢量一〉作，〈二十六年詔文權一〉作，〈兩詔銅橢量三〉作，《說文》作，篆形並皆相似。〔註55〕

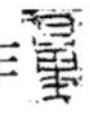

二、近於《說文》中之重文者

秦始皇雖欲將文字以小篆定於一體，但仍有部分文字寫法近於《說文》中之重文者，如大、也、兵、於、則等字。

大　〈始皇詔銅橢量六〉作，〈二十六年詔文權三〉作，皆見前文，《說文》古文作，銅器字形從之；〔註56〕〈二十六年詔文權十四〉作，〈二十六年詔文權十五〉作，亦見前文，《說文》籀文作，銅器字形從之。〔註57〕刻石「大」字皆从籀文「大」，銅器字形則各有所承。

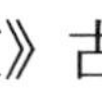

於　〈元年詔版十三〉作，〈兩詔銅權〉作，《說文》「烏」之古文省形作，傳抄古文亦有作、者，字形皆相近。〔註58〕

則　〈始皇詔銅權十〉作，〈始皇詔版三〉作，皆見前文，《說文》「則」字下籀文作，銅器字形部分从此。〔註59〕

〔註52〕《度量衡》，頁61，圖100；《秦銅》，頁119，圖123；頁134，圖1；大徐本，卷12上，頁414。

〔註53〕《秦銅》，頁155，圖149；頁167，圖162；頁182，圖180；大徐本，卷5上，頁178。

〔註54〕《秦銅》，頁154，圖148；頁169，圖166；大徐本，卷2上，頁70。

〔註55〕《秦銅》，頁101，圖102；頁134，圖1；頁156，圖150；大徐本，卷8上，頁289。

〔註56〕《秦銅》，頁106，圖107；頁135，圖3；段注本，10篇下，頁496下左。

〔註57〕《秦銅》，頁142，圖14～15；段注本，10篇下，頁503上左。

〔註58〕《集證》，圖版頁50；頁146，圖18.2；大徐本，卷4上，頁141；《傳古》，頁379。

〔註59〕《秦銅》，頁117，圖119；頁148，圖138；大徐本，卷4下，頁155。

三、近於戰國文字者

秦代緊承戰國之後，字形中有近似於戰國文字者自有可能，如丁、大、六、毋、升、斗、立、丞、安、而、成、西、兵、明、使、皆、疾、嗣、道、德等皆是，字例不少。

斗　〈安邑下官鍾〉作，《說文》作，〔註60〕兩者篆形相差甚多，段注曰：「上象斗形，下象其柄也，斗有柄者，蓋象北斗。」但由《說文》篆形實難看出其象形之意。戰國文字中如〈眉廚鼎〉作，〈秦公簋〉作，傳抄古文亦有作者，《隸辨》指出「斗」字隸變之後與「升」字相似，李國英亦引甲、金文等形體說明《說文》之篆形已譌，故其說明曰：「篆體譌變，柄入其中，遂失其肖矣。」點出《說文》篆形譌變之關鍵處。〔註61〕銅器篆形與戰國文字除筆畫之方折與圓轉不同外，二者篆形較為相近。

丞　〈始皇詔銅方升二〉作，《說文》作，〔註62〕从廾从卩从山會意，銅器上部形體不似「卩」字，下部「山」字亦較接近隸、楷書寫法。戰國文字中如〈二年上郡守戈〉作，〈啓狀戈〉作，〔註63〕上半不从「卩」字，下半「山」字寫法亦不同篆文，銅器與戰國文字較為接近。

德　〈兩詔銅橢量二〉作，〈元年詔版三〉作，〈元年詔版十一〉作，《說文》作，〔註64〕銅器篆形「心」字上皆不加一橫筆，唯《說文》有之。戰國文字中如〈秦公鐘〉作，〔註65〕銅器篆形與之較為接近。

四、近於隸、楷書者

秦銅器中有因刻劃較為草率，反使篆形較為接近後出之楷書者，有西、功、明三字。

〔註60〕咸陽市博物館撰：〈陝西咸陽塔兒坡出土的銅器〉，《文物》1975年第6期（總229期）（1975年6月），頁72；大徐本，卷14上，頁492。

〔註61〕段注本，14篇上，頁724下左；《戰典》，上冊，頁256；《傳古》，頁1424；《隸辨》，卷6，頁79左至頁80右；李國英撰：《說文類釋》，頁93～94。

〔註62〕《度量衡》，頁60，圖99；大徐本，卷3上，頁99。

〔註63〕《戰典》，上冊，頁147。

〔註64〕《秦銅》，頁155，圖149；頁168，圖163；頁171，圖170；大徐本，卷2下，頁76。

〔註65〕《漢表》，頁70。

西　〈晏南石板刻文〉作，《說文》作，〔註66〕形體差異甚大。古隸作，八分作，楷書作，〔註67〕形體扁方，銅器字形與古隸及八分皆十分相像。

功　〈元年詔版八〉作，《說文》作，〔註68〕右半部「力」字差異較大。古隸作，楷書作，〔註69〕銅器字形除較爲傾側外，與古隸之形十分相近。

明　〈平陽銅權〉作，〈美陽銅權〉作，字形左半不但从「目」，且右半「月」字象形意味已減少許多；〈兩詔斤權二〉作，字形左半改爲从「日」，右半「月」字象形意味更減低。〔註70〕《說文》大徐本作，小徐本作，段注本作。〔註71〕銅器从「目」或从「日」，三版本皆从「囧」；銅器「月」字較接近小徐本，但與大徐本、段注本皆不同。「明」字从「囧」、从「日」與从「目」可相通，且先有从「囧」字之「朙」，始有从「目」字之「明」，說已見前。古人「明」字多从「目」，如王羲之《樂毅論》作，〔註72〕从「日」者則更近於今日之楷書字體，不過筆者所見〈平陽銅權〉與〈兩詔斤權二〉皆爲摹本，其正確性尚有待保留。

五、較《說文》增繁者

秦銅器中，較《說文》增繁之例有安、兵二字。

安　〈始皇詔銅權十〉作，〈始皇詔版一〉作，〈兩詔斤權一〉作。《說文》作，〔註73〕从宀从女會意，而銅器皆在宀下女旁加一豎筆，自春秋戰國以來「安」字多有一豎筆，如〈哀成叔鼎〉作，〈侯馬盟書〉作等，傳

〔註66〕《集證》，圖版頁227；大徐本，卷12上，頁414。

〔註67〕《隸典》，頁186下；《隸辨》，卷1，頁51；《大書源》，下冊，頁2413。

〔註68〕《秦銅》，頁170，圖168；大徐本，卷13下，頁480。

〔註69〕《隸典》，頁20下；《大書源》，上冊，頁333。

〔註70〕《秦銅》，頁183，圖182；頁184，圖183；《集證》，圖版頁49。

〔註71〕大徐本，卷7上，頁244；小徐本，卷13，頁155下右；段注本，7篇上，頁317上左。

〔註72〕《大書源》，中冊，頁1270。

〔註73〕《秦銅》，頁117，圖119；頁147，圖136；《集證》，圖版頁45；大徐本，卷7下，頁260。

抄古文亦有作者，〔註74〕戰國文字與《說文》篆形實各有所承，豎筆有無者皆有之。

兵　〈陽陵虎符〉作。《說文》篆文作，籀文作。〔註75〕虎符較《說文》篆形在中間多一橫筆，形體明顯近於《說文》籀文。戰國晚期「兵」字亦近於《說文》籀文，如〈新郪虎符〉作，〈詛楚文．湫淵文〉作等，〔註76〕《說文》篆形並不承襲此形而保存於籀文之中。

六、較《說文》簡化者

秦銅器中，篆形之簡化幾乎全在筆畫上，部件之簡化未見，計有丞、壹、盡、綰、疑、德、灋、襲等八字。

丞　〈始皇詔銅橢量四〉作，〈元年詔版五〉作，《說文》作。〔註77〕兩者皆簡省「卩」字中一小短豎，「山」字寫法亦不同《說文》篆形。

壹　〈北私府銅橢量〉作、，《說文》作。〔註78〕銘文中間部分皆有所省，原來从吉之形構已不見；傳抄古文有作、形者，〔註79〕其簡省情形十分類似。

襲　〈二世元年詔版一〉作，〈元年詔版二〉作，《說文》作。〔註80〕前者簡省「龍」字左下部，後者簡省「龍」字右半部。

七、位置更動者

秦銅器中，篆形位置變異情況不多見，僅有功、嗣二字。

功　〈北私府銅橢量〉作，〈元年詔版二〉作，《說文》作。〔註81〕構形皆爲从力工聲，銅器篆形爲左上右下排列，《說文》爲左右排列，雖構形部件未變，排列位置稍有改變。

〔註74〕《戰典》，下冊，頁962；《傳古》，頁712。

〔註75〕《秦銅》，頁97，圖97；大徐本，卷3上，頁100。

〔註76〕《戰典》，上冊，頁710；《考古編》，卷9，頁318。

〔註77〕《秦銅》，頁104，圖105；頁169，圖165；大徐本，卷3上，頁99。

〔註78〕《秦銅》，頁152，圖146；大徐本，卷10下，頁365。

〔註79〕《傳古》，頁1031。

〔註80〕《秦銅》，頁134，圖1；頁167，圖162；大徐本，卷8上，頁291。

〔註81〕《秦銅》，頁152，圖146；頁167，圖162；大徐本，卷13下，頁480。

嗣　〈元年詔版五〉作，《說文》作。〔註 82〕構形皆爲从冊从口司聲，銅器篆形「冊」字侵入「司」字空間，和《說文》做左二右一規矩排列不同。

八、不知其所从者

秦銅器上之文字既多草率爲之，又受隸變之影響，亦有少部分小篆改變其構形，如其、斯等字。

其　斯　〈元年詔版六〉作，〈兩詔銅橢量三〉作等；从其之「斯」字，於〈兩詔銅橢量三〉作，〈元年詔版一〉作。〔註 83〕「其」字上方象形部分皆由常見之「×」改寫爲「+」，八分中「其」字有作者，从「其」之字如「斯」、「期」、「基」、「旗」等亦皆有相同寫法，〔註 84〕但八分與秦篆時代尚有差距，未知其間關聯性如何。

經由以上將秦銅器與《說文》篆形比較，可以得見大部分銅器上之篆形皆能在《說文》中尋得相似字形，其不相似者，或近於《說文》中之重文，或更近似於戰國文字，亦有少部分接近於隸書、楷書者，但無論和《說文》之差異如何，筆畫之增減情形較多於構形之不同，可見大多數秦銅器上之篆形結構已經固定，直到東漢《說文》之時代，差異僅在筆畫之多寡而已。

秦銅器之種類雖有度量衡器、兵器、禮器、車馬器和虎符等多種類，但大多數銅器銘文之內容和格式皆相同或相似，且數量多十分龐大，可使吾人對於同一文字有較多之篆形提供比對。

由整體觀察與比對後發現，除〈陽陵虎符〉之外，銅器上之銘文皆爲草率之篆形，在結構上雖略有不同，但多爲可相通之偏旁，而以筆勢之差異較多，亦即文字構件大多相同，但刻劃卻極不工整，此不工整不僅包括個別文字，尚且包含整體章法與布局，有些字呈現較爲扁平，有些字則可能占較大之長度，這大概是由於度量衡器、兵器等需求量大，加上銅器材質、刻工、工具等因素之影響而造成之結果，少數缺刻或誤刻之例，或可說明此現象。

即使銅器上之文字多是草率篆形，仍因用途不同而有些微差異。由工整至簡率之程度來看，以虎符之篆形最爲工整，因虎符可用以發兵，且又置於宮廷，

〔註 82〕《秦銅》，頁 169，圖 165；大徐本，卷 2 下，頁 84。

〔註 83〕《秦銅》，頁 169，圖 166；頁 157，圖 151；頁 167，圖 161。

〔註 84〕《隸辨》，卷 1，頁 21 左、頁 29 左、頁 31 右。

重要性不言可喻。其次爲度量衡器，器上許多始皇詔與二世詔篆文多個別刻劃，少有黏合現象，又因這些器物乃爲提供全國各地方政府公布之用，具有公文性質，尙保有某種程度之可辨認性。再其次爲禮器與車馬器，禮器由於性質之轉變，部分器物由祭祀轉爲日常之用，故雖鑄造器形之技術有所提升，但銘文卻似乎並不要求；車馬器文字較爲簡單，一般而言，筆畫少之篆形較爲工整，筆畫多之篆形較爲草率。最後爲兵器，可由中央或地方製造，大概由於大多只需注明兵器之製造地點、置放地點、督造人、製造人等內容，且用途乃用以殺敵，非爲欣賞或政府文書之用，故篆形最爲潦草。

將銅器篆形與《說文》比對後，近於《說文》之篆形仍不少，近於《說文》之重文者亦有之；部分篆形仍承襲戰國文字，而未依書同文之小篆刻劃，甚至亦有因刻劃草率而反類似於隸書、楷書者。增繁與簡化方面，仍以簡化情形爲多，但多爲筆畫之簡省。

秦銅器改變吾人對於秦始皇統一文字之印象，不同於商周銅器金文之整齊，而是簡率之篆形，可見書同文字之政策並未完全深入各階層，即使政府機構亦然，將秦刻石與秦銅器兩相比較，可以發現其中頗多之差異。

第二節　兩漢前期銅器之篆形探析

論者總謂青銅器時代至秦漢已走下坡，吾人於前節所見秦代銅器種類確實較商周二代爲少，由於政治力與實用性等目的，銘文之內容亦較顯重複性高而少變化，然而進入漢代之後，經過漢初之休養生息，武帝以後，銅器之技術與產量又再度蓬勃，無論在種類與銘文等方面皆有其特出之處。兩漢銅器銘文若依字體分期，可以明章時期爲界分爲前後二期，本節所探討之前期銅器篆形銘文，除少數爲正篆之外，其餘多爲篆隸之間之書體，甚至有些微藝術化、美術化之傾向，可見小篆在銅器上繼續演化之跡。

壹、兩漢前期篆體銅器簡述

對於商周二代銅器之研究，前輩學者已有相當廣泛與深入之研究，但對於漢代銅器而言，目前仍處於較多介紹性質之專書，多半對於銅器做重點式介紹，如〈馬踏飛燕〉、〈陽信家宮燈〉等，在討論銅器之製作技術與造型特色多有所及，但失之於籠統，而對於漢銅器之分期、銘文內容之研究、書體之變化等，仍遠遠比不上商周時代，正如徐正考所言：「到目前爲止，還沒有一部以科學的體例收錄全部傳世與出土的漢代銅器銘文的著作，也沒有以全部漢代銅器銘文中的文字爲收錄對象的字書。」〔註 85〕殊爲可惜，所幸徐正考本人已在容庚所著《秦漢金文錄》之基礎上，將漢代銅器編纂一集大成之作；而近年於大陸出土且曾於台灣國立歷史博物館展出之「微笑彩俑」，乃由漢景帝之陵寢發掘而出，其中出土之各種銅器，亦可媲美商周銅器，漢代銅器之研究仍大有可爲。

以篆形爲依據，大約可在東漢明帝、章帝時期爲界分爲前後兩期，前期由高祖至於光武帝（西元前 206 年——西元 57 年），書體以篆書及處於篆隸間之書體爲主。

依時間先後順序來看，兩漢前期中屬於篆書或篆隸之間書體者，約有下列器物：

一、**景帝時期**：數量不多，較可注意者爲長沙王劉建德所屬之器，如〈刺廟鼎〉。

二、**武帝時期**：如〈駘蕩宮壺〉、〈駘蕩宮高行鐙〉、〈谷口鼎〉、〈酒來銅斛〉、南越王墓出土之〈蕃禺鼎〉、較大數量之句鑃、滿城漢墓發掘出土之〈中山內府銅鑊〉、著名之〈長信宮鐙〉、〈蟠龍紋壺〉、〈乳釘紋壺〉、〈鳥篆紋壺〉、〈常浴盆〉、〈醫工盆〉、〈御當戶錠〉、〈御銅拈錠〉、〈御銅卮錠〉、〈御銅盤錠〉、一系列之虎形器座等。據推測，南越王墓時代約在文帝末至武帝時期，〔註 86〕滿城漢墓時代則約在武帝元鼎年間。〔註 87〕

三、**昭帝時期**：數量較少，紀年者如〈梁山宮熏鑪〉。

四、**宣帝時期**：如〈楊鼎〉、〈橐泉鋗〉、〈黃山鋗〉、〈橐泉宮行鐙〉、〈谷口宮鼎〉、〈長安下領宮高鐙〉、〈長安下領宮行鐙〉、〈上林共府升〉、〈林華觀行鐙〉、〈成山宮行鐙〉、〈蓮勺宮熏鑪〉、〈承安宮鼎〉、〈池陽宮行鐙〉等。

〔註 85〕徐正考撰：〈漢代銅器銘文著錄與研究歷史的回顧〉，《史學集刊》2000 年第 1 期（2000 年 2 月），頁 88。

〔註 86〕參見廣州市文物管理委員會等編：《西漢南越王墓》（北京：文物出版社，1991 年 10 月），頁 319～325。

〔註 87〕參見中國社會科學院考古研究所、河北省文物管理處合編：《滿城漢墓發掘報告》（北京：文物出版社，1930 年 10 月），上冊。

五、**元帝時期**：如〈上林豫章觀銅鑒〉、〈博邑家鼎〉、〈林光宮行鐙〉、〈建昭行鐙〉、〈中宮鴈足鐙〉等。

六、**成帝時期**：如〈信都食官行鐙〉、著名之一系列〈上林鼎〉、〈上林銅鑒〉、〈長安銷〉、〈臨虞宮高鐙〉、〈綏和銷〉等。

七、**哀帝時期**：器物較少，如〈建平鐘〉、〈南陵鍾〉等。

八、**平帝時期**：器物亦不多見，如〈上林銅斗鼎〉。

九、**新莽時期**：主要爲一系列權、尺、斗、量等度量衡器，如〈新二斤權〉、〈新九斤權〉、〈新量斗〉、〈新始建國尺〉、〈新嘉量〉等。

十、**光武時期**：如〈建武泉範〉、〈建武平合〉、〈大司農平斛〉、〈山陽邸鐙〉、〈東海宮司空盤〉等。

漢銅器數量相當多，無論前期或後期，許多器物在斷代上、銘文拓本之取得上仍有較大之困難，故具有篆形銘文之銅器必高於筆者所能掌握之數，在所有筆者所能掌握具有篆形銘文之銅器，在前期僅計算年代較爲確定者便有二百餘件，上文所列器物僅爲其中一部分，不克一一列出。

貳、銅器篆形之結構、筆勢比較

筆者首先將銅器中同一文字具有兩字例以上者挑出，約有三百組左右，如口、五、心、令、去、有、延、卒、始、官、建、弇、恐、得、富、飲、新、壽、蒙、遵等字，不克一一列出。漢銅器中有一部分器物，其銘文格式較爲固定，如銅鏡、具紀年之洗、鼎、鐙等，因此可從不少器物上收集到許多相同之字例以供比較。以下舉例部分，除銅鏡外則引自《漢代銅器銘文綜合研究》之拓片，至於銅鏡部分則由《兩漢鏡銘內容用字研究》所附附表，由原發掘簡報逐一還原，盡量取其拓片較爲清楚者以舉例。

一、不考慮筆勢而結構有所不同者

在僅考慮結構之條件下，結構有所變異之字例並不多見，約僅有七、大、土、天、令、正、年、地、次、初、承、虞、壽、實、廚、鴈、龍、臨、駿、露等近三十組，以下選擇數組說明之：

大　〈建昭鴈足鐙一〉作，〈南陵鍾〉作，皆象《說文》籀文「大」之形；而〈日光鏡〉作，〈谷口鼎〉作，〈蕃禺鼎一〉作，則承《說文》篆文之形而來，可見在漢代前期銅器篆形「大」字至少有兩組系統，且作籀文

之形者多較方正，作篆文之形者多較草率。〔註 88〕

年　〈谷口宮鼎〉作，〈博邑家鼎〉作，皆與《說文》小篆近似；但〈上林鼎二〉作，〈壽成室鼎二〉作，明顯是接近於隸書，如八分中有作形者，形體十分接近且結構無由分說。〔註 89〕

地　〈楊鼎〉作，〈新常樂衛士飯幘〉作，〔註 90〕二者雖皆从土也聲，但前者構形爲左土右也，後者爲左也右土，正好相反。

次　〈新嘉量二〉作，與《說文》左仌右水之構形相同；而〈新常樂衛士飯幘〉作，將原本之左右結構變爲左上右下之斜角結構。〔註 91〕

實　〈新嘉量一〉作，〈新嘉量二〉作，字形中間皆从毌；而〈聖主佐宮中行樂錢〉作，所从字形不同於前者。〔註 92〕

漢代前期之篆形結構變異，多數是受到隸變影響導致書寫快速、潦草，進而簡省之情況下所產生，並且可以發現，至漢代前期是先秦文字如古文、籀文與篆文之交互運用，同時又受到隸變影響，而有小篆、隸書甚至於楷書共存之情形，可以說從書體之發展來看，共存之情形十分豐富，在這種情形之下，結構之變異卻不多見，可見銅器篆形由秦至東漢前期之變化，並不在於結構方面。

二、在相同結構下筆勢有所不同者

承秦代銅器製作之發展而來，漢代銅器絕大多數亦是刀刻之銘文，因此想要找到任意兩個篆形十分近似之例並不容易，在三百餘組字例中，至少有一半左右比例之組數，其篆形在筆勢上都有所不同，如丁、寸、夫、日、令、年、成、延、見、府、長、承、官、律、造、尊、啬、壽、樂、露等皆是，以下亦舉數例說明之：

〔註 88〕徐正考撰：《漢代銅器銘文綜合研究》（北京：作家出版社，2007 年 12 月），頁 729、726；陳文華撰：〈南昌東郊西漢墓〉，《考古學報》1976 年第 2 期（總 45 期）（1976 年 2 月），頁 180；徐正考撰：《漢代銅器銘文綜合研究》，頁 729、726。以下爲求注釋精簡，本書簡稱《漢銅》。

〔註 89〕《漢銅》，頁 631～632；《隸辨》，卷 2，頁 2 左。

〔註 90〕《漢銅》，頁 774。

〔註 91〕《漢銅》，頁 701、700。

〔註 92〕《漢銅》，頁 652。

太　〈駘蕩宮壺〉作，〈駘蕩宮高行鐙〉作、。前者「大」字下部之開口一如隸書、楷書往左右分張，但後者下部則作「冂」字形，略有藝術化傾向；由此例亦可看出，即使是同一地方所使用之器物，其銘文字形不一定會具有相同之風格。隸書中形體多變，但亦有類似之形，如〈衡方碑〉作，〔註93〕但字例似不多見。

五　〈乳釘紋壺〉作，〈文帝〔註94〕九年句鑃五〉作，中間交叉之兩筆皆作平直狀；〈新嘉量一〉作，〈上林銅鑒二〉作，中間兩筆略有彎曲之象，與貨幣文字「五銖」之「五」字近似；至於〈中宮鴈足鐙〉作，〈聖主佐宮中行樂錢〉作，則一筆爲直線，另一筆爲曲折之筆，此種寫法在篆文中較爲特殊，然隸書中有作、者，此類篆形可能受有隸書影響。〔註95〕由此例可見，在筆勢之變化上至少有三種。

戶　〈御當戶錠〉作，〈滿城帳構〉作（）。〔註96〕前者第二筆較短，整體篆形稍微寬扁，後者則拉長第二筆，頗有傳統篆書意味。

光　〈日光鏡〉作，〈博邑家鼎〉作。〔註97〕銅鏡篆形雖皆盤曲環繞，又各有姿態，後者則顯得潦草，筆勢多有不同。

府　〈駘蕩宮高鐙〉作，〈壽成室鼎一〉作，筆勢較爲方折僵硬；〈文帝九年句鑃二〉作，〈中山內府銅鑊〉作，個別筆勢較爲律動。〔註98〕

漢代前期銅器上之篆形銘文，除了具有秦代之特色外，亦即刻劃較爲草率，同時還由於不少銅器常是成組出土，更可以發現這些成組銅器上之篆形銘文，也各自呈現不同風貌。在秦代，出土最多者乃權量詔版，爲了大量發行公布，製作地區、刻工人數、刻劃技術等必定有著一定程度之差異，到了漢代，許多的銅器需要成組出現，所需人力自然更加龐大，則不僅不同器物間之篆形有所差異，就連同組銅器上之篆形都有差別，有些銅器上之銘文，

〔註93〕《隸辨》，卷4，頁32左。

〔註94〕此文帝所指爲第二代南越王，相應年代約在漢武帝時期，非指漢文帝。參見中國社會科學院考古研究所、河北省文物管理處合編：《滿城漢墓發掘報告》，上冊，頁44。

〔註95〕《漢銅》，頁829～830；《隸辨》，卷3，頁24右。

〔註96〕《漢銅》，頁750。

〔註97〕陳文華撰：〈南昌東郊西漢墓〉，頁180；《漢銅》，頁724。

〔註98〕《漢銅》，頁710、709、790。

甚至於是有些仍保留較多篆形意味，有些已經十分接近於隸書甚至是楷書，這也就是何以在三百多組可比較之字例中，竟有約一半左右比例之篆形會呈現筆勢不同之原因。

三、缺刻例

在前節中，已可見到秦銅器中也有缺刻與誤刻之情形，漢代前期銅器上亦有疑似之例，試說明如下：

正　〈新九斤權〉作，〈新量斗〉作，〈新鈞權〉作，王莽時期因復古之因，文字多用小篆，和《說文》所謂从一與止構形相同；但〈新一斤十二兩權〉作，僅有「止」之形，結構與其餘「正」字皆不相同。〔註99〕以「止」字代「正」字之例筆者僅見此孤例，不知是缺刻抑或磨損，姑且存疑。

重　〈新鈞權〉作，〈長安下領宮高鐙〉作，〈中宮鴈足鐙〉作，中間皆有一豎筆貫穿所有橫畫；但〈梁山宮熏鑪〉作，中間一豎明顯消失，甚至連橫畫亦有所簡省，可能同時具有簡化與缺刻情形。〔註100〕

露　〈承安宮鼎二〉作，〈右丞宮鼎〉有一例作，兩者「雨」字部件雖都已有簡省變形，但中間直畫仍在；〈右丞宮鼎〉另一例作，相同位置上之直畫已經消失，可能亦是缺刻。〔註101〕

四、筆順錯誤例

筆順乃指書寫某一文字每一筆畫之順序，在此期篆形銘文中有一例之筆順十分怪異，即「大」字。

大　〈蕃禺鼎一〉作，〔註102〕筆順明顯可見爲先橫畫，次右筆，後左筆，但正確之筆順爲先橫畫，次左筆，後右筆，唯獨此例不同。

由結構與筆勢而言，漢代前期銅器上之銘文，不似秦代銅器多爲刻劃草率之篆形，在此期，有許多器物上便已經呈現篆書、隸書、楷書共存之現象，只是比例之多少而已。於是，在結構上不少篆形受隸變之影響，使得結構大爲改變，成爲一種無法以六書來解說，甚至難以分解其構形之現象；在筆勢上，除

〔註99〕《漢銅》，頁497。

〔註100〕《漢銅》，頁691～692。

〔註101〕《漢銅》，頁747。

〔註102〕《漢銅》，頁726。

了一部分銅鏡之外，絕大多數之銅器篆形銘文，也都是刻劃草率，甚至於筆畫有所簡省。秦漢兩代合而觀之，欲在銅器上尋求規整方正之篆形，除新莽時期外，確實是不甚容易。

參、銅器用途與篆形之關聯

由先秦至秦代，銅器之種類急速減少，與其國祚短促及部分銅器作用由象徵性轉變爲實用性有關，至漢代，不少銅器仍繼續演變，有許多銅器在歷史舞台上逐漸消退，另有一些銅器在新興社會環境下孕育興起，孫慰祖曰：

> 西漢時代銅器製作的明顯變化是：先前流行的簠、簋、敦、豆基本消失，而以鼎、鍾、壺、鈁等爲主要的容器，……此時期新流行的銅器有燈、博山爐、熨斗、漏壺、有銘銅鏡等小件日用器，充分顯示出漢代銅器製作迅速推廣到日常應用領域的特徵。〔註 103〕

這一小段話便很能夠說明由先秦至西漢在銅器種類、運用情形之消長。由於有這樣紛繁多樣之社會背景，便使得銅器銘文呈現多元混雜之局面，想要在此期以用途因素進一步推論銅器篆形之變化，困難度較爲增加，其最大困難點，在於書寫工具之用途與其上之文字關聯性較小，亦即此期之書寫工具與文字間之關係，與秦代度量衡器上所見之篆形多爲刻劃簡率者大不相同，或如東漢碑刻上之篆額與畫像石上之文字多具裝飾性，可作思想上之聯結。以下仍依所掌握之資料，試加以分析。

一、食器與酒器

此處所指爲傳統之鼎、簋、斛、壺、鍾一類自先秦以來流行之銅器，食器尤以鼎爲最大宗，據孫慰祖之說法，以「上林」爲名之鼎，由宣帝神爵年間至成帝鴻嘉年間便有近二千件，〔註 104〕雖然其中屬於篆書系統之銘文較少，但鼎在漢代前期之篆形銘文銅器中，確實仍占有重要之地位。

至於酒器主要爲鍾和壺，事實上鍾即壺，先秦時代流傳下來之壺，至漢代分爲圓形銅壺與方形銅壺兩種，圓形者即爲鍾，方形者即爲鈁，此即所謂「春

〔註 103〕孫慰祖撰：〈秦漢金文概述〉，收錄於孫慰祖、徐谷甫編著：《秦漢金文彙編》（上海：上海書店出版社，1997 年 4 月），頁 2。

〔註 104〕孫慰祖撰：〈秦漢金文概述〉，頁 1。

秋、戰國以來流行的某些器類已基本絕跡，就是少量留存下來的某些器類，名稱雖然相同，但也發生了明顯的變異。」〔註 105〕這些酒器主要是用以裝酒，當然也可以用以裝水，它們和鼎相同，都是宗廟祭祀時之重要銅器。

從篆形之角度來看，大約有兩種系統。其一爲外形方正齊整之篆形，此種篆形在漢代前期銅器上屬於較爲規整之一類，結構絕大多數仍與秦小篆相似，但外形上不似秦小篆之瘦長，而較爲方正；同時，秦小篆於轉折處不僅轉圓筆，弧度也較大，漢代前期篆形雖亦轉圓筆，但弧度則明顯較小，整體而言，僅有少數篆形略有變形，此種篆形於當時璽印上常見，爲武帝之後所建立之漢篆風格之一，可參本論文〈秦漢璽印之篆形探析〉一節。其二爲篆、隸二者相參，甚至是篆、隸、楷三者相參於同一銅器上。這類情形較爲複雜，其中一種情形爲銘文主要爲篆形，其餘銘文多處篆隸之間之書體，如〈上林鼎〉中即有「上林」二字爲篆書，而其餘銘文爲隸書之情形；另一種情形則整體銘文全爲篆隸相參之書體，毫無規則可循，甚至即使同屬「上林」系列、同屬「中山內府」系列，彼此間也毫無規律，銘文之刻劃十分率性。

造成此種現象之因素當然很多，王卉認爲，漢代銅器銘文書體之所以有相當多種風貌，有其內在與外在之因素，內在因素主要是隸變之影響，外在因素則包含銅器之製作情形、刻工習慣等等，〔註 106〕其實，官營與私營之不同，以及刻工之素質等，都會有一定程度之影響。

整體而言，食器與酒器等傳統銅器上之銘文，在此期多是篆隸相雜。

二、水器與雜器

此處所指爲先秦時代已有，而至漢代更加興盛而普及之日用器具，水器如鑒、盆等，皆爲盛水以照容之用具，《廣韻》曰：「鑑，鏡也、誡也、照也。」又曰：「鑒，上同。」〔註 107〕可見鑒爲鏡之先驅，先盛水以照容，再發展爲後來以鏡照容；盆之用途，大體相同。

〔註 105〕彭適凡主編：《中國青銅器鑑賞圖典》（上海：上海世紀出版股份有限公司、上海辭書出版社，2007 年 12 月），頁 280～281。

〔註 106〕參見王卉撰：《漢代金文研究》（華東師範大學碩士論文，2006 年 4 月），頁 24～25。

〔註 107〕（宋）陳彭年等重修、林尹校訂：《新校正切宋本廣韻》（台北：黎明文化事業出版有限公司，1976 年 9 月），頁 445。

雜器主要為鐙、錠、鑪等，在漢代大量興起。《說文》曰：「鐙，錠也。从金登聲。臣鉉等曰『錠中置燭，故謂之鐙』。」又曰：「錠，鐙也。」〔註108〕二者實為一物，作為照明之用。漢代由於青銅器之鑄造技術更加高明純熟，故鐙一類之照明設備，除實用之用途外，還兼具美觀造型藝術價值，著名之〈長信宮鐙〉、〈雁魚鐙〉等，都是可拆卸、調節之精美作品。鑪指熏鑪，乃是一種用以焚燒香料之器具，除具有安定神經、驅除蚊蟲之作用外，搭配上漢人某種程度之神仙思想，宛如置身於煙霧繚繞之仙境，有其特殊意義。

從篆形之角度來看，與前一類相同，一部分銅器銘文是較為方正外觀之篆形，另有一部分亦是處於篆隸之間之書體，且同樣沒有規律可循。由於水器與雜器大多屬於日常用品，且銘文多置於器底，如鐙、鑪等器都是在器物之下有一底盤，以承托其上之銅器，人們較為注意者，乃其實用性與藝術價值，因此銘文書體自然較不受到關注。

若以前一類之食器、酒器，與此類之水器、雜器相比，其共同點在於篆形銘文皆可分為兩類，一類為較為方正之篆形，另一類為篆隸相間之書體，而且都是後者多，前者少。另一相同處則在於銘文內容較無可看性，先秦時代之銘文常有記載某事件之成段文章，但漢代前期以來，則多僅記錄銅器之重量、製造工匠、容量等，變化較少，如〈黃山銷〉之銘文為「黃山銅二斗銷，重六斤，元康元年造。」〈林華觀行鐙〉之銘文為「林華觀行鐙，重一斤十五兩，五鳳二年造，第卅。」〈博邑家鼎〉之銘文為「博邑家銅鼎，容一斗，重十一斤，永光五年二月，河東平陽造。」幾乎是相同之句型。

其相異處則在於食器與酒器從先秦時代起，便一直是宗廟祭祀之重器，即使到了秦漢時代，種類日漸減少，並逐漸有日用品化之趨勢，但其莊重性仍然在某種程度上影響著人民，因此今人才能在墓葬中猶能挖掘出如此豐富之食器與酒器，只是用作宗廟祭拜之意義已降低，因此銘文也就不如先秦時代之莊重。至於水器與雜器，一如上段所言，人們多著重於其實用性與藝術性，將實用功能與造型功能合為一體，主要在欣賞其主體，對於承托其主體之底盤較易忽略，而銘文又刻於底盤上，自然也就較易為人所疏忽。雖然此二類銅器在銘文表現上之意義不同，但其結果卻相一致。

〔註108〕大徐本，卷14上，頁485。

三、度量衡器

此類器具皆用爲標準器使用，故其上之文字一般而言應代表當時政府之標準書體，秦代度量衡器上之篆形，多是以草率之筆刻劃篆書構形，因此大小不均、結構簡省、筆畫簡率、偶有譌誤。兩漢前期之度量衡器，具篆形者較集中於王莽時期，此外，東漢初期亦有發現。

王莽好求復古，在文字上亦恢復以篆文書寫，故諸多度量衡器如權有〈新五斤權〉、〈新九斤權〉、〈新一斤十二兩權〉等，尺如〈新始建國尺〉，此外尚有盤、量、斗、簋等器，亦皆以篆文刻之，這些篆形顯然大多經過構思與編排，縱然每行字數仍有不相同之情形，但直行確實皆排列十分整齊，篆形又恢復爲秦代以前縱長之外形，只不過於轉折處較爲方折，這種篆形，可以說是兩漢期間最爲標準工整，亦最接近於秦小篆之形，如〈新九斤權〉「正」作，〈新嘉量一〉「己」作，與作爲標準器而欲頒行天下之度量衡器相合爲一，可以說是十分恰當，與秦代相比，如此適當之組合，似乎與秦代受到外在環境如人民暴動之影響，成爲一種強烈之對比。光武帝建武年間，亦有少數度量衡器如〈建武平合〉、〈大司農平斛〉等，大概也是受王莽托古之影響，猶留有篆形銘文之跡。

四、銅　鏡

戰國時代爲我國銅鏡製作之第一次高峰，但銅鏡起源於何時，卻一直眾說紛紜，直至一九七五年至一九七六年之間，在甘肅齊家坪、青海貴南等地相繼出土許多銅鏡，經過鑑定，其時代屬於齊家文化時代，從而將銅鏡之起源上推至夏代。〔註 109〕戰國時代雖起了第一次高峰，但當時之銅鏡尚未有銘文，西漢時代起始在銅鏡花紋之基礎上加入銘文。

銅鏡銘文較大量出現是在武帝以後，不少學者對於銅鏡銘文之書體做過研究與分期，其中以林素清〈兩漢鏡銘初探〉分爲五期最爲詳盡，第一期以小篆爲主，第二期又細分爲三期，前期爲方正篆體，中期爲篆隸夾雜之方篆，後期有圓體草化與方折隸化兩種，第三期爲王莽恢復小篆時期，第四期以隸書爲主，第五期則僅說明「俗訛、簡省和通假字極多」，對於書體未加說明。〔註 110〕

〔註 109〕參見程長新、程瑞秀撰：《銅鏡鑒賞》（北京：北京燕山出版社，1989 年 8 月），頁 2。

〔註 110〕林素清撰：〈兩漢鏡銘初探〉，《中央研究院歷史語言研究所集刊》第 63 本第 2 分

由上可知，諸家確實對於銅鏡銘文上之書體做過研究，但其缺點有二：其一是大多只有文字敘述，而銘文拓片較少；其二是所用名詞未能統一，過於抽象。事實上，經由陳英梅之統計，兩漢銅鏡至少有八百六十件，筆者一一還原、核對發掘簡報，發現並非每一面銅鏡皆有銘文拓片，甚至具有銘文拓片者有很大一部分是殘缺或十分模糊，在僅存之拓片中，筆者尚須挑選出篆形比例較多之銅鏡銘文拓片，可知對於銅鏡銘文書體欲作一全面性之觀察與研究，確屬不易之事。

去除各項主客觀因素，筆者所見之兩漢前期銅鏡銘文，其書體大致可分幾類：其一以小篆爲主體，外形瘦長但結構略有變形，如「見」字《說文》作，銅鏡作；〔註 111〕其二亦以小篆爲主體，但外形較爲方正，有如璽印上之文字，變形較前一類更加明顯，以同一「見」字爲例，銅鏡則作，〔註 112〕下半部之變形更爲誇張；其三則篆、隸、楷三種書體互相參雜，某些文字有變形，且整體風格乃是在筆畫之起筆與收筆處，皆刻意加粗，或加長某個筆畫，如「天」字《說文》作，銅鏡作，〔註 113〕明顯可見橫畫兩端有加重之痕跡，且「清」字作，與楷書相近，「之」字作，則又是篆書構形稍有隸書筆意，此類情況最爲複雜；其四亦爲篆、隸、楷相雜，但文字起收筆處並無加重現象，如「昭」

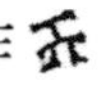

（台北：中央研究院歷史語言研究所出版品編輯委員會，1993 年 5 月），頁 325。此外，對於銅鏡銘文書體所有研究與分期者，如《中華文化五千年文物集刊——銅鏡篇》上冊認爲西漢初期主要爲小篆，西漢中期則處於篆隸之間，西漢晚期出現「方形字體」，東漢時期則未加以說明；《三槐堂藏鏡》則似以西漢爲繆篆書體，新莽時期爲懸針篆，東漢時期則書體紛雜；《中國青銅器鑑賞圖典》分爲四期，第一期以小篆爲主，第二期爲變形篆隸體，第三期爲簡化隸體，第四期又爲變形篆隸體，但文字外形不同。參見吳哲夫、張光賓主編：《中華五千年文物集刊第一冊銅鏡篇上》（台北：中華五千年文物集刊編輯委員會，1993 年 7 月），頁 196～201；王綱懷撰：《三槐堂藏鏡》（北京：文物出版社，2004 年 12 月），頁 50、106、132；彭適凡主編：《中國青銅器鑑賞圖典》，頁 286。

〔註 111〕大徐本，卷 8 下，頁 304；蘭磊撰：〈陝西長安洪慶村秦漢墓第二次發掘簡報〉，《考古》1959 年第 12 期（總 42 期）（1959 年 12 月），頁 665。

〔註 112〕田懷清、楊德文合撰：〈陝西淳化縣出土漢代銅鏡〉，《考古》1983 年第 9 期（總 192 期）（1983 年 9 月），頁 852。

〔註 113〕大徐本，卷 1 上，頁 21；以下三拓片皆取自楊權喜撰：〈光化五座墳西漢墓〉，《考古學報》1976 年第 2 期（總 45 期）（1976 年 2 月），頁 159。

字作，〔註 114〕筆畫粗細一致，並較爲接近楷書，而「光」字作，其下半部則又有篆書筆意。

上述銅鏡上之四種文字外形，雖然變化多端，互相參雜，但此處筆者所選，由於皆以篆形爲主，故此四類皆屬篆書系統，有些學者將這些變形稱爲繆篆，有些認爲與摹印相似，但關於繆篆與摹印是否爲同一風格之文字，目前各家說法仍不相同，如徐海斌認爲二者在用途上完全相同，但風格卻有所變化，〔註 115〕李華年則認爲二者基本上是相同之事。〔註 116〕既然繆篆與摹印間之關係尚不清楚，且這些銘文之外形又不盡相同，筆者以爲仍舊暫時以美術字一類術語統括代稱即可，不必如某些學者細分有長腳篆、懸針篆等，而又不可盡分而徒增困擾。

和水器、雜器之用途相同，銅鏡用以照容，亦是一種實用器具，銅鏡背後之花紋、銘文等，是在實用之前提下發展起來之裝飾作用，人們購買銅鏡主要是爲實用，對於背後之銘文雖然也會要求或在意，但其重要性終究不比鏡面重要。花紋、銘文等裝飾也需要互相配合，才不至於出現不協調情況，因此花紋與銘文之間勢必須做一些避讓、調整，同時，由於銅鏡爲圓形造形，本爲方正外形之漢字欲呈現於圓形之空間上，原本就容易使文字產生變形，此與瓦當篆形須置於圓形制上有相似之處。其次，由於銅器製造業在漢代分爲官營與私營兩類，其中私營作坊之刻工素質未必齊全，因此常出現簡省、譌字、通假甚至於銘文不成段落或未完盡之情形，這種情形在西漢已可見到，進入東漢之後便成爲一種不可遏抑之風潮。因此，林素清說：

> 王莽鏡銘除繼承西漢中晚隸化字體外，簡省偏旁和筆畫的字體漸多，……又見大量同音假借字，……若不明白當時簡字趨向，則難免誤識。〔註 117〕

陳英梅也說：

〔註 114〕以下兩拓片取自馮沂撰：〈山東臨沂金雀山九座漢代墓葬〉，《文物》1989 年第 1 期（總 392 期）（1989 年 1 月），頁 43。

〔註 115〕參見徐海斌撰：〈「繆篆」考論〉，《南昌大學學報》第 38 卷第 3 期（2007 年 5 月），頁 132～135。

〔註 116〕參見李華年撰：〈「繆篆」新證〉，《常州工學院學報》第 14 卷第 1 期（2000 年 3 月），頁 62～63。

〔註 117〕林素清撰：〈兩漢鏡銘初探〉，頁 339～340。

> 就創作主體而言，一個顯著的變化就是，東漢時期的銅鏡已經掌握在民間作坊的工匠們手中，關於這點，可藉由私人鑄鏡銘中清楚看到許多製鏡工匠的姓名來證明。東漢時期銘文字數多，同時錯別字、減字、減句或通假字現象出現的情形又更爲頻繁。〔註 118〕

此二人之說法，很能夠爲此期銘文書體之演變作簡要明確之說明。

兩漢前期之銅器當然還有其它許多種類，但數量較爲零星。由這些銅器之用途來看，大多是實用性大爲提升之器具，因此銘文稍微受到忽視，但又由於其具有裝飾性功能，反而使得這些篆形產生變形，這些變形篆形在此期可謂爲大宗。其次，以王莽時期爲主，及少數前、後漢時期之度量衡器，由於本身具有標準化之作用，又使得銅器篆形出現形似秦小篆爲主體，而又帶有漢代風格之篆形。兩漢前期之銅器銘文篆形，就是在這些器物之實用性與裝飾性之發展下，而產生如此紛繁之篆形變體。

肆、銅器與《說文》篆形及其前後書體比較

兩漢前期之銅器數量不少，銘文字數亦甚多，經由筆者之觀察，亦如前輩學者所言，常有譌字、減省之情形，而筆勢、結構之不同爲數亦多，故與《說文》比對後，其異體情況亦不少。

一、近於《說文》篆形者

此期欲尋得與《說文》篆文外形相似者並不容易，因爲受到隸變、刻工、銅器外形等影響，許多篆形都已簡化，或已有所變形，是故字例不多。

人　〈新嘉量一〉作，〈新嘉量二〉作，《說文》作，〔註 119〕篆形十分相似，新莽銅器還更有律動感。

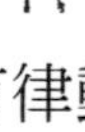

日　〈日光鏡〉作，〈新承水盤〉作，〈新始建國尺二〉作，《說文》作，〔註 120〕篆形尚稱相似。

〔註 118〕陳英梅撰：《兩漢鏡銘內容用字研究》（台南：國立成功大學中國文學研究所碩士論文，2005 年 6 月），頁 71。

〔註 119〕《漢銅》，頁 675；大徐本，卷 8 上，頁 277。

〔註 120〕劉得禎、朱建唐合撰：〈甘肅靈台發現的兩座西漢墓〉，《考古》1979 年第 2 期（總 161 期）（1979 年 2 月），頁 123；《漢銅》，頁 613；大徐本，卷 7 上，頁 235。

帝　〈文帝九年句鑃七〉作，〈新嘉量一〉作，《說文》作，〔註 121〕篆形近乎相同。

常　〈新常樂衛士飯幘〉作，〈常浴盆二〉作，〈聖主佐宮中行樂錢〉作，《說文》作，〔註 122〕篆形基本相似。

臨　〈上林共府升〉作，〈臨虞宮高鐙一〉作，《說文》作，〔註 123〕銅器篆形無論外形或構形都十分近似。

二、近於《說文》中之重文者

此類篆形亦不多見，僅有一「大」字。

大　〈蟠龍紋壺〉作，《說文》古文作，〔註 124〕可見二者相承關係；〈南陵鍾〉作，〈新嘉量一〉作，〈新嘉量二〉作，〈建昭鴈足鐙一〉作，雖然篆形有細有寬、有高有矮，《說文》籀文作，〔註 125〕此數字例明顯从之。

三、近於戰國文字者

此期銅器篆形類別較之前期更為紛繁，但經過比對之後，發現近似於戰國文字者亦不算少，約有月、卅、內、令、平、安、守、丞、臣、兩、長、宜、宮、朔、黃、聖、樂、爵、臨、露等二十餘例。

卅　〈壽成室鼎二〉作，〈中山內府銅盆二〉作，〈新鈞權〉作，《說文》作，〔註 126〕兩者構形明顯不同。戰國文字如〈中山王墓宮堂圖〉作，〈包山楚簡〉作，構形可謂完全相同；然《隸辨》中曰此字至後世與「世」字相混，唯下畫長短不同，由戰國以來形體觀之，字形混淆由來已久。〔註 127〕

宮　〈右丞宮鼎〉作，〈桂宮鴈足鐙〉作，《說文》作。〔註 128〕銅器在「宀」部上沒有一點，與《說文》不同；戰國文字如〈鄂君啓節〉作，

〔註 121〕《漢銅》，頁 455～456；大徐本，卷 1 上，頁 22。

〔註 122〕《漢銅》，頁 674；大徐本，卷 7 下，頁 272。

〔註 123〕《漢銅》，頁 694；大徐本，卷 8 上，頁 289。

〔註 124〕《漢銅》，頁 727；段注本，10 篇下，頁 496 下左。

〔註 125〕《漢銅》，頁 726、728～729；段注本，10 篇下，頁 503 上左。

〔註 126〕《漢銅》，頁 523；大徐本，卷 3 上，頁 88。

〔註 127〕《漢表》，頁 85；《戰編》，頁 134；《隸辨》，卷 6，頁 616 左。

〔註 128〕《漢銅》，頁 665～666；大徐本，卷 7 下，頁 262。

〈侯馬盟書〉作宮，〔註129〕「宀」部上亦皆無一點，銅器與之相同，其實「宀」、「冖」二形本無不同，不過銅器篆形較近於戰國文字。又除上述二例銅器篆形外，如〈承安宮鼎一〉作宮，〈駘蕩宮高鐙〉作宮，〈中宮鴈足鐙〉作宮等，〔註130〕中間皆作兩口字，與《說文》在兩口字中尚有一連接小筆不同，戰國文字中除上述二例外，如〈包山楚簡〉作宮，兩口字中亦不相連，傳抄古文作宮、宮亦同，但八分中有作宮、宮形者，亦有作宮、宮形者，《隸辨》曰《九經字樣》以有一連接小筆者爲正字，以無連接小筆者爲隸省，聊備一說。〔註131〕

聖　〈聖主佐宮中行樂錢〉作聖，《說文》作聖。〔註132〕《說文》構形爲从耳呈聲，而「呈」字乃从口𡈼聲，銅器篆形从土，二者不同。戰國文字中，包山楚簡有作聖形者，構形亦从土；八分中則有从土作聖者，亦有从𡈼作聖者，《隸辨》曰：「《說文》聖从呈，呈下從𡈼，碑變從土。」可見从土之形爲後起。〔註133〕

另有〈鳥篆文壺〉，銘文作鳥篆之形，難以辨認，在此期銅器中極爲特別，漢承秦制，但秦系文字主要承襲周朝文字系統，此壺顯然受到先秦楚文化之影響，成爲罕見之例。

四、近於隸、楷書者

兩漢前期銅器銘文中，雖有部分銘文仍具篆書意味，但亦存在不少近於隸書甚至於楷書之形體，依筆者之統計，至少有下、山、中、方、月、元、夫、尺、守、百、李、尚、受、者、省、重、朔、康、博、鳳等近三十餘例，且有許多字例幾乎是不經過隸書階段，而直達楷書階段，很是特殊。

元　〈承安宮鼎一〉作元，〈駘蕩宮高鐙〉作元，《說文》作元。〔註134〕銘文形體圓轉之筆已不復見。古隸有作元者，八分有作元、元者，楷書有作元者，〔註135〕銘文形體皆與隸、楷書較爲相近。

〔註129〕《戰典》，上冊，頁268。

〔註130〕《漢銅》，頁665～666。

〔註131〕《戰典》，上冊，頁268；《傳古》，頁725；《隸辨》，卷1，頁3右。

〔註132〕《漢銅》，頁453；大徐本，卷12上，頁419。

〔註133〕《戰編》，頁787；《隸辨》，卷4，頁69左。

〔註134〕《漢銅》，頁450～451；大徐本，卷1上，頁21。

〔註135〕《隸典》，頁14下；《隸辨》，卷1，頁72右至左；《大書源》，上冊，頁228。

清　〈昭明鏡〉作，《說文》作。〔註 136〕無論是左半部之「水」或是右半部之「青」，二者形體確有不同，古隸作，八分有作、者，楷書亦有作者，〔註 137〕形體與銅器篆形十分接近，尤以偏旁「水」部爲然。

鳳　〈梁山宮熏鑪〉作，〈建武泉範一〉作，《說文》作。〔註 138〕銘文形體中「鳥」字之象形意味已減低許多。古隸中有作者，八分中有作者，楷書則有作者，〔註 139〕銘文形體皆與之較爲相近。

五、較《說文》增繁者

經由筆者之觀察，此期銅器銘文上之篆形，較《說文》增繁者有土、安、受、鴈四字。

土　〈新嘉量一〉作，〈新嘉量二〉作，《說文》作。〔註 140〕段注曰：「土二橫當齊長，士則上十下一，上橫直之長相等，而下橫可隨意，今俗以下長爲土字，下短爲士字，絕無理。」〔註 141〕〈新嘉量二〉之篆形尚能保持段注之說法，〈新嘉量一〉之篆形則於筆畫長度上已有長短之不同。至於銘文篆形皆較《說文》於右下角多一筆，乃爲分別「土」字與「士」字，說已見前，楷書碑帖中亦常見此形，如歐陽詢對此字即作，〔註 142〕但歷代標準字體並不承襲。

安　〈承安宮鼎一〉作，〈右承宮鼎〉作，〈聖主佐宮中行樂錢〉作，《說文》作。〔註 143〕戰國文字中銅器與《說文》兩種篆形皆有，銅器與《說文》篆形乃各有所承。

鴈　〈建昭鴈足鐙一〉作，〈竟寧鴈足鐙〉作，〈山陽邸鴈足長鐙〉作，《說文》作。〔註 144〕此數例銘文篆形皆从「广」，而《說文》从「厂」，

〔註 136〕楊權喜撰：〈光化五座墳西漢墓〉，頁 159；大徐本，卷 11 上，頁 387。

〔註 137〕《隸典》，頁 113 下；《隸辨》，卷 2，頁 43 左；《大書源》，中冊，頁 1608。

〔註 138〕《漢銅》，頁 549；大徐本，卷 4 上，頁 137。

〔註 139〕《隸典》，頁 233 上；《隸辨》，卷 4，頁 1 右；《大書源》，下冊，頁 2987。

〔註 140〕《漢銅》，頁 773；大徐本，卷 13 下，頁 472。

〔註 141〕段注本，13 篇下，頁 688 下右。

〔註 142〕《大書源》，上冊，頁 554。

〔註 143〕《漢銅》，頁 647～648；大徐本，卷 7 下，頁 260。

〔註 144〕《漢銅》，頁 550；大徐本，卷 4 上，頁 139。

二者構形不同，銘文篆形較《說文》多一點，但「广」、「厂」二形於古常可相通。

六、較《說文》簡化者

此期銅器銘文篆形較《說文》簡化者字例較多，如令、永、年、丞、并、長、承、重、泉、宮、朔、造、黃、新、虞、壽、蕩、龍、衡、露等約二十餘例。

丞 〈建平鐘〉作，〈建武泉範一〉作，《說文》作。〔註 145〕《說文》「丞」字構形爲从廾从卩从山，銘文此二例則「廾」部件省成左右各兩點，又將「山」部件省爲一橫畫，簡省幅度很大，八分中有作形者，〔註 146〕與銅器篆形十分相近。

象 〈重圈銘文鏡〉作，《說文》作。〔註 147〕銘文篆形筆畫圓轉，似猶留有象形意味，卻已不易見出原爲「象」字，較《說文》有更多之簡省。

衡 〈新承水盤〉作，〈新嘉量一〉作，〈新嘉量二〉作，《說文》作。〔註 148〕《說文》「衡」字从角从大行聲，銘文篆形皆只有从角从行，省略部件「大」。

七、位置更動者

此期銘文篆形位置與《說文》比較下有所更動者，筆者找到地、臨兩例。

地 前文已有出現，〈新常樂衛士飯幘〉作，《說文》作。〔註 149〕《說文》之排列方式爲左土右也，而銘文之排列方式爲左也右土。

臨 〈臨虞宮高鐙二〉作，《說文》作。〔註 150〕《說文》「臨」字構形爲从臥品聲，而「臥」字从人臣會意，「品」字从三口會意，《說文》之排列方式大致上爲上臥下品，「品」字雖仍是上一下二排列，位置猶稍有更動，上一「口」字向右偏移；銘文形體則「人」字變形，居於右上，左側安放「臣」字，成爲左臣、右上爲人、右下爲品之排列方式。

〔註 145〕《漢銅》，頁 530～531；大徐本，卷 3 上，頁 99。

〔註 146〕《隸辨》，卷 2，頁 51 左。

〔註 147〕馮沂撰：〈山東臨沂金雀山九座漢代墓葬〉，頁 43；大徐本，卷 9 下，頁 338。

〔註 148〕《漢銅》，頁 555；大徐本，卷 4 下，頁 158。

〔註 149〕《漢銅》，頁 774；大徐本，卷 13 下，頁 472。

〔註 150〕《漢銅》，頁 694；大徐本，卷 8 上，頁 289。

八、不知其所从者

此期銅器銘文篆形由於受到隸變與書寫簡省之影響，有不少形體在有意無意間簡省，其中有許多簡省文字可能是當時約定俗成之寫法，是以後世多不流傳，筆者所見，有方、民、永、年、光、并、長、承、明、泄、眞、孫、壽、廚、實、龍、駿、屬、露等近二十例。

民　〈聖主佐宮中行樂錢〉作[illegible]。〔註151〕筆畫數被簡省很多，令人難以分辨其原字爲何，於此期篆形銘文中亦僅見此一例。

并　〈上林鼎二〉作[illegible]，〈上林銅鼎一〉作[illegible]。〔註152〕一般所見，無論是較爲規整之篆形，抑或是較爲草率之寫法，兩筆直畫上方之起筆方向皆應一致，但有少部分字例卻是左右相反，與大多數文字演變之規律不同，八分中有作[illegible]、[illegible]及[illegible]形者，〔註153〕其上部兩筆亦分向左右兩方，未知是否受此影響。

明　〈日光鏡〉作[illegible]。〔註154〕左半部尙可見是「日」字，但右半部已難以辨認是「月」字，此字形不知從何而來。

兩漢銅器數量在整體上爲數不少，且形體多變，與篆形相關之銅器不過爲其中一部分。本節所討論兩漢前期銅器，約起自西漢景帝、武帝時期而止於東漢光武帝時期。

此期銘文篆形在結構上並沒有很大變化，其有變化者大多數又是受隸變簡省之影響，因此篆形之變化大多在筆勢上。受到書寫材質、刻工品質、銅器外形等影響，同一文字間筆勢之差異非常大，同時在隸變甚至是楷化之下，許多銘文常是在同一銅器中，同時包含篆、隸、楷三種書體，或是受到美觀心理之影響，而使得某些文字具有藝術化傾向。少部分文字疑似有缺刻情形，應與刻工品質及刻劃或出產銅器速度有關。

由用途方面而言，約可分爲四類：傳統之食器酒器類、新興之水器雜器類、度量衡器類以及銅鏡類。食器與酒器在傳統上屬於宗廟重器，因此人們對其仍

〔註151〕《漢銅》，頁759。

〔註152〕《漢銅》，頁683。

〔註153〕《隸辨》，卷2，頁46左。

〔註154〕黃啓善撰：〈廣西貴縣北郊漢墓〉，《考古》1985年第3期（總第210期）（1985年3月），頁211。

具有莊重心理，但由於其數量與用途日漸改變，故銘文出現多種書體混雜現象。水器與雜器爲新興用器，但由於人們著重在其實用性，反而忽略銘文，因此也出現了多種書體混雜之現象。因此，雖然上述二類用途不同，銘文書體之發展結果卻相同，而使尋求銘文上之篆形增加困難。度量衡器爲國家標準器，加上王莽在刻意追求復古之下，銘文幾乎全爲篆文，雖與秦銅器小篆略有不同，但仍較其它類別規整許多，東漢初期之度量衡器亦有部分承襲於新莽時期篆形，呈現較爲規整之形態。銅鏡在漢代屬於大宗日用品，亦受到實用性之影響，而使銘文書體多變，但銅鏡又有其獨自之發展系統，故呈現美術化、藝術化之傾向最爲明顯。

與《說文》之比較上，無論篆形之來源與開創，增繁或簡化，位置之互換或甚至不明來源者雖亦皆有之，但數量和此期所有篆形相較並不算多見，多是在原有篆文形體上具刻劃潦草之傾向，或是往藝術性、美觀性之方向發展，而這種現象至兩漢後期便成爲一種不可遏抑之風尚。

第三節　兩漢後期銅器之篆形探析

兩漢後期銅器篆形之範圍，起自東漢明章之治以迄於東漢末年。此期中，在前期所見篆、隸、楷雜揉之情形仍有，而爲數更多者，爲許多在篆形基礎上發展而出具有強烈美術化、藝術化之文字，部分學者稱之爲「繆篆」。

壹、兩漢後期篆體銅器簡述

此期所涵蓋之年代，由明帝以至於獻帝（西元 57 年——220 年），銘文多爲具有篆形意味或在此基礎上所發展出來之變形篆體，約有近百件左右，依時間順序而下，略舉數例如下：

一、**明帝時期**：器物較少，如〈永平平合〉、〈永平三年洗〉、〈南武陽大司農平斗〉等。

二、**章帝時期**：如〈建初六年洗〉、〈慮虒尺〉、〈元和四年洗〉、〈章和二年洗〉等。

三、**和帝時期**：如〈永元二年堂狼造洗〉、〈永元六年洗〉、〈元興元年朱棍洗〉等，以永元年間所造之「洗」爲最多。

四、**殤帝時期**：器物較少，如〈延平元年堂狼造作鑒〉、〈延平元年洗〉等。

五、**安帝時期**：如〈永初元年堂狼洗〉、〈永初元年堂狼造作洗〉、〈永初七年洗〉、〈元初五年堂狼洗〉、〈上蔡侯熨斗〉、〈延光三年洗〉等，器物不少。

六、**順帝時期**：如〈永建五年洗〉、〈陽嘉四年洗〉、〈永和元年堂狼洗〉、〈永和六年洗〉、〈漢安平陽侯洗〉等，器物亦不少。

七、**桓帝時期**：如〈永興二年洗〉、〈延熹二年洗〉等，器物較少。

八、**靈帝時期**：如〈光和斛〉、〈中平三年洗〉等，器物不多。

九、**獻帝時期**：如〈初平五年洗〉、〈建安二年洗〉等。

另有部分銅鏡，由於其具體年代不易確定，僅知在東漢中晚期或東漢後期，如一系列被命名為「君宜高官鏡」、「長宜子孫鏡」、「位至三公鏡」等銅鏡，也在此期大量出現。綜觀此期銅器篆形銘文之大宗，實爲銅洗與銅鏡，且篆形多已變爲極爲誇張之變形。

貳、銅器篆形之結構、筆勢比較

此期中，同一文字而有兩字例以上可供比較者，約有一百四十餘組，如八、斗、不、戊、右、光、有、作、位、宜、建、爲、書、宮、桷、斛、鈞、黃、齊、壽等字，由於本期中銅洗和銅鏡之大量出現，其銘文內容與格式又較爲固定，故可獲得不少可資比較之字例。以下字例之列舉一仍前節，除銅鏡外，以《漢代銅器銘文綜合研究》之拓片爲範圍，至於銅鏡部分則由《兩漢鏡銘內容用字研究》所附附表，由原發掘簡報逐一還原，並盡量選取拓片較爲清楚者爲例。

一、不考慮筆勢而結構有所不同者

銅洗和銅鏡雖爲此期之兩大器物類型，但由於此兩種器物之銘文多有固定形式，反而使得許多字例有大量字形可供比對，爲吾人了解銅器銘文篆形之走向甚有幫助；然而又因某些銅器表面受到長期磨損，致使部分銘文雖可由上下文知曉爲何字，但卻無法見其全部字形，無形中亦損失部分字形，較爲可惜。

在約一百四十組字例中，符合結構有所變異之條件者，約僅有十餘組，與前期相較更形減少，如七、大、之、年、初、長、宜、造、堂、陽、短、算、鴻等，以下選擇數組較爲特殊者說明之：

七　〈光和斛一〉作，〈光和斛二〉作，形體皆與今日所襲用之形相似；〔註155〕而〈元初七年洗〉作，明顯是筆畫較多、形體較複雜之結構，此字形在刻石中亦曾出現，如〈爵平大尹馮君孺久畫像石墓題記〉作，〔註156〕二者確實十分相近，非爲孤例，但未知其形構爲何，亦與〈光和斛〉所从形體不同。

之　〈光和斛一〉有兩形體，一作，一作，二者正上下相反，後者與「帀」字形體反而更爲相近，或爲倒文亦未可知，但由上下文觀之，應非倒文；〈日光鏡〉中有作者，〔註157〕亦作篆書結構而筆法較爲方折。

長　〈光和斛二〉作，〈長宜生子鏡〉作，〈長宜高官鏡〉作。〔註158〕〈光和斛〉「長」字左下方似作一「山」字形；〈長宜生子鏡〉上半部从「日」形，下半部不知所从；〈長宜高官鏡〉更誇張，爲與銅鏡花紋相配合，竟連下半部之形體都省略消失。三者構形實有明顯差異。「長」字構形之差異，大、小徐及《隸辨》皆曾論及，說已見前。

堂　〈建初八年洗〉作，〈章和二年堂狼造作洗〉作，〔註159〕雖筆畫扭曲，但形體仍依《說文》爲从土尚聲之構形；至於〈永元十二年洗二〉作，〈章和二年洗〉作，〔註160〕形構皆有所簡省而不知如何解說。

陽　〈陽嘉四年洗〉作，篆形雖然變形，但仍可見右半部原爲「昜」字，現已變爲「易」字；至於〈光和斛一〉作，右半部「昜」字上「日」字末筆與「勿」字上一橫筆合爲一筆，此形在歷來書蹟中常見。〔註161〕銘文二者皆因簡省筆畫而造成結構改變，《隸辨》以此爲譌變，說已見前。

〔註155〕《漢銅》，頁835。

〔註156〕《漢銅》，頁835；《碑全》，冊1，頁74。

〔註157〕《漢銅》，頁599；熊昭明等撰：〈廣西合浦縣九只嶺東漢墓〉，《考古》2003年第10期（總443期）（2003年10月），頁73。

〔註158〕《漢銅》，頁715；趙青雲、劉東亞合撰：〈一九五五年洛陽澗溪區小型漢墓發掘報告〉，《考古學報》1959年第2期（總24期）（1959年2月），頁88；黃啓善、李兆宗合撰：〈廣西昭平東漢墓〉，《考古學報》1989年第2期（總93期）（1989年2月），頁224。

〔註159〕《漢銅》，頁775。

〔註160〕《漢銅》，頁774～775。

〔註161〕《漢銅》，頁821。

本期篆形結構之變異非文字異形之主流，但這些變異之結構，卻有許多字之形構難以拆解，可見銅器篆形銘文在此時期，結構已經在相當程度上受到隸變之影響，而不自覺逐漸脫離原有之象形意味。

二、在相同結構下筆勢有所不同者

承前節所言，受到各種主客觀因素之影響，想在銅器上針對同一文字尋得相同筆勢之字例，幾乎可謂不可能，符合筆勢不同之現象者，至少有八、二、七、三、十、大、工、子、日、元、廿、永、石、年、吉、作、初、君、建、狼等約五十組，以下試舉數例說明之：

大　〈光和斛二〉作、，〈南武陽大司農平斗〉作，三字例皆从《說文》籀文之形，但前者中間兩直畫皆為平直之筆，後者則明顯具有弧度，更為接近《說文》籀文作之形。〔註 162〕

子　〈初平五年洗〉作，〈長宜子孫鏡〉作，〈長宜子孫鏡〉作。〔註 163〕〈初平五年洗〉之篆形最接近《說文》，但象嬰兒頭部形體部分演變為三角形，顯然受隸書或藝術化之影響；陝西戶縣所發現之〈長宜子孫鏡〉之篆形，象一叉子之形，下半部並不彎曲；四川三台發現之〈長宜子孫鏡〉之篆形，則律動頗大，具美術字意味。

六　〈慮摠尺〉作，〈永和六年洗〉作。〔註 164〕前者筆畫方正，儼然為楷書之形；後者下半部兩筆變形為方折，具美術字傾向。

元　〈延熹元年造作工洗〉作，兩橫畫平直，末兩筆作方正折筆；〈永元十二年洗一〉作，兩橫畫亦平直，末兩筆更作盤曲之狀；〈永元十三年洗〉作，兩橫畫有彎曲之狀，末兩筆亦有以彎曲弧度開展之勢。〔註 165〕

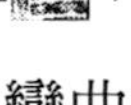

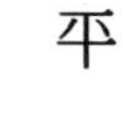

平　〈永平平合〉作、，兩短橫先有一小直豎後再向兩邊拉開，且末筆直畫末端皆向右微彎；〈中平三年洗〉作，兩短橫變為弧形，且整體篆

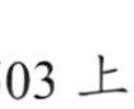

〔註 162〕《漢銅》，頁 729；段注本，10 篇下，頁 503 上左。

〔註 163〕《漢銅》，頁 727；陝西省考古研究所撰：〈陝西户縣的兩座漢墓〉，《考古與文物》1980 年第 1 期（總 1 期）（1980 年 2 月），頁 44；楊重華撰：〈四川三台發現一座東漢墓〉，《考古》1992 年第 9 期（總 300 期）（1992 年 9 月），頁 862。

〔註 164〕《漢銅》，頁 833～834。

〔註 165〕《漢銅》，頁 452、450、452。

形已有隸書趨扁之勢；〈延平元年堂狼造作鑒〉作，變形更為厲害，尤其右半部將兩筆畫連接在一起，這種寫法、刻法在任何書寫工具中筆者皆未曾見過，且此筆法實違反人類運筆運動法則。〔註 166〕

雖然此期具篆形之銅器銘文種類較少，以銅洗與銅鏡為最大宗，但不難發現，其筆勢之花樣可謂千變萬化，極盡變形之能事，同為銅洗或銅鏡，乍看之下似差別不大，細看則變化猶多，是故筆勢在此期仍是帶動篆形變化之較大動力之一。

三、反文例

在此期銘文篆形中，偶爾出現一種如印章般之反文字例，如再加以分析，還可分為「部分反文例」與「全字反文例」兩種情形，雖字例不多，筆者仍在此提出。

（一）部分反文例

建　〈永建五年洗一〉作，〈永建五年洗二〉作。此篆形一般寫法應如〈建初六年洗〉作、〈建安二年洗〉作，「辵」字在左且其開口亦向左。〔註 167〕〈永建五年洗一〉之篆形中，「辵」字位置在左，且開口亦向左，此部分同於一般寫法，但「聿」字開口應向左，此篆形向右，故為部分反文；至於〈永建五年洗二〉之篆形則為部件左右互換，「聿」字篆形開口向左不變，但「廴」之篆形開口向右，恰好相反，亦為部分反文。

年　〈永和二年洗〉作。此篆形一般寫法應如〈延平元年堂狼造作鑒〉作，〈永興二年洗〉作。〔註 168〕《說文》謂此字从禾千聲，「禾」字與「千」字篆形之開口皆向左，而〈永和二年洗〉之「禾」字向左，「千」字向右，是為部分反文。

造　〈永初三年洗〉作，〈延平元年洗〉作。一般寫法下，無論是篆、隸或楷書，「辵」字之寫法，其開口皆在左，如〈永元十二年洗一〉作，〈永初元年堂狼洗〉作，但前文二例開口皆在右。〔註 169〕觀〈永初三年洗〉與〈延

〔註 166〕《漢銅》，頁 567、566。

〔註 167〕《漢銅》，頁 510、509。

〔註 168〕《漢銅》，頁 634～635。

〔註 169〕《漢銅》，頁 504。

平元年洗〉之銘文，除「造」字外其餘文字並未反書，不知是刻意變化，抑或是刻劃錯誤所致。

（二）全字反文例

年　〈永建五年洗二〉作。〔註170〕承上文可知「年」字从禾千聲，「禾」字與「千」字篆形開口皆應向左，但此篆形明顯皆向右開，故為全字反文。

造　〈永建五年洗二〉作。〔註171〕以上文之字例為例，一般之寫法應是「告」字在左，「辵」字在右，或是「辵」字將「告」字包覆於內，此字例不僅左右部件位置相反，「辵」字之開口方向亦相反，故可判別為全字反文例。

狼　〈漢安元年洗〉作（）。正常情形下「狼」字之普遍寫法應如〈章和二年堂狼造作洗〉作、〈永和六年洗〉作等，而字例中之「狼」字不僅整字反轉，且左半部「犬」字亦變形為「王」字，差異很大，〔註172〕觀〈漢安元年洗〉之銘文，其餘文字亦未有反書情形。

兩漢前期銅器銘文篆形在結構上雖亦有無法以六書解釋之篆形，但單獨觀察該篆形，仍舊能夠辨識該字為何，至於此期，則不少文字或構形改變，或簡省組字部件，有時即使具有上下文仍難以辨認或相信該字為何字，可見此期篆形結構之變化雖非主流，但變化已較前期為誇張。筆勢方面亦多有變化，前期篆形筆勢不過是在個別筆畫上有些微不同，但此期則或方折，或連筆，姿態更為多變。至於反文之情形，很可能是為追求美化或是誤刻所致，甚為特別。總之，在此期中，無論是結構或筆勢，其變化都要較前期來得劇烈許多。

參、銅器用途與篆形之關聯

先秦時代之銅器種類最為繁多，銘文若非金文亦為篆書系統；進入秦代與兩漢前期之後，繼承先秦時代之銅器種類有減少之趨勢，但亦有部分日用器物又起而遞補，因此器物種類仍然多樣，不過銘文篆形則打破定於一尊之勢，由秦代以簡率之篆書為主，至兩漢前期已是篆、隸、楷三者相互交融出現，銘文之進展與變化實較銅器種類之演變為快。

〔註170〕《漢銅》，頁635。

〔註171〕《漢銅》，頁501。

〔註172〕《漢銅》，頁722。瓦當中「樂浪」有作「樂琅」者，筆者僅見一例，銅器中「狼」字作「琅」者筆者亦僅見此一例，且在此銅器中，僅有此字為反文，殊可怪也。

進入兩漢後期之後，具有篆形之銅器種類，又由前期之鐙、鼎、鍾、鑪、權、鑒、銅鏡等，轉移至以銅洗、銅鏡二者爲主，搭配其它數量較少之器物，而這些銅器上之篆形，雖然受制於銘文格式，內容大多相似，但篆形之變化較之前期亦有過之而無不及，這種現象，與銅器之用途應仍有一定程度之關係。

一、銅　鏡

在上一節中已經說明，銅鏡不但在漢代成爲一種流行日用品，且銘文呈現具有美術化傾向之樣貌，這是因爲銅鏡之主要用途在於照容，至於背面之紋飾與銘文僅是做爲裝飾之用，因此人們在心理上會比較傾向於其實用性，而較忽略其藝術性，此爲銅鏡篆形變化較多之其中一項因素。其次，由於花紋與銘文間之互相消長，各具姿態，且自戰國時代起是紋飾先有，銘文後起，要將大致爲方正外形之文字，置於圓形、弧形等紋飾間，勢必有其困難，彼此間須互相避讓，在無法協調之情形下，文字筆勢或結構有所變形甚至簡省，便很容易理解，此亦爲銅鏡篆形變化較多之因素之一。兩漢時期之銅鏡鑄造又有官營與私營之分，可以想見當時銅鏡之需求量必定很大，無論官營或私營勢必需要許多鑄造工匠，始能使產品提供百姓需求，而在產量壓力之下，很可能無法完全顧及品質，再加上工匠素質亦有高低，原本在兩漢前期即已出現之譌誤或簡省部件甚至筆畫之文字，在此期便更形嚴重，前一節亦曾說明，銅鏡上之文句自西漢以來有時會出現減字或減句現象，使得文句無法通讀，此時期這種情形更爲明顯，此又爲銅鏡篆形變化較多之另一因素。李新城說：

> 民間的鑄造工人，雖然襲用尚方鏡的形制、紋飾和銘文內容，但是由於自身文化水平和用字習慣的限制，在刻寫銘文的時候難免會寫一些民間的俗體字，甚至是一些錯訛字，在字跡上也沒有尚方鏡銘文美觀。
>
> 從銅鏡鑄造的技術角度來講，鑄鏡要先製作模具，然後用模壓出泥範，最後再進行澆鑄。但是由於泥範空間有限，可以用來刻字的地方就更少了，如果刻寫筆畫比較多和結構比較複雜的漢字，鑄出來以後往往會模糊不清。所以鑄造工人爲了保證銅鏡紋飾的清晰和美觀，在遇到筆畫比較多或者結構比較複雜的漢字時，找一個同音字來代替；採用民間流行，

筆畫比較簡單的俗體字；對其筆畫進行簡省都是經常使用的手段。〔註173〕

這兩段話很能說明筆者常難以根據銅鏡銘文拓片以判斷書體之因，也能說明當時簡省、錯譌字眾多之因。另一方面來看，人們畢竟會追求美好之事物，因此，在銅鏡之實用性已經達到之前提下，人們多少還是會注意到紋飾與銘文，這些變形之篆形，也可能是在如此條件下，出現不合六書規範之篆形。

總之，銅鏡上之篆形銘文所以有如此多之變化，除受隸書之時代洪流影響外，產量之需求、工匠之素質、審美之傾向，都是造成銅鏡篆形銘文多變之因。

二、銅　洗

水器之一種，與匜、盆、盤、鑒等同爲盛水之器具，大概類似現今之臉盆，可用以盥洗。王卉引馬衡《中國金石學概論》曰：「盤與匜相需而用，以匜瀉水於手而承之以盤，盤在漢爲洗。」〔註174〕可以使吾人更清楚理解各種水器之用途，以及銅洗之來源，亦即是說，銅洗和前期常見之「鑒」，皆是用以照容、洗滌之日常用具。

銅洗與銅鏡上具有篆形之文字，都在很大程度上對於標準小篆加以改造變形，甚至單看一字亦有無法辨認之現象。其相異點在於銅鏡銘文隨著鑄造工匠，特別是私營作坊之工匠素質較差，往往出現譌字、簡省等情況，甚至於因不明銘文之內容而有漏字或漏句而造成不成文句之現象，銅洗雖然也有簡省文字筆畫之情形，但文句之減字或減句則少見，這是因爲銅洗上之文句通常只有一句，如〈章和二年洗〉之文句爲「章和二年堂狼造」，〈永元十三年洗一〉之文句爲「永元十三年三月廿四日造」，〈永建五年洗一〉之文句作「永建五年造作大吉」，〈漢安元年洗〉之文句作「漢案元年朱堂狼造作王」〔註175〕等，因此不可能再減少，故於銅洗上通常可見較爲完整之文句。值得一提者，銅洗銘文中常見有「朱提」、「堂狼」等字樣，此二者皆爲地名，在今中國大陸西南雲貴高原一帶，蔡葵曰：

〔註173〕李新城撰：《東漢銅鏡銘文整理與研究》（華東師範大學博士論文，2006年9月），頁266～267。

〔註174〕王卉撰：〈漢洗文字的特點〉，《寧夏社會科學》2004年第6期（總127期）（2004年11月），頁116。

〔註175〕案：此處「漢案」即「漢安」，東漢順帝年號。

根據歷代金石著作記載和現代考古資料統計，迄今所知有朱提、堂狼銘文的銅洗至少有 65 件，其中堂狼銘文者 36 件，朱提銘文者 24 件，兩個地名併署者 5 件。〔註 176〕

這些記有「堂狼」與「朱槴」地名之銘文，之所以如此重要，乃是由於在東漢時代記有地名之銅器並不多見，且由銅洗中能見如此多件由此二地出產之銅器，可見當時銅洗鑄造之興盛，以及西南邊疆地區青銅工藝技術之進步。蔡葵又曰：

在已知的有紀年銘文的朱提、堂狼洗中，年代最早的是建初元年（76 年）洗……年代最晚的是建寧四年（171 年）洗，……從這些紀年銅洗中，能了解到：朱提、堂狼青銅器製造業的鼎盛時期是東漢中晚期。〔註 177〕

這也就是爲何在筆者之分期中，漢洗之數量占有相當分量之原因。

先秦時代之水器以盤、鑒等爲主，在其底部常刻鑄有魚、龜等吉祥動物圖案，銅洗既然與盤、鑒等爲同類，其外觀與裝飾方式自然也大致相同。李建偉、牛瑞紅等對於盤、鑒、洗等水器間之關係如此說明：

盤、鑒等青銅水器，內底每每鑄有或刻有龜、魚、盤龍之類的花紋。……可以想像出盤中滿貯清水，回〔註 178〕顯現出水波漣漪，龜魚游動的生動景象。漢代流行一種水器，形狀就像現代面盆，自名爲「洗」，其內底也常鑄有雙魚的形象。〔註 179〕

這是就紋飾方面而言，若再加上文字，則文字通常直行排列在紋飾中央，文字多作方形，筆畫回環曲折，大小不一，並隨文字之多寡而做長形或扁形之調整。正如王卉所言：

其特徵表現爲體式平正，筆畫方折（這是鑿刻便利所需），行款匀齊。……銅洗文字又構成某種特有的形式，即纏綿曲疊，行氣連貫，富有裝飾意

〔註 176〕蔡葵撰：〈東漢時期的朱提、堂狼洗〉，《文物天地》1990 年第 4 期（1990 年 7 月），頁 29。

〔註 177〕蔡葵撰：〈東漢時期的朱提、堂狼洗〉，頁 29。按：筆者於徐正考《漢代銅器銘文綜合研究》中已見有明帝永平年間之銅洗，但未知是否出於此二地。

〔註 178〕案：「回」字疑爲「會」字。

〔註 179〕李建偉、牛瑞紅編撰：《中國青銅器圖錄（上）》，頁 27。

> 味。〔註180〕

又說：

> 一件銅洗上的金文文字一般比較少，而且刻工拘於比較嚴格的布排，因此筆法藝術的美術字趨向更加濃烈些，對文字本身進行裝飾和扭曲，也是爲了適應空間方面布排的需要。……這些現象一般不是文字自然發展的結果，而是刻鑄者有意造成的，後世大都沒有流傳下來。〔註181〕

由上可知，銅洗與銅鏡上之文字皆具有裝飾用意，皆是在實用之基礎上將文字予以裝飾化以追求美觀之效果，只不過銅鏡上具有較多篆形之銘文，同時也具有隸、楷兩種書體混雜其中，且多簡化文字，而銅洗上由標準小篆變化而出之銘文篆形，則以曲折回環爲主，二者走上不同之道路。

三、其　它

除銅鏡與銅洗外，此期尚有部分它類銅器具有篆形銘文，如〈永平平合〉之「合」，〈南武陽大司農平斗〉之「斗」，〈慮褫尺〉之「尺」，〈上蔡侯熨斗〉之「熨斗」，〈光和斛〉之「斛」等，大約是屬於容器或度量衡器一類。合即「盒」；斗，爲「口大底小的方形量器，有柄。」秦始皇、王莽、東漢時期皆曾做標準器使用；斛，亦爲容量單位，容積較斗爲大。〔註182〕尺，量長度的器具，從商代起即發現有尺，並一直沿用至今，秦始皇、王莽時皆曾用爲度量衡器。〔註183〕熨斗，與今日用途亦相似，乃是「用銅或鐵製的可以加熱用來熨燙衣服織物使之平整的工具。」漢代所發現之熨斗上可見有銘文。〔註184〕這些度量衡器，仍各自代表某時期之度量衡標準，除可使後人有標準器可供參考外，大概也是爲了配合「標準」之意，故銅器上之銘文仍使用篆文，不過在某種程度上，仍不免受到各種因素，

〔註180〕王卉撰：〈東漢青銅器銘文與書法〉，《寧夏社會科學》2003年第5期（總120期）（2003年9月），頁117。

〔註181〕王卉撰：〈漢代金文字形特點研究〉，《寧夏社會科學》2006年第2期（總135期）（2006年3月），頁159。

〔註182〕參見李澤奉等編：《古器物圖解》（台北：萬卷樓圖書公司，1993年4月），頁115～116。

〔註183〕參見李澤奉等編：《古器物圖解》，頁109～110。

〔註184〕參見李澤奉等編：《古器物圖解》，頁172～173。

而使篆形多少有些差異，有些銘文中仍雜有類似隸、楷書體之文字。

在銅鏡與銅洗之帶領下，原來在銅器上具莊重意義之篆形，發展而爲藝術性篆體，並大量存在於日常實用器物之上，這是在人們追求實用之基礎上而發展出來之美觀性文字，成爲在工整與簡率篆形兩大系統外之又一新系。

肆、銅器與《說文》篆形及其前後書體比較

承上一小節而來，此期之銅器銘文中具有篆形者，已大半存在於銅鏡與銅洗之上，而這些器物上之銘文篆形又受到人們審美因素之影響，成爲一種極度變形之篆體，可以想見，這些形體必定在很大程度上與《說文》篆形形成兩種不同之面貌。

一、近於《說文》篆形者

受到篆形誇張變形之影響，欲在此期銅器銘文篆形中找到與《說文》篆形相近或相同者，較爲不易，以下筆者試舉數例。

日　〈光和斛一〉作、，《說文》作，〔註 185〕尤其是第二例，十分相像。

廿　〈光和斛二〉作，《說文》作，〔註 186〕銅器之形雖呈現扁狀，但其外形尚與《說文》相近。

內　〈光和斛一〉作，《說文》作，〔註 187〕兩者亦十分相像。

不　〈四神規矩鏡〉作，《說文》作，〔註 188〕二者尚稱相似。

生　〈長宜生子鏡〉作，《說文》作，〔註 189〕在銅鏡中是難得相像之篆形。

二、近於《說文》中之重文者

在筆者所掌握之資料中，可與《說文》重文比對者有大、於、明、堂等字，

〔註 185〕《漢銅》，頁 613；大徐本，卷 7 上，頁 235。

〔註 186〕《漢銅》，頁 521；大徐本，卷 3 上，頁 88。

〔註 187〕《漢銅》，頁 578；大徐本，卷 5 下，頁 186。

〔註 188〕張遠棟撰：〈漢川南河漢墓清理簡報〉，《江漢考古》1984 年第 4 期（總 13 期）（1984 年 11 月），頁 56；大徐本，卷 12 上，頁 414。

〔註 189〕趙青雲、劉東亞合撰：〈一九五五年洛陽澗西區小型漢墓發掘報告〉，頁 88；大徐本，卷 6 下，頁 219。

但因大部分文字長期磨損，致使文字總有部分模糊不清，造成比對之困難。例如「於」字拓片未見；「明」字左半部不明，因而不知是从「囧」、从「目」或从「日」；「堂」字雖有不少字形可資比對，但與《說文》重文之形皆不相似；因此僅有「大」字可確定與《說文》籀文構形相同。

大　〈永平平合〉作，〈南武陽大司農平斗〉作，〈光和斛二〉作、，〔註 190〕並皆从《說文》籀文之形，在筆者所掌握之資料中，銅器上之篆形皆作《說文》籀文之形，而銅鏡上之形則和楷書已無二致。

三、近於戰國文字者

兩漢後期銅器銘文文字雖紛雜多變，但與戰國文字具有淵源者猶有不少，如七、上、斗、五、六、王、方、平、四、長、宜、建、秋、高、造、章、斛、陽、量、漢等二十餘字。

斗　〈光和斛二〉作、，《說文》作。〔註 191〕兩者形體差異甚大，關於此字構形問題，說已見前。戰國時期〈眉廚鼎〉作，〈秦公簋〉作，〔註 192〕銅器篆形明顯與戰國文字較為相近。

高　〈宜秩高官鏡〉作，《說文》作。〔註 193〕二者上半部略有不同，可見銅鏡上半部各筆畫相連，但《說文》卻各自分開。戰國時期璽印文字中有作、者，八分中有作、者，〔註 194〕其意皆同。另銅鏡如〈夔紋鏡〉又有作形者，〔註 195〕亦與《說文》不同，實則此形較為接近本形，甲骨文、金文、戰國文字皆有作此形者，如〈師高簋〉作，〈秦公簋〉作，傳抄古文作，八分作、，〔註 196〕形體皆十分相似，後世書法家亦多从此形。

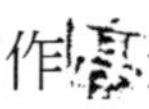

章　〈光和斛一〉作，〈章和元年洗〉作，〈章和二年洗〉作，《說

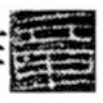

〔註 190〕《漢銅》，頁 729。

〔註 191〕《漢銅》，頁 810；大徐本，卷 14 上，頁 492。

〔註 192〕《戰典》，上冊，頁 256。

〔註 193〕楊建東撰：〈山東微山出土「宜秩高官」銅鏡〉，《考古》1988 年第 5 期（總 248 期）（1988 年 5 月），頁 477；大徐本，卷 5 下，頁 188。

〔註 194〕《戰編》，頁 338；《隸辨》，卷 2，頁 17 左。

〔註 195〕王昌富撰：〈陝西商縣西澗發現漢墓〉，《考古》1988 年第 6 期（總 249 期）（1988 年 6 月），頁 575。

〔註 196〕《漢表》，頁 202；《傳古》，頁 530；《隸辨》，卷 2，頁 17 左。

文》作章，〔註 197〕可見銅器「章」字之末筆幾乎皆穿插至今日所謂「立」字形之下。戰國時期〈楚王酓章鎛〉作，〈詛楚文・亞駝文〉，傳抄古文作、，八分作、，〔註 198〕皆作穿插之形，銅器之形與之相似。

四、近於隸、楷書者

前文已提及，銅鏡中有不少銘文乃是篆、隸、楷三種書體並時存在，尤其以近楷書者最多，因此，在當時可以見到許多文字已與隸書、楷書相近，甚至於完全相同之情況，除銅鏡外，其餘銅器中亦可見，總體而言，有上、戊、仙、吉、有、至、位、長、周、尚、倉、眞、曹、竟、清、陽、閏、鈞、漢、興等近三十例，以下試舉例說明。

位　〈位至三公鏡〉作，受到銅鏡紋飾之影響，字形下部有些無法伸展，《說文》作。〔註 199〕右半部「立」字變化不大，僅是將《說文》之兩筆斜畫取直，但左半部則偏於隸書寫法，如古隸中有作者，八分中有作、者，〔註 200〕「人」字旁首筆加重之筆法較爲相似。

眞　〈四神規矩鏡〉作，《說文》作。〔註 201〕銅鏡已將上部从「匕」部分演變爲从「十」，「ㄴ」形筆畫亦簡化爲一橫筆，楷書作，〔註 202〕此形體直使用至今日。

閏　〈光和斛二〉作，〈南武陽大司農平斗〉作，《說文》作。〔註 203〕「王」字幾乎沒有變化，但「門」字原來圓轉筆畫，已轉變爲方折之筆，古隸作，八分作，楷書作，〔註 204〕與隸書、楷書極爲相像。

〔註 197〕《漢銅》，頁 528；大徐本，卷 3 上，頁 98。

〔註 198〕《戰典》，上冊，頁 649；《考古編》，卷 9，頁 326；《傳古》，頁 256；《隸辨》，卷 2，頁 29 右。

〔註 199〕趙青雲、劉東亞合撰：〈一九五五年洛陽澗西區小型漢墓發掘報告〉，頁 88；大徐本，卷 8 上，頁 280。

〔註 200〕《隸典》，頁 7 下；《隸辨》，卷 4，頁 6 左。

〔註 201〕張遠棟撰：〈漢川南河漢墓清理簡報〉，頁 56；大徐本，卷 8 上，頁 286。

〔註 202〕《大書源》，中冊，頁 1885。

〔註 203〕《漢銅》，頁 464；大徐本，卷 1 上，頁 26。

〔註 204〕《隸典》，頁 216 下；《隸辨》，卷 4，頁 43 左；《大書源》，下冊，頁 2778。

在〈光和斛一〉中有一「曹」字字形作，〔註 205〕此形顯然非一筆一畫之隸書、楷書一系，而草書、行書中又未見此形體，觀此字形筆畫明顯簡省許多，且有不少圓轉、映帶之筆法，文字不易辨識，應屬於草書範圍，姑且存疑而置於此。

五、較《說文》簡化者

承前一節之論述而來，由於受到東漢時期官營與私營作坊皆興盛之影響，刻工之素質不齊，加上產量之需求，因此在銅器銘文之刻劃上，出現不少簡化筆畫、部件，乃至於文句不全，甚至於出現譌字等情形，增加筆畫或部件之情形應極罕見，而筆者在對所掌握之兩漢後期銅器篆形銘文觀察後，亦未出現有較《說文》增加筆畫或部件之情形，但較《說文》篆形簡化者則有十餘例，如牢、宜、官、建、紀、泉、高、飢、造、堂、曹、陽、算、輕、鴻等，以下試舉數例說明。

宜　〈初平五年洗〉作，〈宜秩高官鏡〉作，《說文》作。〔註 206〕二者雖然形體相差較多，但《說文》篆形之結體中，「宀」字與其下方之「多省聲」、「一」部件分開，〈初平五年洗〉則似乎是將三個部件合在一起，以致無法分開解釋，至於〈宜秩高官鏡〉則簡省「宀」字爲「冖」字，銅洗與銅鏡簡省之法各有不同。

造　〈中平三年洗〉作，〈建安二年洗〉作，〈永平平合〉作，《說文》作。〔註 207〕〈中平三年洗〉之「辵」部已簡化爲一豎畫與一橫畫，此類簡省之法常見；《說文》對於「造」字之構形解釋爲从辵告聲，但〈建安二年洗〉和〈永平平合〉之篆形，「告」字已演化爲「吉」字，與部分刻石如〈徐無令畫像石墓題記〉作，〈郭稚文畫像石墓題記〉作相同，隸書中亦可見此形體，說已見前。〔註 208〕

〔註 205〕《漢銅》，頁 563。

〔註 206〕《漢銅》，頁 662；楊建東撰：〈山東微山出土「宜秩高官」銅鏡〉，頁 477；大徐本，卷 7 下，頁 261。

〔註 207〕《漢銅》，頁 500～501；大徐本，卷 2 下，頁 73。

〔註 208〕《碑全》冊 1，頁 209、242。

鴻　〈光和斛一〉作，《說文》作。〔註209〕《說文》謂「鴻」字之構形爲从鳥江聲，是以能會出「鴻」字之音讀，但銅器銘文則省去「工」字，成爲从水从鳥，無法會出音讀。

六、位置更動者

本期篆形中具有此現象者，筆者僅見一例。

建　〈永建五年洗二〉作，《說文》作。〔註210〕《說文》篆形乃「廴」字在左，「聿」字在右，而銅器篆形則反之，且「廴」字作反書。

關於此處組字部件位置更換，以及上文篆形有所簡省者，李新城亦做過一些統計，〔註211〕至於漢銅器銘文形體與《說文》相異者，王卉亦曾做過整理，〔註212〕皆可補筆者整理研究之不足。

七、不知其所从者

此期銅器銘文形體受到鑄造工坊、刻工、書寫材質、隸變等因素影響，字形簡省已經成爲趨勢，其中有些字形之簡省乃由於通假造成，有些在形體上乃前有所承，例如在第三點與第五點中所列舉之字例，不少可以找到來源，但由於此簡省之風氣熾盛，亦有不少形體筆者目前未見其相關來源，如天、公、作、初、宜、建、堂、短、農等字。

天　〈日光鏡〉作，〔註213〕銅鏡篆形明顯缺少最後一筆，使得字形有如「于」字，對於「天」字此種特殊構形，於秦代銅器篆形中亦可得見。

作　〈永平三年洗〉作，〈永建五年洗〉作。〔註214〕前者似乎是將「人」字作反書，右半部「乍」字尚可辨認，但整體篆形之上又有一長橫畫，是否爲「人」字筆畫之延伸，由於拓片不明，不能確認。後者可能爲全字反文例，因「乍」字開口本應向右，此字例向左，與原字恰巧相反，但左半部卻不似「人」字，因而不知其所从，由於兩件〈永建五年洗〉皆有反書情形，但銘

〔註209〕《漢銅》，頁549；大徐本，卷4上，頁138。

〔註210〕《漢銅》，頁509；大徐本，卷2下，頁77。

〔註211〕參見李新城撰：《東漢銅鏡銘文整理與研究》，頁249～255。

〔註212〕參見王卉撰：《漢代金文研究》，頁40～45。

〔註213〕熊昭明等撰：〈廣西合浦縣九只嶺東漢昭明鏡〉，頁73。

〔註214〕《漢銅》，頁679。

文中之「五」、「大」、「吉」等字皆爲左右對稱之字，因此對於此字例僅能存疑，無法肯定。

農　〈南武陽大司農平斗〉作，〈永平平合〉作。〔註215〕此二例上半部皆从「西」，八分中亦多有此類形體作、等，並皆从西，可見兩漢小篆與隸書中「農」字从「西」者所在多有，《隸辨》曰：「《隸釋》云：『農上安西之類，顏之推以世俗爲非，今隸字皆然，蓋各是一家之書，不可拘於古法也。』」此段文字雖可說明部分文字偏旁之可變化，但對於其起源仍未說明詳細。〔註216〕

將兩漢銅器上之銘文依篆形之特色劃分，後期乃起自東漢明帝，直至東漢獻帝爲止，時間跨度較前期爲短，其特色在於篆形多存在於銅鏡與銅洗上，這些器物占了此期銅器之絕大部分，且其篆形甚有特色。

由結構而言，銘文篆形之變化仍然不大，構字方式與排列位置皆相對穩定。就筆勢而言，亦仍接續前期在各種條件之影響下，而造成筆勢紛雜之情況，故可以說，筆勢之不同，仍舊是此期帶動銘文篆形變化之主要原因。較爲特殊者乃是出現有部分倒書與反書之例，與前節所見缺刻之例，皆爲少數特殊情況，由於這些出現在銅鏡與銅洗中之銘文，有些是左右對稱之文字，因此，無法斷定是否在同一器物上之文字全爲反書，故其原因尚有待進一步觀察、研究。

在類別與篆形之關聯方面，由於大部分篆形存在於銅鏡與銅洗上，使得銅器之用途與銘文篆形之關係又走上了緊密之道路。二者在用途上皆爲日用器具，故實用性頗高，銅器上之文字是人們在實用性上，進一步追求審美而具有之藝術性文字，如前節所述，這些文字在銅鏡上呈現多樣之風格，甚且明顯有隸書、楷書參雜其中，至於銅洗則發展出另一種回環曲折之篆形，於是此期之篆形便形成實用性與藝術性兼顧，而又分別發展爲不同風格之兩條銘文篆形之路。其餘具有篆形之銅器數量雖少，形體亦偶有不合理之處，但大體較爲依照傳統篆形由瘦長、圓轉轉爲方正、方折之特色。

與《說文》之比較中，由於銅鏡與銅洗銘文篆形藝術化之影響，已較難尋得形體接近《說文》之篆形，但無論往上溯源古文、籀文、戰國文字，或向下

〔註215〕《漢銅》，頁533。

〔註216〕《隸辨》，卷1，頁8右。

開啓隸書、楷書，仍能找到不少相對應之形體，其中尤以銅鏡上之文字，已有相當大之數量與今日楷書之形體十分相近。形體較《說文》簡化者在此期仍爲演化之趨勢，相較之下，形體較《說文》增繁者，目前尚未有字例，其中差距明顯可見；但也由於簡化成爲趨勢，更有部分形體無法尋得其根源，或相近之形體，以至於不能理解其演變之跡。

秦代至兩漢銅器銘文篆形，就筆勢與結構上看，筆勢之變動大於結構之變動許多，可以說筆勢爲帶動篆形變化之一項重要因素，而反文情形更是一項特色，充分反映出漢代刻工可能之刻劃態度。

就用途與篆形之關係而言，秦代銅器篆形幾乎爲簡率之形，與秦朝廷要求文字統一之政策實大相逕庭；至於兩漢則由於大多數銅器用途之轉變，多由宗廟祭器轉爲日用器具，故銘文書體亦不被重視，甚而至東漢中晚期，銘文在先民審美之觀念下，逐漸演變爲美術化之形體。

再由與《說文》之比對中可知，篆文形態由秦至漢乃越顯變形，與《說文》工整小篆相似之字例甚少，簡化成爲一大趨勢，近於隸、楷書者亦比比皆是，更有許多不知其所从之形體，可見當時篆形受到刻工、書寫材質、審美心理等因素之交互作用下，其影響之大。

由秦至漢在銅器銘文篆形之變化上，可以說是十分劇烈，轉變之大十分明顯。在秦銅器中，絕大多數篆形皆爲簡率形體，唯有虎符堪稱工整，與秦刻石成爲強烈之對比。至於兩漢前期，篆形又一變而爲多系，如使用於上林苑之「上林」二字或王莽時期度量衡器，篆形較爲工整；但由先秦即繼承而來之各種銅器，則仍舊維持其簡率之風格；新興之銅鏡於西漢迅速竄起，銘文形體混雜篆、隸、楷三體，亦甚爲特別，同時銘文形體已逐漸具有藝術化、美術化傾向。兩漢後期經歷時間雖較短，但篆形之轉變卻極爲明顯，已由秦代簡率之形體，再變而爲更具藝術特色之篆形，尤其以銅鏡與銅洗爲最重要，銘文之內容已不似秦權量詔版之重要。

王卉曾分析兩漢書體風格爲數類：

（一）小篆風格：漢承秦制，西漢初期，在文字上也是如此。

（二）「繆篆」風格：主要是西漢中晚期的制作。……其特徵表現爲筆勢較爲平正，筆畫方折（這是鑿刻便利做〔註 217〕需），行款匀齊。……甚至可以認爲銅洗及銅鏡上文字已被有意識地當作美化裝飾的因素來看待。因而這類銘文多見與紋飾渾然一體不可分割。

（三）篆隸相參的銘文風格：這類書體的銘文，在漢器中也占有相當的數量。但銅器銘刻中的隸書類型，在漢代始終未能完全突破篆書的主導地位，即篆書作爲銘文的慣用字體，仍然長期頑強地影響著制作，同時存在的大量矩度謹嚴的繆篆和小篆銘文，足以說明這一點。

（四）草篆風格：這類銘文在漢器中也屬多見。……其特點爲書體線條隨意多變，結體隨機欹側，刊鑿恣肆率意，行款縱放自由和布白的錯落不拘。

（五）隸書風格：裘錫圭先生認爲「……在從武帝到宣帝時代的銅器上，也可以看到隸書書體由古隸演變爲八分的過程。」〔註 218〕

在篆形之分類與風格上，筆者基本上贊同其看法，尤其在第二、第三類形體上，與筆者在篆形上之分析，呈現相同之結果。

整體說來，由秦至漢銅器篆形之演變與刻石有相似之處，皆由較爲單一之形態轉變爲多元之風格，只不過刻石風格乃由工整轉爲以碑額爲大宗之變形篆體，銅器乃由簡率衍爲以銅鏡與銅洗爲大宗之另一形態之變形篆體，可見到東漢中晚期，篆文已有部分作爲裝飾、審美之用。

〔註 217〕案：「做」字疑爲「所」字。

〔註 218〕王卉撰：《漢代金文研究》，頁 20～23。